KB233275

청소년을 위한

스토리텔링 교과서

청소년을 위한 스토리텔링 교과서

(나도 1등한다! 시리즈 No.04)

지은이 | 조정래

2012년 5월 1일 1판 1쇄 인쇄
2012년 5월 5일 1판 1쇄 발행

* 이 책을 만든 사람들
책임 기획 | 홍종남
기획 | 안종군

* 이 책을 함께 만든 사람들
디자인 | 김효정 님
종이 | 제이피씨 정동수 님
출력 | 알래스카 커뮤니케이션 박영철 님, 장준우 님
인쇄 및 제작 | 태성인쇄사 김태철, 김태현 님

* 도움을 주신 분들
(행복한출판그룹) 학부모 서포터즈
만화 | 신동민 님

펴낸이 | 홍종남
펴낸곳 | 행복한미래
출판등록 | 2011년 4월 5일. 제 399-2011-000013호
주소 | 경기도 남양주시 도농로 34, 부영아파트 301동 301호
서울 사무실 | 서울시 마포구 서교동 351-24 르네상스 빌딩 404호
전화 | 02-337-8958
팩스 | 031-556-8951
홈페이지 | www.bookeditor.co.kr
도서 문의(출판사 e-mail) | ahasaram@hanmail.net
도서 내용 및 강연 문의(지은이 e-mail) | zonegul@naver.com
※ 이 책을 읽다가 궁금한 점이 있을 때는 지은이 e-mail을 이용해 주세요.

ⓒ 조정래, 2012
ISBN 978-89-968617-2-0

청소년을 위한

스토리텔링 교과서

조정래 지음

행복한미래

여러분은 이미
훌륭한 '스토리텔러'입니다

교육과학기술부는 2012년 1월에 수학교육 선진화 방안을 제시하면서 그 대책의 하나로 스토리텔링을 가미한 교과서를 개발하겠다고 발표했습니다. 더 나은 교육을 위해 학자들이 제시하는 방안은 크게 보면 창의성 개발과 스토리텔링 활용입니다. 특히 스토리텔링의 교육적 활용에 대한 교육자들의 관심이 무척 높아졌습니다. 비단 수학교육뿐만 아니라 전체적인 교육 분야에서 스토리텔링을 향한 눈길이 뜨겁습니다.

사실 스토리텔링의 교육적 활용이 그다지 새로운 것은 아닙니다. 오래 전부터, 아니 인류가 글자를 만들어 쓰기 전부터 스토리텔링으로 교육을 해왔습니다. 어떤 사람들은 스토리텔링이 판매 영업이나 브랜드 홍보에 주로 쓰이던 기법인데, 그것을 이제야 교육에 적용하는 것으로 오해하기도 합니다. 원래 스토리텔링을 가장 많이 활용한 분야가 교육입니다. 부모나 교사가 교육을 할 때, 스토리텔링의 원리나 성격을 알지 못해도, 본능적으로 스토리텔링으로 자식들을 감화시키고 사회화하도록 했으며, 세상의 이치를 일깨웠습니다. 유아교육에서 가장 큰 비중을 차지하는 것도 동화, 우화를 이용한 스토리텔링 교육입니다.

그런데 요즘에 새삼 스토리텔링에 대해 관심이 높아진 것은 우리 삶의 환경이 근본적으로 변화했기 때문입니다. 디지털 기반 기술, 사회적 네트워크 미디어, 모바일 기기의 생활화 등 문화적, 사회적 환경은 하루가 다르게 변하고 있습니다. 다양하게 얽힌 지식들의 집합, 감각적이면서 종합적인 이해의 필요성 등이 스토리텔링을 요구하게 된 것입니다.

스토리텔링이 중요하다고 다들 외치고 있고 관심도 높아진 만큼 스토리텔링에 관한 안내서도 많이 출판되었습니다. 그러나 정작 스토리텔링을 어떻게 창작해야 하며, 왜 스토리텔링이 유용한지, 또 어떤 방식으로 학습에 활용할 수 있는지에 대해서 알기 쉽게 설명해주는 책은 찾기가 쉽지 않습니다. 중학교, 고등학교에 다니고 있는 청소년을 대상으로 한 책은 더욱 보기 어렵습니다. 스토리텔링 활용이 교육 선진화 방안의 중요 지표가 된 마당에서 스토리텔링을 이용하려는 학생들과 지도자들, 부모들에게 실제적인 도움을 줄 수 있는 책이 절실해졌습니다.

우리는 이러한 요구를 충족시키기 위해 이 책을 기획하였습니다. 이 책은 변화하는 환경에 맞는 스토리텔링의 가치를 인식하게 하고, 스토리텔링으로 얻을 수 있는 것을 이해하도록 돕고, 실제적으로 스토리텔링을 창작함으로써 학습뿐만 아니라 인격의 성장에도 적용할 수 있는 길을 제시하려 합니다.

이 책은 4부로 구성되었습니다.

1부는 스토리텔링의 기본적인 성격을 이해하도록 설명하였습니다. 스토리텔링이 어떤 성격을 가졌으며, 왜 힘을 가질 수 있는지 등을 알 수 있을 것입니다.

2부는 실제적인 스토리텔링 창작 방법을 제시하였습니다. 스토리텔링이 삶과 어떻게 연결되어 있는지를 보여주고, 주제, 이야기, 구성 등의 세부적인 방법, 기술을 안내하였습니다.

3부는 필자가 이 책을 통해 말하고 싶은 핵심을 담았습니다. 우리 청소년들이 스토리텔링을 직접 창작함으로써 궁극적으로 얻을 수 있는 바는 바로 자기 발견이라는 점을 역설했습니다. 스토리텔링을 통해 자기 자신을 찾고 객관화하며, 그런 작업을 거쳐 자기의 문제점을 도출하고 나아가 자기 개혁을 시도할 수 있을 것입니다.

4부는 스토리텔링을 활용하여 공부하는 방법에 대해 설명했습니다. 스토리텔링으로 하루아침에 1등이 될 수는 없지만, 스토리텔링의 원리를 잘 활용하면 기억력 증진과 학습 성과 높이기에 도움을 받을 수 있습니다. 그러기 위해 인지과학이 얻은 성과들을 소개하고, 스토리텔링과 학습의 관계를 체계적으로 설명한 후, 실제로 학생들이 연습을 해 볼 수 있게 몇 가지 길을 안내했습니다.

스토리텔링이 중요함을 여기서 새삼 강조할 필요는 없을 것입니다. 유용하고 필요함을 다들 알지만, 자기 스스로 그것을 써먹으려고 생각하는 사람은 많지 않습니다. 이제는 자신의 것으로 만들려고 하는 적극성과 나도 할 수 있다는 자신감이 꼭 필요한 때입니다. 자신에 대한 믿음을 가지고 적극적으로 스토리텔링을 활용하면 놀라운 자기 변화를 경험할 수 있을 것입니다.

필자는 창작에 자신이 없다고 말하는 학생들에게 자주 꿈 얘기를 해 보라고 합니다. 우리가 자면서 꾸는 꿈은 어느 누구도 대신 만들어주지 않습니다. 자기 자신이 창작해낸 것이 틀림없습니다. 그 꿈을 되새겨보면 때로는 참으로 흥미진진한 스토리텔링을 담고 있는 경우가 있을 것입니다. 우리는 모두 다 이미 훌륭한 스토리텔러인 것입니다.

그러므로 자신감을 가져야 합니다. 자신감을 갖고 자꾸 스토리텔링을 창작하다 보면 어느 순간 스스로 방법을 찾게 될 것입니다. 아무쪼록 이 책이 학생 여러분으로 하여금 놀라운 변화를 만들어 내는 좋은 계기가 되기를 바랍니다.

스토리텔링 창작법을 안내하는 제 2부 중 일부는 필자가 쓴 「스토리텔링 육하원칙」(방송통신대학교 출판부 지식의 날개)이란 책의 일부분을 고쳐 썼음을 밝혀둡니다.

이 책을 기획하고 출판하기까지 애를 많이 써주신 홍종남 대표와 행복한 미래 직원 여러분께 감사드립니다.

2012년 4월

지은이 조정래

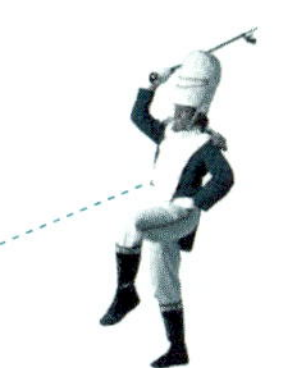

1부
이야기의 힘, 스토리텔링의 힘

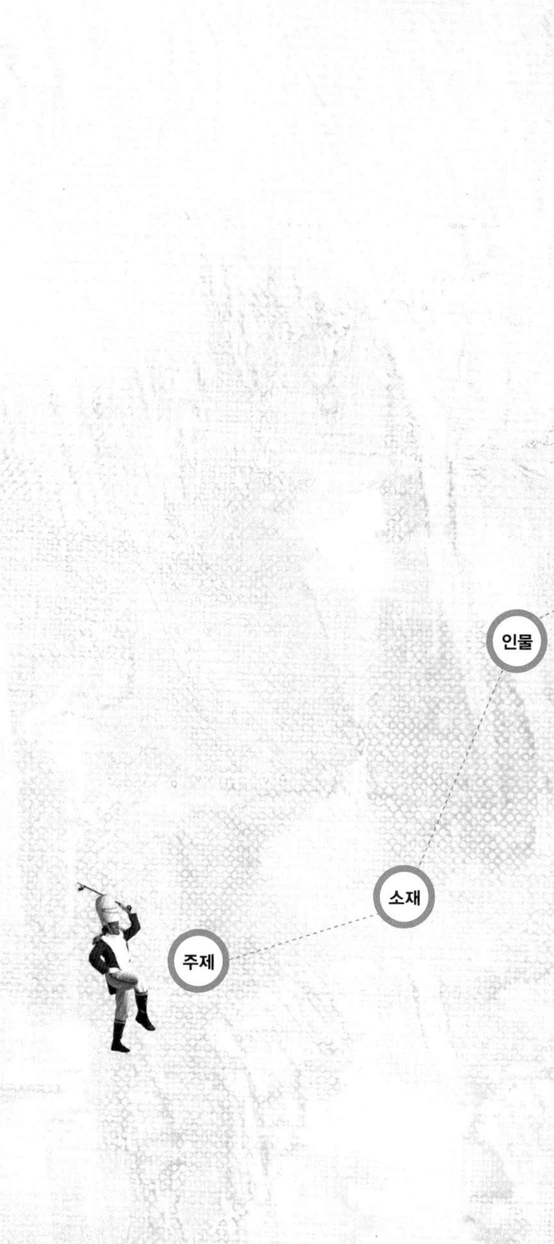

인물
소재
주제

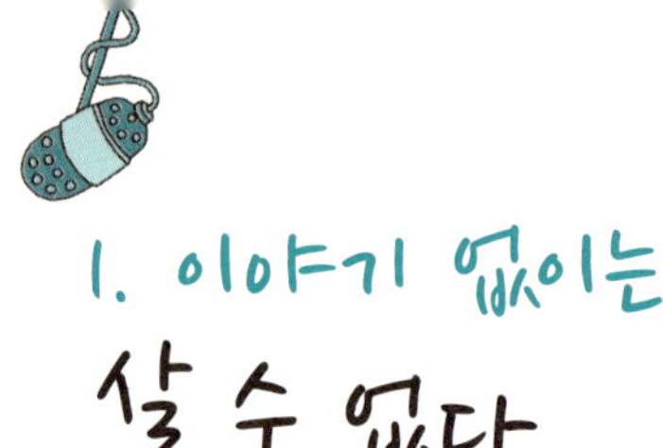

아이유의 「좋은 날」

다음은 아이유가 부른 「좋은 날」의 노랫말이다.

어쩜 이렇게 하늘은 더 파란건지

오늘따라 왜 바람은 또 완벽한지

그냥 모르는 척 하나 못들은 척

지워버린 척 딴 얘길 시작할까

아무 말 못하게 입 맞출까

눈물이 차올라서 고갤 들어

흐르지 못하게 또 살짝 웃어

내게 왜 이러는지 무슨 말을 하는지

오늘 했던 모든 말 저 하늘 위로

한 번도 못했던 말

울면서 할 줄은 나 몰랐던 말

나는요 오빠가 좋은걸 어떡해

이 노랫말에는 어느 소녀의 순박한 사랑 고백 이야기가 들어 있다. 화자는 자신의 마음을 받아주지 않는 남자 친구에게 '오빠를 좋아하는 내 마음을 알아 달라'고 호소한다. 노래를 듣고 있자면 사랑을 고백하는 소녀의 아픔을 자연스럽게 느끼게 된다. 흐르는 눈물을 애써 감추면서 가슴 아린 사랑을 고백하는 소녀의 모습이 떠오른다. 그 모습은 애처롭기도 하고, 귀엽기도 하고, 풋풋하기도 하다. 노래를 듣는 사람은 소녀의 이러한 모습과 감정을 상상하거나 느끼면서 노래에 빠져든다. 아마 여자들은 자신의 모습을 비쳐보면서 화자와 하나 됨을 느낄 것이고, 남자들은 자신에게 고백하는 어느 소녀의 모습을 연상하면서 대리만족을 느낄지 모른다.

이런 공감이 커질수록 우리는 노래를 더욱 즐기게 된다. 물론 이 노래가 큰 감흥을 주는 것이 오직 노랫말 때문만은 아니다. 가수 아이유의 청아한 목소리, 뛰어난 가창력이 주는 호소력, 노래의 리듬과 멜로디 등이 잘 어우러져서 생기는 효과이다. 하지만 그런 여러 요소들과 함께 노랫말이 담고 있는 이야기가 갖는 힘도 이에 못지않게 큰 역할을 한다.

이 노랫말은 화자의 심정을 전한다. 하지만 우리는 노랫말에 담겨 있지 않은 상황까지 연상하게 된다. 예쁘게 보이려고 이른 아침부터 부산을 떨며 화장을 하는 모습, 어떤 옷을 입을지 고민하는 모습, 집을 나서는 경쾌하면서도 조심스러운 발걸음 등. 또 소녀가 힘겨운 첫사랑의 시련을 예쁘게 겪고 있는 상황을 자기도 모르는 사이에 떠올리기도 한다. 말하자면 하나의 스토리를 무의식적으로 그려내는 것이다. 즉, 이 노래는 어느 소녀의 사랑 '이야기'를 전하고 있는 셈이다.

라면 맛있게 끓이기

다음 글은 꼬꼬면의 포장지 뒷면에 적힌 설명글이다.

끓는 물 500ml에 면, 분말, 건더기 수프를 함께 넣고 4분 정도 끓이시면 꼬꼬면의 담백하고 칼칼한 맛을 즐기실 수 있습니다. 나트륨(식염 등) 섭취를 조절하기 위하여 기호에 따라 적정량의 수프를 넣어 드십시오.

계란을 풀지 않고 그대로 익혀 드시거나 또는, 계란 흰자만 넣어 드시면 더욱 맛있는 꼬꼬면이 됩니다.

이 글의 내용은 우리에게는 너무나 익숙하다. 어느 라면이든지 포장지 뒷면에 위와 비슷한 안내 글이 적혀있기 때문이다. 그런데 라면을 처음 끓여보는 외국인이라면 사정이 다르다. 한번은 어느 외국인이 이 설명문을 한창 들여다보며 고민하는 장면을 목격한 적이 있다. 그 외국인은 '라면은 누구나 쉽게 요리할 수 있는 메뉴'라고 한국인 친구들에게서 들은 바 있었기에 설명글을 읽으면서 참 이상하다 여겼다. 이렇게 어려운 요리는 처음 보는 것이었다. 매뉴얼대로 '끓는 물 500ml와 끓이는 시간 4분을 정확하게 지켜야 한다'고 생각한 그로서는 끓는 물을 정확하게 500ml 측정하여 포트에 붓는 일이 참 어렵게 느껴졌다.

"찬 물을 대충 적당히 포트에 붓고 끓이면 되지 않느냐?"고 그에게 물었더니, 정색을 하며 "여기 설명문을 봐라, 끓는 물을 써야 한다고 되어 있지 않냐?"고 반문했다. 사실 이 설명글은 라면을 끓이는 과정을 압축하여 요약한 것이어서 그런 오해가 생겼다. 요약적으로 압축했지만, 우리는 이 글에서 라면이 완성되는 과정을 충분히 읽어낼 수 있다. 라면을 처음 끓여보는 외국인에게는 하나의 지침으로 작용하지만, 일반적인 한국 사람에게는 라면을 끓이는 과정에 대한 단순한 서술에 불과하다. 어느 누구도 라면을 끓이기 위해 끓는 물 500ml를 정확하게 측정하거나 시계를 계속 보며 4분을 체크하지는 않는다. 우리는 라면을 끓이는 전체 과정을 하나의 세팅된 '사건'으로 받아들인다.

겉으로는 라면 끓이는 방법에 대한 정보 전달이 이 글의 주된 목적이지만, 실제로는 정보 전달보다는 라면을 맛있게 먹을 수 있음을 은연중 강조하려는 의도가 더 크다. 왜냐하면 우리는 이 글을 읽는 순간에 라면을 끓이는 자기의 모습을 상상하고, 라면을 끓이는 과정과 그 결과에 대해 무의식적으로 생각하게 되기 때문이다. 이를테면 계란을 풀지 않고 그대로 익혀 먹거나 흰자만 먹거나 개인의 취향에 관한 문제일 뿐이지만, 이런 글을 읽으면 왠지 이 라면을 끓이는 일이 일종의 요리로 격상되는 듯한, 이상한 친근감을 느끼곤 한다. 즉 라면을 '이러저러하게 요리해보면 더 맛있게 먹을 수 있어'라고 이야기해주는 것이다. 이런 간단한 설명 글이나 안내 글 안에도 단순하나마 어떤 이야기가 숨어있음을 알 수 있다. 꼬꼬면이 '맛있게 끓이는 법'을 가지고 CF에 활용하는 것을 보면, 이 내용에 '이야기'가 들어있음을 더 잘 이해할 수 있을 것이다.

도전으로로서의 옷 입기

2011년 겨울, 당시 한나라당은 '비상대책위원회'라는 조직을 구성했다. 이 위원회에 이준석이라는 26세의 젊은이가 위원으로 발탁되어 큰 화젯거리가 되었다. 다음 사진은 어느 신문에 게재된 그 비상대책위원회의 회의 장면이다.

맨 앞쪽 사람이 이준석 위원인데, 그는 다른 사람과 달리 정장을 입지 않았다. 남방 차림에 태블릿 PC를 들고 있다. 이 모습은 어두운 색의 정장 차림에 서류를 앞에 두고 있는 다른 위원들과 대조된다. 그 전에 있었던 서울시장 선거에서 야당에 패배한 한나라당은 젊은이들의 지지를

받지 못해 어려움에 직면한 상태였다. 그 비상 상황을 벗어나기 위해 젊은 피를 수혈하고자 26세의 젊은 위원을 발탁했다.

따라서 이준석 위원은 젊은 세대가 공감할 만한 새로운 정책을 만들어 내고 한나라당이 갈 길을 제시하는 역할을 부여받았다. 그는 젊은 도전 정신을 보여줄 수 있어야 한다. 이 사진에서 볼 수 있는 이 위원의 옷차림새는 기존의 정당 회의 자리에서는 보기 어려웠던 것이다.

이는 민주통합당의 청년비례대표 후보들도 마찬가지다. 예를 들면 20대의 국회의원 예비후보로 화제를 모은 이 모 후보는 노타이 차림으로 활발하게 여러 사람을 만나고 언론사와 인터뷰를 가졌다. 예전 같으면 국회의원 후보라면 당연히 정장을 반듯하게 차려 입어야 했지만, 청년비례대표들은 '청년'임을 강조하기 위해 관습적인 옷 입기를 거부한 것이다. 어쩌면 그들은 일부러 전통적인 정장 차림을 거부하고 젊음을 상징하기 위해 캐주얼한 차림을 선택했을지도 모른다. 그러고 보면 옷차림새도 정치 행위의 하나라고 볼 수 있다. 그는 자신이 하고 싶은 이야기, 즉 고정관념에서 벗어나 새로운 틀로 정책을 제시하겠다는 이야기를 옷을 통해 사람들에게 표현하고 있다.

로커의 가죽 재킷, 힙합 가수의 청바지는 그들의 정체성을 드러낸다. 길을 나가보면 생활 한복을 입은 사람, 트레이닝복을 입은 사람, 등산복을 입은 사람 등등 사람들은 여러 유형의 옷을 입고 다닌다. 어떤 옷을 입을 것인지 선택하고, 모자부터 신발까지 어떻게 배합할 것인지, 어떤 스타일로 꾸밀 것인지 등은 모두 다른 사람들에게 자신을 표현하기 위한 이야기의 방편이다. 옷 입는 것조차 우리에게는 이야기의 수단이 된다.

그림에 담긴 이야기

다음은 조선시대의 풍속화가인 김홍도의 「서당」이라는 그림이다.

김홍도는 다른 화가들이 산수화나 난을 그릴 때 일반인의 삶에 눈을 돌려 풍속화를 그렸다. 조선시대의 화가로서는 매우 파격적이라 할 수 있는 그림을 여럿 그렸다. 이 그림은 서당의 풍경을 담았다. 훈장님 앞에 한 아이가 울고 있다. 왼편의 아이들은 뭔가 열심히 외우고 있는 반면 오른편의 아이들은 여유 있게 눈앞의 사건을 즐기는 표정이다. 아마도 오른편 아이들은 훈장님이 외워오라고 한 숙제를 다 해낸 듯하고, 왼편의 아이들은 못했기 때문에 집중하여 책을 보고 있을지도 모른다. 가운데 아이는 도저히 숙제를 해낼 능력이 없었던 것일까? 숙제를 하지 못해 혼이 났는지 훌쩍거리고 있다. 그 아이를 쳐다보고 있는 훈장님의 얼굴에는 연민의 정이 가득하다.

김홍도는 이 그림을 통해 무슨 말을 하고 싶었던 것일까? 폭력이라고는 찾아볼 수 없는 이 생생한 교육의 현장을 화폭에 담아냄으로써 화가는 자기가 하고 싶은 이야기를 전하고 있다. 그 이야기는 바로 '밝고 명랑하며, 순진한 아이들의 모습에서 삶의 온기를 느낄 수 있지 않느냐'는 것이 아닐까? 이 그림은 어느 서당의 하루를 우리에게 이야기로 전달하고 있다. 이처럼 그림에도 이야기가 담겨 있다.

지금까지 노래, 상품 설명서, 옷, 그림 등과 같은 우리 주변의 문화 안에 숨어있는 '이야기'를 찾아보았다. 이런 측면에서 보면, 우리가 생활하면서 만나는 모든 것들이 이야기를 안고 있다고 해도 지나치지 않을 것이다.

사람은 자기 속에 있는 것을 노래 부르거나(음악), 춤 추거나(무용), 그림 그리는(미술) 등과 같은 여러 가지 방법이나 수단을 통해 밖으로 드러낸다. 이를 통틀어 '문화'라고 하는데, 문화적으로 표현하는 내용은 결국 자신의 마음 안에 있는 '이야기'라고 말할 수 있다.

이처럼 우리 주변의 모든 문화 현상에는 이야기가 담겨 있다. 바꾸어 말하면, 우리는 이야기를 가지고 생활한다. 이야기와 생활은 떼려야 뗄 수 없는 관계인 것이다. 더 철학적으로 말하면, 사람은 이야기를 통해 존재한다. 더 심하게 말하면, 사람은 이야기 없이는 살 수 없다.

머리가 흰 미친 사람의 이야기를 담은 노래

「공무도하가」는 우리 민족이 부른 최초의 노래로 기록되어 있다. 이 기록은 「해동역사」라는 문헌에 실려 있는 것으로 그 내용은 다음과 같다.

> 고금주(古今注)에, 조선의 진졸(津卒) 곽리자고(霍里子高)가 새벽에 일어나 배를 저어 가는데, 머리가 흰 미친 사람(백수광부;白首狂夫)이 머리를 풀고 술병을 든 채 어지럽게 물을 건너려 하고, 아내는 뒤따라가며 말렸다. 그러나

남자는 끝내 물을 건너려다 물에 빠져 죽고 말았다. 이에 그 아내는 공후를 뜯으면서 공무도하(公無渡河)의 노래를 지으니, 그 소리가 너무나 애절했다. 노래가 끝나자 그녀도 스스로 물에 빠져 죽었다.

公無渡河　　님이여, 물을 건너지 마오.

公竟渡河　　임은 그예 물을 건너시네.

墮河而死　　물에 빠져 돌아가시니

當奈公何　　가신 임을 어찌할거나.

곽리자고가 집에 돌아와 아내인 여옥(麗玉)에게 그가 본 광경을 이야기 해 주었는데, 여옥이 슬퍼하며 공후(箜篌)를 안고 그 소리를 본받아 타니 듣는 사람이 모두 슬퍼했다. 여옥은 그 소리를 이웃 여자 여용(麗容)에게 가르쳐 주고 널리 퍼지게 하였으니, 이를 일컬어 '공후인'이라 하였다.

고등학교 학생이면 다들 알 만한 내용인데, 굳이 여기에 인용하는 이유는 노래와 이야기가 결합되어 있음을 알려주기 위해서이다.

위 기록에는 두 개의 이야기가 들어 있다. 하나는 곽리자고라는 사람이 낮에 목격한 광경을 아내인 여옥에게 들려주었다는 내용이고, 또 하나는 노래 안에 들어 있는 내용이다. 노래 안에는 백수광부의 처가 백수광부에게 물을 건너지 말라 말렸는데, 백수광부는 기어이 물에 들어가 빠져 죽었다는 이야기가 들어 있다. 이 노래에 등장하는 백수광부가 누구인지, 물에 빠져 죽은 사실이 무엇을 뜻하는지에 대해서는 다양한 해석이 가능하지만, 여기에서 중요한 것은 우리 민족의 초기 노래에 이야기가 담겨 있다는 사실이다. 달리 말하면 아직 이야기와 노래가 나뉘지 않은 것이다.

사람이 만물의 영장으로서 존립하는 근본적인 조건 중에서 가장 중요한 것이 말을 할 수 있는 능력이다. 어떤 동물도 말을 할 수 있는 능력을 갖고 있지 않으며, 오직 사람만이 말을 할 수 있는 능력을 태어나면서부터 갖는다. 언어를 통해 사람은 사회적 존재로서 살아갈 수 있고, 사람다운 삶을 꾸려가고 누릴 수 있다.

사람에게 말이 꼭 필요한 이유는 중요한 표현의 수단이기 때문이다. 표현이란 사람이 내면에 품고 있는 보이지 않는 것들을 밖으로 끄집어내어 남에게 보여주는 행위이다. 표현의 수단은 여러 가지인데, 언어를 통한 표현이 가장 구체적이고 정확하게, 또 다양하고 넓게 이루어진다. 소리를 내거나, 그림을 그리거나, 동작을 취하는 등 어떤 방법도 언어를 이용하는 것보다 구체적으로 표현할 수는 없다.

말로써 표현하는 경우, 그 표현하고자 하는 것은 대부분 일상적인 내용이다. 밥을 달라거나, 일을 하러 가자거나, 그게 무엇이냐고 묻거나, 그냥 평범하게 하루 생활 중 필요해서 나누는 말하기이다. 그런데 일상적인 의사전달이 아니라 조금이라도 특별한 목적으로 표현하려면 일상적인 말하기와는 달라야 한다. 특별한 목적으로 말하기란, 감정을 교류하는 것, 즐거움을 주고받는 것, 강력하게 설득하는 것 등을 뜻한다. 이른바 우리가 예술적 표현, 문화적 표현이라 부르는 것들이 이에 해당한다.

일상적 말하기와 구분되는 예술적 말하기, 문화적 말하기를 위해 사람들은 말을 하는 특별한 방법을 고안하게 되었는데, 그것이 바로 노래와 이야기이다. '당신을 사랑합니다'라고 고백하고 싶을 때, 일상적 말하기 표현으로는 충분한 효과를 거두기 어렵다. 노래로 사랑을 고백하면 더 효과적이다. 이는 음악적으로 말을 하는 것이 된다. 마찬가지로 말을 이용하되 더 조직적으로 즐거움을 누릴 수 있게 꾸민 것이 이야기다. 노래와 이야기는 말을 이용한 예술적 표현의 수단이자 장치이다.

앞에서 본 바와 같이 백수광부의 아내가 불렀다는 노래는 이야기와 결합되어 있다. 이야기와 노래가 말하기의 방법으로서 변화하기 시작한 초기 단계에서는 이렇게 노래와 이야기가 하나로 결합되어 있었다. 「일리어드」, 「오디세이」 같은 서양의 서사시가 바로 그렇게 이야기와 노래가 하나로 뭉친 예술적 말하기의 한 갈래이다.

그런데 곽리자고와 그의 아내 여옥에 관한 이야기는 노래와 결합된 것이 아니다. 이들은 이 노래가 어떻게 퍼져나가게 되었는지를 설명하기 위한 역사적 이야기의 주인공들이다. 이처럼 이야기는 역사적 사실을 전달할 수도 있다. 역사에 해당하는 영어 'History'는 'hi'와 'story'가 결합된 말이다. 역사는 바로 사실적인 이야기인 것이다.

처용이 부른 노래와 춤

우리는 「처용가」와 그에 얽힌 설화를 잘 알고 있다. 「삼국유사」 권2 기이편 '처용랑망해사조(處容郎望海寺條)'에는 다음과 같은 설화가 실려 있다.

신라 제49대 왕인 헌강왕이 개운포(開雲浦 : 지금의 울산)에 나가 놀다가 물가에서 쉬는데, 갑자기 구름과 안개가 자욱해져 길을 잃었다. 왕이 괴이 여겨 좌우 신하들에게 물으니, 일관(日官)이 아뢰기를 "이것은 동해용의 조화이니 마땅히 좋은 일을 해주어서 풀어야 할 것입니다."라고 했다. 이에 왕은 일을 맡은 관원에게 근처에 절을 세우도록 명했다. 왕의 명령이 내려지자 구름과 안개가 걷혔으므로 이에 그곳 이름을 개운포라 했다.

동해용이 기뻐하여 아들 일곱을 거느리고 왕의 앞에 나타나 덕을 찬양하여 춤추고 음악을 연주했다. 그 가운데 한 아들이 왕을 따라 서울로 가서 왕의 정사를 도왔는데 그의 이름이 처용이다. 왕은 처용에게 미녀를 아내로 주고, 그의 마음을 잡아 두기 위해 급간(級干) 벼슬을 주었다.

그런데 그의 아내가 무척 아름다웠기 때문에 역신(疫神)이 흠모하여 사람의 모습으로 변신한 뒤 밤에 그의 집에 가서 몰래 같이 잤다. 처용이 밖에서 돌아와 잠자리에 두 사람이 있는 것을 보고 「처용가」를 부르며 춤을 추면서 물러났다.

그때 역신이 모습을 나타내고 처용 앞에 꿇어앉아, "내가 공의 아내를 사모하여 지금 범하였는데도 공은 노여움을 나타내지 않으니 감동하여 아름답게 여기는 바입니다. 맹세코 지금 이후부터는 공의 형상을 그린 것만 보아도 그 문에 들어가지 않겠습니다."라고 했다. 이로 인하여 나라 사람들은 처용의 모습을 그려 문에 붙여 사기(邪氣)를 물리치고 경사스러움을 맞아들였다는 것이다. 🎗️

이 이야기와 함께 처용이 지었다는 노래와 처용이 추었던 춤이 널리 퍼졌다고 기록되어 있다. 학자들은 처용에 대해서 서역인, 무당, 벼슬자리 등 다양하게 추정하고 있지만, 처용이 무엇이든 그의 춤과 이야기는 오늘까지 이어지고 있다. 처용무는 가면을 쓰고 추는 춤인데, 우리 민족은 탈춤, 꼭두각시놀이 등 가면무를 많이 즐겼던 것으로 보인다. 그러나 오늘날 행해지고 있는 처용무는 정확하게 옛 춤을 복원한 것으로 보기는 어렵고, 처용의 노래는 전해지지 않는다. 이에 반해 이야기는 지금까지 잘 이어지고 있다. 지금도 전염병을 막기 위해서나 삿된 것을 막기 위해 처용의 얼굴을 대문 앞에 그리기도 한다.

「삼국유사」는 역사책이지만 이야기책이기도 하다. 여기에는 사실로 믿을 수 없는 허구의 이야기도 많이 실려 있다. 이를 통해서도 역사와 이야기는 구분하기가 어려움을 알 수 있다.

처용무를 하나의 무속신앙으로 볼 수도 있으므로, 처용무를 이해하려면 무당굿을 연상해도 될 것이다. 무당들이 굿을 할 때에는 노래를 부르거나 춤을 춘다. 그 안에는 '바리데기공주'와 같은 이야기가 들어 있다. 이처럼 춤판이든 굿판이든 판(무대)에서 이루어지는 것들을 놀이 양식이라고 말한다. 오늘날의 연극이나 영화, 뮤지컬도 모두 놀이 양식의 형태로 볼 수 있다. 이런 측면에서 본다면 놀이 양식들은 노래와 이야기에 몸짓이 결합된 것이다.

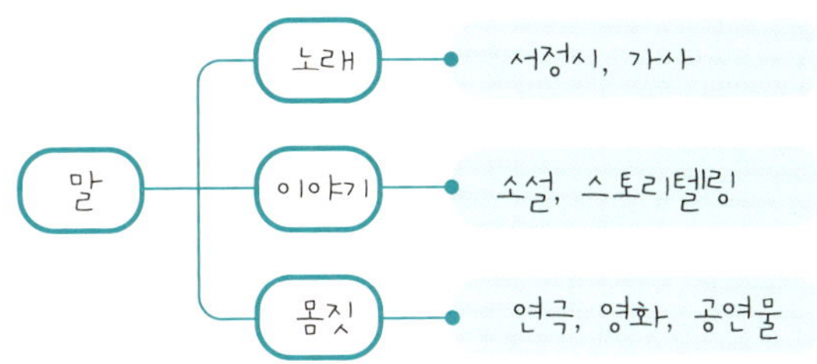

금방망이로 뚝딱거린 이야기

방이설화는 고전소설인 「흥부전」의 근원 설화로 알려진 옛 이야기다.
이 설화는 중국 당나라 때 문헌인 「유양잡조」에 실려 있는데, 그 내용은
다음과 같다.

> 신라에 김방이(金旁)라는 자가 살았는데 몹시 가난하였다. 그의 아우는
부자였다. 어느 해 방이가 농사를 짓고자 아우에게 누에와 곡식의 종자를
달라고 구걸하였다. 성질이 포악하고 심술이 사나운 아우는 누에와 곡식
종자를 삶은 채 형에게 주었다. 이를 모르는 방이는 누에를 열심히 치고 씨
앗도 뿌려 잘 가꾸었다.
>
> 삶은 누에와 곡식이므로 아무리 열심히 가꾸어도 자라날 수 없었다. 그
런데 신기하게 그 중에서 단 한 마리의 누에가 생겼는데, 그것이 날로 자라
황소만큼 컸다. 소문을 듣고 샘이 난 아우가 찾아와 그 누에마저 죽여 버렸
다. 그러자 사방의 누에가 모두 모여들어 실을 켜 주었으므로 형은 ‘누에왕’
으로 불리게 되었다.
>
> 곡식도 한 줄기밖에 나지 않았는데, 그 하나의 이삭이 한 자가 넘게 크
게 자랐다. 하루는 새 한 마리가 날아와 그 이삭을 물고 산속으로 달아났
다. 하나 밖에 없는 이삭을 빼앗긴 방이는 새를 쫓아서 산속 깊이 들어갔다
가 해가 저물어 큰 돌 옆에서 머물게 되었다.
>
> 그 때 붉은 옷을 입은 아이들이 나타나, 어디선가 금방망이를 꺼내 돌

을 두드리니 원하는 대로 음식이 다 나오는 것이었다. 아이들은 맛있는 음식을 실컷 먹고 놀더니 금방망이를 돌 틈에 놓아두고 헤어졌다. 방이는 그 금방망이를 주워 와서 큰 부자가 되었다.

이 소식을 듣고 심술이 난 아우는 형처럼 하여 새를 쫓아가 아이들을 만났다. 그러나 아이들에게 들켜 지난 번 금방망이 도둑으로 몰리고 말았다. 아우는 사흘이나 굶주리며 연못을 파는 벌을 받고 코끼리처럼 코를 뽑힌 다음에야 돌아왔다. ""

우리가 어렸을 적에 많이 들었던 도깨비 방망이 이야기와 비슷하다. 선과 악의 대립 속에서 선한 자가 승리하고 악한 자가 낭패를 겪는 내용이다. 우리는 심술쟁이 아우가 금방망이 도둑으로 몰려 벌을 받는 대목에서 카타르시스를 느낀다. 착한 형이 부자가 되고, 심술스러운 아우가 벌을 받는 것을 보면서 사람이 바르게 사는 것이 얼마나 가치 있는 일인지를 느끼기도 한다.

「흥부전」에서는 형과 아우의 역할이 바뀐다. 형인 놀부는 심술쟁이 악역을 맡고, 아우인 흥부는 심성이 고운 주인공 역할을 맡는다. 형과 아우의 역할이 방이 설화와 반대지만 악한 자가 선한 자의 행운을 시기하여 그대로 따라 행동하다가 곤란해진다는 이야기 틀은 그대로다. 옛 설화는 자연의 질서를 중시했기 때문에 형이 선하고 아우가 악한 것으로 꾸몄지만, 고소설인 「흥부전」에서는 인간의 질서, 특히 유교적 논리를 중시했기 때문에 자연적인 순서보다 인간의 심성에 더 중심을 두느라 형과 아우의 역할을 바꾸었다.

우리는 이런 이야기를 듣거나 읽으면서 자연스럽게 인간의 도리나 심성의 중요함을 깨닫는다. 어쩌면 우리는 세상살이의 많은 부분을 이야기를 통해 알게 되고 배우게 되는지도 모른다. 신화, 설화, 민담 같은 이야기들은 질서를 갖춘 말의 덩어리로서 그 자체로 재미를 주기도 하고, 교훈을 주기도 한다. 그래서 지금처럼 텔레비전, 영화, 게임 같은 미디어가 발달하기 전에는 이야기가 곧 오락이며 게임이었고, 동시에 교과서이기도 했다. 사람들은 이야기를 통해 학습을 하고, 정보도 얻으며, 동시에 오락도 즐겼던 것이다. 즉, 이야기는 삶의 수단이자 통로였고, 삶의 방법이기도 했다. 사람은 이야기를 떠나서는 사회를 이루며 살 수 없다. 우리는 이야기와 함께 살아가는 것이다.

동화와 삶의 질서

간혹 우리 주변에는 학교 교육을 제대로 받지 못했음에도 사회생활을 바르게 잘하는 사람을 볼 수 있다. 영화배우들은 연기를 위해 알아야 할 일들이 많은데, 그것을 학교 교육에서 습득하지는 않는다. 우리가 살아가기 위해 기본적으로 알고 익혀야 할 내용들이 체계적 교육을 통해서만 습득되지는 않는다.

가정 교육, 학교 교육, 사회 교육 등과 같은 모든 과정이 중요하지만,

우리가 깊이 마음에 새기게 되는 인식은 인위적인 가르침으로만 주입되지 않는다. 인식은 억지로 주입되는 것이 아니라 스스로 새기는 것이다.

방이 설화에 등장하는 형은 우직한 사람이다. 아우가 삶아서 준 누에와 씨앗을 믿고 가꾸었다. 얼핏 보면 어리석은 사람이지만 그 신뢰와 성실이 그에게 행운을 가져다준다. 반대로 아우는 못되고 교활하다. 결국 시기심 때문에 큰 고통을 당한다. 이런 동화를 어린아이들에게 들려주면서 굳이 "사람은 성실해야 해", "시기심을 가지면 안 돼"라고 가르치지 않아도, 아이들은 이미 이야기를 통해 그런 교훈을 가슴에 새긴다. 이야기가 아이들을 이해하게 하고 느끼게 함으로써, 인식을 심고 사회생활을 알게 한다.

토끼와 거북이가 달리기 시합을 한 이야기를 들으면서 부지런함과 성실함의 가치를 알게 되고, 금도끼 은도끼 이야기를 들으면서 정직함이 얼마나 중요한지를 느끼게 된다. 우리가 살아가면서 저절로 익혔다고 생각하는 많은 지혜들은 이처럼 우리가 듣거나 읽었던 동화에서 얻었던 것이다. 이솝 우화는 사람이 지닌 여러 내면들, 욕심, 부끄러움, 거짓, 위선 등을 이야기로 풀어낸다. 이러한 이야기는 우리 삶의 기본적인 이치들을 깨닫게 해주는 역할을 한다.

이야기의 인식 심기 작용은 비단 동화에만 그치지 않는다. 사람이 성장하는 과정은 곧 사회에 적응하는 과정이다. 인간은 사회적 존재이기 때문에 사회생활을 피할 수 없다. 친구를 사귀고, 이웃을 만나고, 선생님을 만나고, 많은 미디어와 만난다. 이 모든 만남에는 이야기가 작용한다. 이야기가 만남을 이끌고 지탱하게 한다.

그래서 우리는 자신도 모르게 숱한 이야기에 둘러싸여 살아온 것이다. 이야기의 파장 안에서 우리가 알아야 할 숱한 지식, 지혜, 가치를 깨우치고 습득해왔다. 지금도 마찬가지고, 앞으로도 그러할 것이다. 우리는 이야기의 대기권 안에서 살아가고 있다.

3. 이야기는 지혜롭고 즐겁다

신화에 담긴 마음

앞에서 말을 특별한 목적으로 가꾼 세 가지 경우를 살펴보았다. 노래, 이야기, 놀이의 세 양식은 나중에 문학의 3대 장르(서정, 서사, 극)를 이룬다. 애초에 셋은 하나의 작품에 섞여 있었는데, 말과 글이 나뉘면서 각자 따로 독립된 양식으로 발전했다. 그러다가 최근 네트워크와 디지털 문화 시대로 접어들면서 다시 결합하려는 경향을 보이고 있다. 최근 10여 년 동안에 가장 많이 성장한 공연 문화가 뮤지컬인데, 이는 노래, 이야기, 놀이가 하나로 결합된 대표적인 사례이다. 「개그콘서트」와 같은 텔레비전 프로그램들도 마찬가지다. 세 양식이 모두 섞이지 않더라도 노래와 이야기, 노래와 놀이, 이야기와 놀이가 결합된 다양한 형태로 문화가 변화하고 있다.

그러나 어떤 형태의 작품이든 이야기가 들어 있지 않으면 제 모습을 갖기 어렵다. 이야기가 있어야 재미와 교훈을 담을 수 있다. 이야기 중에서 가장 오래된 것은 신화이다. 다음은 고구려를 세운 동명성왕 주몽 신화의 첫 대목으로 이규보의 『동명왕편』을 참고하여 각색한 것이다.

> 한(漢) 신작(神雀) 삼년 임술(壬戌)에 천제는 아들 해모수를 부여왕의 옛 도읍터에 내려 보내어 놀게 하였다. 해모수가 하늘에서 내려올 때에는 용 다섯이 끄는 수레(五龍車)를 탔고 백 명의 여자가 모두 흰 고니(白鵠)를 타고 뒤를 따랐다. 여러 색의 구름이 하늘에 뜨고 구름 속에서 신비로운 음악이 들리었다. 해모수는 웅심산(熊心山)에 머무르다 십 여일이 지난 후에야 비로소 내려왔는데, 머리에는 까마귀 깃으로 된 관(鳥羽冠)을 쓰고 허리에는 용의 무늬가 빛나는 칼(龍光劍)을 찼다. 아침에 정사(政事)를 듣고 저녁이면 하늘로 올라가니 세상 사람들은 그를 천왕랑(天王郎)이라 불렀다.
>
> 성북(城北) 청하(靑河)에 하백(河伯)의 세 딸이 아름다웠는데 첫째는 유화(柳花), 둘째는 훤화(萱花), 셋째는 위화(葦花)라고 하였다. 그녀들이 청하에서 웅심연(熊心淵)이란 연못 위로 놀러 나가니 자태는 곱고 빛났으며 장식으로 단 패옥이 어지럽게 울렸다. 해모수 왕이 이들을 보고, 좌우 신하들에

 스토리텔링 교과서

게 말하되 "얻어서 왕비를 삼으면 아들을 두리로다." 하였다. 그녀들은 왕을 보자 놀래서 바로 물속으로 들어가 버렸다. 신하들이 말하기를 "궁전을 지어 여자들이 들어가기를 기다렸다가 문을 닫아 버리면 되지 않겠습니까?" 하였다. 왕이 그렇게 여겨 말채찍으로 땅을 그으니 구리로 된 집(銅室)이 바로 만들어져 장관을 이루었다. 방 가운데는 세 자리를 마련해 놓고 동이에 술을 담아 두었다. 그 집으로 들어간 세 여자들은 각각 그 자리에 앉아서 서로 권하며 술을 마시고 크게 취하였다. 왕은 세 여자가 크게 취하기를 기다려 급히 나가 막으니 여자들이 놀라서 달아났는데, 장녀인 유화만이 왕에게 붙들리고 말았다.

하백은 크게 노하여 사자를 보내 "너는 어떤 사람인데 나의 딸을 잡아 두었는가?" 하고 물으니, 왕은 "나는 천제의 아들로 이제 하백에게 구혼하고자 한다." 하였다. 하백이 다시 사자를 보내 말하기를, "네가 천제의 아들로 나에게 구혼을 하려 한다면 마땅히 중매를 보내야 될 터인데, 이제 갑자기 나의 딸을 붙잡아 둔 것은 어찌 실례가 아닌가?" 하였다. 왕은 부끄럽게 여겨 장차 하백을 가서 보려 하고 유하를 놓아 주려 하였으나 여자는 이미 왕에게 정이 들어서 떠나가려고 하지 않았다. 그리고 왕에게 권하기를, "오룡거(五龍車)만 있으면 하백의 나라에 도달할 수 있다."고 하였다. 왕이 하늘을 가리켜 고하니 문득 오룡거(五龍車)가 공중으로부터 내려왔다. 왕과 여자가 수레를 타니 풍운(風雲)이 갑자기 일어나며 하백의 궁전에 이르렀다. 하백은 예(禮)를 갖추어 이들을 맞이하고 자리를 정한 뒤에 말하되, "혼인하는 법은 천하에 통용하는 법인데 어찌하여 예를 잃고 나의 가문을 욕되게 하였는가? 왕이 천제의 아들이라면 무슨 신이함이 있는가?" 하니, 왕은 "오직 시험해볼 따름이다."라고 답했다. 이에 하백이 뜰 앞의 물에서 잉어가 되어 놀자 왕은 수달로 변화해서 이를 잡았다. 하백이 다시 사슴이 되어 달아나니 왕은 늑대가 되어 이를 쫓고 하백이 꿩으로 변하니 왕은 매가 되어 이를 쳤다. 하백이 '이 사람은 참으로 천제의 아들이로구나,' 여기고 예로써 혼인을 이뤘다. 왕이 딸을 데려갈 마음이 없을까 겁내서 잔치를 베풀고 술을 왕에게 권해서 크게 취하게 한 뒤 딸과 함께 작은 가죽 가마에 넣은 채 용거(龍車)에 실어서 승천하도록 하였다. 그 수레가 물을 채 빠져 나오기 전에 왕은 바로 술이 깨어서 여자의 황금 비녀를 취해서 가마를 찌르고 그 구멍으로 홀로 나와 하늘로 올라갔다. 🙼

모두 알고 있는 바와 같이 유하는 햇빛을 받아 잉태한 후 알을 낳게 되며, 그 알에서 주몽이 태어난다. 길게 인용했지만, 인용한 내용은 아직 주몽이 태어나기도 전의 일에 불과하다. 말하자면 여기까지는 신성한 '주인공의 출생담'이다.

이런 이야기를 '신화'라고 한다. 신화란 신들에 관한 이야기, 또는 신비스럽고 이상한 이야기, 신성함에 관한 이야기를 일컫는다. 옥황상제(천제)의 아들이 세상에 내려온다는 서두부터 평범하지 않다. 용이 끄는 오룡거를 타고 내려왔다거나, 서로 시험하기 위해 동물로 변신하는 등의 이야기들은 신화이기 때문에 가능한 판타지이다.

우리 민족의 신화는 대부분 건국 신화이다. 주인공의 성취를 '나라를 일으켜 세움'으로 마무리 한다. 단군신화, 박혁거세신화 등이 그 대표적인 예이다. 이러한 건국 신화는 이후 「홍길동전」과 같은 고소설에까지 영향을 미친다. 단군신화든, 주몽신화든 주인공은 신비롭게 탄생하고 신이한 능력을 부여받는다. 신성한 존재이기 때문이다. 이 이야기들은 그 신성한 존재가 세운 나라가 바로 우리 민족의 나라임을 강조한다. 다시 말하면 건국 신화들은 우리 민족의 핏줄이 위대하고 신성함을 강조한다.

신화가 오랜 생명력을 가지고 전해 내려오는 이유는 바로 그 신성함에 대한 자부심과 믿음의 힘 때문이다. 신화를 자손에게 이야기해주고, 어른으로부터 그 이야기를 들으면서 우리는 우리의 신성한 핏줄에 대한 자부심을 공유하고 전수한다. 과학적 사실과 아무 상관없이 우리는 이 이야기들을 믿는다. 신화는 믿음의 이야기다.

▲ 드라마 주몽의 한 장면

이야기가 줄 수 있는 것

한편 신화는 건국 세력의 정당성과 위대성을 뒷받침하는 이야기로서 정치적 의미를 갖는다. 이야기 자체가 정치적 행위의 중요한 부분을 차지한다. 예를 들어 「삼국지」에서 제갈공명이 이야기로 손권을 움직여 조조를 적벽대전에서 망하게 하는 대목이 나온다. 「삼국지」의 저자는 '세 치 혀가 백만 군사보다 강하다'라고 썼다. 이야기를 정치에 이용한 사례는 동서고금의 역사에서 얼마든지 찾아볼 수 있다.

최근 트위터나 페이스북, 카카오톡 같은 SNS가 정치에 중요하게 작용하면서 언어가 정치에 미치는 영향이 더 커졌다고 한다. 영향력 있는 몇몇 사람의 트윗이 선거 결과를 좌우할 정도가 되었다.

윗글에서 하백이라는 이름은 '강의 왕'이라는 뜻으로 '물의 나라를 다스리는 자'라는 상징적인 의미를 갖는다. 물의 나라에서 살고 있는 그의 딸은 하늘에서 내려온 천제의 아들과 만나 잉태를 하게 된다. 해를 상징하는 해모수와 물을 상징하는 유하의 만남이 생명을 탄생시킨다. 이는 생명의 탄생에 대한 그 당시 사람들의 생물학적 이해력을 보여준다. 생명이 탄생하려면 햇빛과 물이야말로 가장 기본적이고 필수적인 조건이다. 이야기는 이처럼 자연의 현상에 대해 이해시키는 기능을 맡기도 했다.

비범하고 신성한 존재들인 하백과 해모수는 어이없게도 구혼에 대한 예의에 대해 토론한다. 하백은 천제의 아들에게 구혼을 하고 싶으면 정식 절차(중매)를 밟아야 함에도 억지로 납치한 행위를 비난한다. 더욱이 해모수는 자신의 행동을 부끄럽게 여기고 사과하기까지 한다.

이 글을 쓴 이규보는 고려 때 사람이다. 훨씬 이전부터 입에서 입으로 전해져 오던 이야기를 이규보가 글로 정리한 것이다. 즉, 이규보의 창작품이 아니라 전해져 오는 이야기를 글로 적었을 뿐이다. 하지만 글을 쓰는 과정에서 이규보의 윤리 의식이 포함되었을 가능성이 있다.

설사 그렇다고 하더라도 인간의 능력을 초월하는 신적인 존재들이 인간의 윤리와 도리를 지키지 않는다고 비판하고 부끄러워하는 것은 흥미롭다. 이는 이야기가 전해져 오는 과정에서 인간의 질서가 생겼음을 뜻한다. 구혼을 위해 중매를 내세우는 것은 그 당시의 풍습이자 인간다운 질서였을 것이기 때문이다.

이처럼 이야기에는 윤리나 질서, 사회적 책무, 도덕 같은 규범들에 사회 구성원들의 가치관이 포함된다. 앞에서 우리가 알아야 할 기본적인 삶의 방법들을 동화에서 배웠다고 했듯이, 이야기는 사회적 교과서의 역할을 충분히 하였다. 그것은 지금도 마찬가지여서 우리는 텔레비전 드라마나 영화를 보면서 선과 악의 사회적 기준을 익히게 된다. 사람들은 삶 속에서 발견한 지혜를 교육하거나 교환하는 수단으로 이야기를 이용해왔던 것이다.

친구들과 나누는 이야기는 밤을 새워도

성경에는 "태초에 말씀이 있었다"라고 적혀 있다. 사람으로 존재하게 된 것은 언어 능력을 구비하면서부터라고 볼 수 있다. 글을 쓰게 된 것은 한참 후의 일이지만, 말을 하는 능력은 인류가 나타면서부터 시작된 것이다. 그 말을 이용해서 일상적인 의사소통을 했고, 노래를 부르고, 이야기를 나누고, 놀이를 했다.

가장 먼저 생긴 이야기가 신화라면, 신화 다음에는 전설, 민담과 같은 이야기들이 생겼다. 우리는 앞에서 방이 설화를 예로 들어 살펴보았다. 호랑이가 떡을 달라고 조르는 이야기, 나무꾼이 선녀의 옷을 훔치는 이야기 등과 같은 숱한 이야기들이 창작되거나 구전되었다. 물론 우리 민족만 그런 것이 아니라 전 세계의 인류가 다 마찬가지였다.

그런데 왜 하필 이야기였을까? 왜 이야기가 그토록 많은 기능을 맡고 있었을까? 그 이유를 한마디로 말하기는 어렵지만 이야기 자체가 그런 일을 다 감당할 수 있는 성질을 가졌기 때문일 것이다. 그렇지만 그중에서도 가장 중요한 것은 이야기가 즐거움을 준다는 사실이다. 이야기를 하고 싶고, 듣고 싶은 것은 본능에 속하는 일이다. 즉, 즐거운 본능이다.

대한민국이 게임 천국으로 변한 것은 어제 오늘의 일이 아니다. 대부분의 청소년들이 게임에 빠져서 많은 시간을 게임 즐기는 데에 사용한다. 이를 굳이 좋다, 나쁘다로 잘라 말하기는 어렵지만, 분명한 것은 그렇게 게임에 몰두하는 이유가 즐겁기 때문이라는 사실이다. 게임에 빠지는 것은 이야기에 빠지는 것과 같다. 게임을 즐기는 동안 유저는 이야기의 주인공으로 변신하는 것이다. 물론 이야기라고 해서 모두 좋은 것은 아니다. 음란하거나 비교육적인 이야기도 있다. 아무리 좋은 이야기도 나쁘게 즐기면 해로운 법이다. 마찬가지로 게임을 즐긴다는 것이 모두 나쁜

것만은 아니다. 게임을 주체적으로 잘 즐길 수 있다면 성장에 도움이 될
수도 있다.

　텔레비전 프로그램들은 숱한 이야기를 만들어 시청자들을 사로잡는
다. 토크쇼든 리얼 버라이어티든 연예인들은 이야기 속의 인물로 시청자
들에게 재미를 선사한다. 우리는 텔레비전을 보면서 이야기를 듣는 셈
이다. 따라서 이야기는 소설책이나 만화책에만 있는 것이 아니라 우리가
즐기는 모든 미디어에 포함되어 있다. 이야기는 즐거움을 준다. 앞에서
본 「주몽신화」가 지금까지 전승된 이유도 즐거움에 있다. 인류가 오랜 세
월 동안 이야기를 만들고 전수해올 수 있었던 것은 바로 이야기가 주는
본능적 즐거움 때문이다.

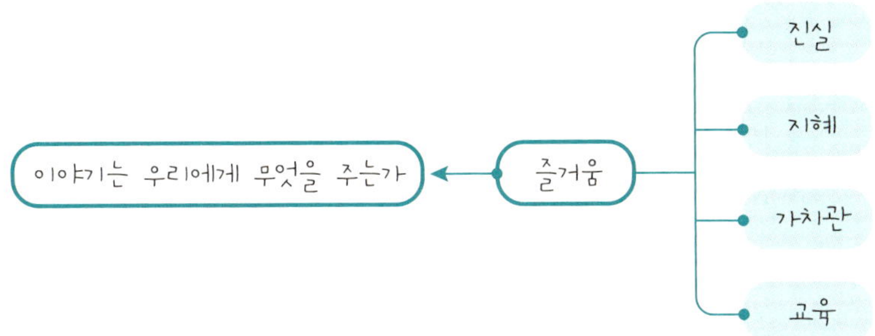

4. 스토리텔링의 전제 조건, '이야기'

스토리의 3요소

지금까지 '이야기'의 중요성에 대해서 알아보았다. 이제 '이야기'와 '이야기하기'의 관계에 대해 알아보자. 이야기가 영어로 'story'라면 이야기하기는 'storytelling'이다. 가능하면 순수한 우리말을 사용하는 것이 바람직한데, 우리말에서는 이야기와 이야기하기가 잘 구별되지 않는다.

아버지 또는 담임선생님께서 "얘야, 이야기 좀 하자."라고 하시면 우리는 긴장부터 하게 된다. 이야기는 즐거움이라고 했는데 왜 긴장을 하게 되는 것일까? 이때 '이야기하다'는 일상적인 대화를 뜻하는 것이지 (보통 아버지나 담임선생님의 이야기는 야단치는 것이지만) 스토리텔링(storytelling)의 의미, 즉 이 책에서 공부하려는 ‘즐거운 이야기 나누기’가 아니다. 이처럼 우리는 ‘이야기하다’라는 용어를 다양하게 사용하고 있기 때문에 스토리텔링의 의미로 이야기하기라는 용어를 사용하기가 어렵다. 그래서 영어 용어인 스토리텔링을 외래어로 받아들여 일반적으로 사용하고 있다. 이 책에서 도 ‘스토리텔링’이라는 용어를 보통 명사처럼 사용할 것이다.

이 책에서 지금까지 사용해온 ‘이야기’라는 단어도 조심스럽게 사용 해야 한다. 앞에서 공후인에 얽힌 옛 노래인 「공무도하가」에 이야기가 들 어 있다고 했고, 옷 입기, 그림 등에도 이야기가 들어 있다고 했다. 이런 측면에서 보면 이야기 아닌 것이 없을 정도이다.

우리는 일상생활에서 많은 이야기를 주고받는다. 하지만 일반적으로 사용하는 ‘이야기’와 스토리텔링의 내용에 해당하는 ‘이야기(스토리)’는 의 미가 조금 다르다.

지금부터는 ‘이야기’ 즉 ‘story’를 좁은 의미로 생각하도록 하자. 이야기 (스토리)는 스토리텔링의 내용에 해당한다. 스토리텔링이 말하는 행위라 고 한다면 스토리는 그 말하기의 내용에 해당한다.

스토리는 ‘인물, 사건, 배경을 조합하여 만들어 낸 한 덩어리의 말하기’ 이다. 스토리(이야기)가 성립하려면 ‘인물, 사건, 배경’이라는 세 가지 요소 를 반드시 갖추어야 한다. 이 세 가지 요소 중에서 하나라도 빠지면 스 토리는 성립하지 않는다. 다시 말해서 스토리는 ‘누가(인물), 언제 어디에 서(배경), 어찌 하였다(사건)’라는 내용을 갖추고 있어야 한다. 세 요소가 잘 섞여서 어떤 변화를 감지할 수 있도록 덩어리를 구성한 것이 스토리다.

스토리는 인물, 사건, 배경을 조합하여 만들어 낸 것으로서, 우리가 말을 이용해 특별하게 표현하고자 하는 바의 내용에 해당한다. 대화를 나눌 때 인물, 사건, 배경이 포함되도록 꾸며서 말을 하면 특별한 효과가 생긴다. 설득력이 강해지거나, 흥미로워지거나, 혹은 이해하기가 쉬워진다. 가장 중요한 점은 스토리가 형성되도록 말해야만 진실을 전하기 쉽고, 또 말하는 이와 듣는 이가 즐겁다는 것이다.

"우리나라는 하나님이 아들을 보내 세운 신성한 나라야."라고 말하는 것보다 '천제의 아들 해모수와 하백의 딸 유화(인물)가 오래 전에 부여 땅에서 만나(배경) 정을 싹틔우고 주몽을 낳게 되었다(사건)'라는 스토리를 만들어 후손들에게 이야기하면 핏줄의 신성함에 대한 공감이 커지고 흥미가 생기게 된다. 즉, 인물, 배경, 사건은 이야기(스토리)가 성립되도록 하는 필수적인 요소이다.

허구 스토리와 사실 스토리

'인물, 사건, 배경이 조화되도록' 꾸며서 스토리를 만들어 말할 때 두 가지 경우가 생길 수 있다. 허구적으로 말할 수도 있고, 사실 그대로 말할 수도 있다. 인물, 배경, 사건이 실제로 있었던 그대로라면 그 스토리는 실제 스토리가 되고, 실존하지 않은 인물이나 작가가 사건을 꾸며 내었다면 허구적인 스토리가 된다.

다음 글은 어느 신문 기사의 일부이다.

대구 팔공산 동화사에 금괴가 묻혀 있다고 주장한 탈북자 김 모(41) 씨가 13일 금괴 발굴을 위해 관할 구청에 현상 변경(발굴) 허가 신청서를 제출했다. 대한불교조계종 제9교구 본사인 동화사 경내는 문화재보호구역인 데다 금괴가 묻혔다고 주장하는 곳이 대웅전(보물 1563호) 기단 주변이기 때문에 문화재청의 허가가 없으면 발굴을 할 수 없다고 밝혔다.

대구 동구청에 따르면, 김 씨의 지인이라는 남자 3명이 이날 오후 구청 관광문화재과를 방문해 김 씨 명의로 현상 변경 허가 신청서를 냈다. 이들은 신청서에 동화사의 동의서도 첨부했다. 동구 측은 "접수된 서류를 문화재청으로 넘기면 전문가 현장 조사와 문화재위원회 검토를 거쳐 발굴 허가 여부가 결정된다."라고 말했다.

2008년 북한을 탈출한 김 씨는 "북한에 있을 때 남한 출신 양아버지 (83)가 '한국전쟁 당시 북으로 피란할 때 재산을 처분해 금괴 40kg(시가 24억 원 상당)을 동화사 대웅전 뒤뜰에 묻었다'라는 말을 했다"고 주장하고 있다.

이 글은 김 씨라고 하는 인물이 13일 대구 동구청에 금괴 발굴을 허가해 달라고 신청한 사건을 알려주고 있다. 인물, 배경과 사건이 모두 포함되어 있기 때문에 스토리가 성립되었다고 할 수 있다. 이처럼 대부분의 신문 기사는 스토리를 갖는다.

이 스토리의 주 인물인 탈북자 김 씨는 기자가 만들어 낸 인물이 아니라 실제로 존재하는 인물이다. 또 대구에 있는 동화사라는 사찰도 실제로 존재한다. 김 씨가 금괴 발굴 허가 신청서를 제출한 것도 실제로 있었던 일이다. 김 씨가 북한을 탈출한 해가 2008년이라는 것도 사실이다.

만약 이 기사의 어느 한 부분이라도 사실이 아닌 내용이 있다면 이 글은 신문 기사로서의 자격을 잃게 될 것이다. 여기에 담긴 스토리는 이야기지만 작가가 창조한 것이 아니라 실제로 있었던 일을 스토리로 작성한 것이다. 이러한 스토리를 '실제 스토리', '비허구적 스토리'라고 한다. 자서전, 르포, 다큐멘터리, 수기, 수필 등은 비허구적 스토리에 해당한다. 이 밖에 여러 역사적 기술들도 비허구적 스토리에 해당한다.

그러나 대부분의 스토리는 허구적인 창작물이다. 오늘날 우리는 숱한 문화 양식에 파묻혀 있다. 소설, 영화, 만화, 애니메이션, 뮤지컬, 텔레비전 드라마, 컴퓨터 게임, 모바일 게임, 상업적 CF, 뮤직비디오 등 이루 다 열거하기 힘들 정도로 다양한 문화를 누리고 있다. 그 모든 콘텐츠에 스토리가 들어 있는데, 이들 스토리는 대부분이 허구이다.

허구적 스토리는 작가가 만들어 내는 것이지만, 그렇다고 해서 거짓을 말하는 수단은 아니다. 스토리를 만드는 사람은 자기 마음대로 거짓을 만들어 내는 것이 아니라, 실제적 인물이나 사실을 모델로 삼되, 거기에 상상력과 창의력을 가미하여 새로운 이야기를 창조해내는 것이다.

역사책이나 신문에 실리는 실제적 스토리보다 허구적 스토리를 더 많이 만들어 내는 이유는 무엇일까? 실제적 스토리는 사실을 이야기하고 허구적 스토리는 거짓을 이야기한다고 생각하면 큰 잘못이다. 허구적인 이야기를 만듦으로써 더 깊은 진실을 추구하고 나눌 수 있다. 우리가 매일 경험하는 실제적 사실은 대부분 중요하지 않거나 사소한 것이다. 또 위장과 허위로 포장되어 있기 십상이다. 본질적인 모습은 감추어져 있거나 은폐되어 있는 경우가 많다. 그래서 실제로 있었던 인물이나 사건으로는 제대로 진실을 담아내기가 어렵다. 작가는 창의적으로 이야기를 만들 때 실제에 숨어 있는 진실을 찾아낸 후에 허구적 이야기로 만들어 전달한다. 따라서 허구적 스토리를 만드는 이유는 거짓을 말하기 위해서가 아니라 보이지 않는 진실을 깊이 있게 파헤치려는 데에 있다.

미국의 작가 오 헨리가 쓴 「마지막 잎새」라는 작품을 대부분 알고 있을 것이다. 폐렴에 걸려 죽어가던 존시는 창문 뒤로 보이는 담쟁이덩굴의 잎이 다 떨어지면 자기도 죽을 것이라고 생각한다. 버먼이라는 늙고 보잘것 없어 보이던 화가가 몰래 담쟁이 잎사귀를 그려 둔다. 그려진 잎사귀이므로 떨어질 리 없지만, 존시는 끝까지 살아남은 마지막 잎새를 보고 의욕을 되찾아 살아난다는 이야기다. 이 소설의 마지막 잎새에 비유해 보자면, 화가가 그린 마지막 잎새는 실제가 아니라 허구적인 것이다. 그러나 실제의 잎새보다 훨씬 진실되고 강한 힘을 전해준다. 이것이 바로 허구적 스토리가 갖는 힘이다.

스토리는 완료되지 않은 재료

김시습이 쓴 『금오신화』에 실린 「이생규장전」은 흥미로운 스토리를 지니고 있다.

> 개성에 이생이라는 젊은이가 글공부를 하고 있었다. 하루는 선죽교 근처를 지나다가 귀족인 최 씨 집안의 아름다운 처녀를 우연히 보고 사랑에 빠졌다. 이생은 사랑을 호소하는 글을 써서 담 너머로 던졌다. 그들은 사랑하는 사이가 되었지만 이생의 부모가 결혼을 반대하였다. 최 씨 부모의 노력으로 결국 두 사람은 부부가 되고 이생은 과거에 오른다. 그러나 얼마 되지 않아 홍건적의 난이 발생하였고, 최 씨 여인이 난적의 칼에 맞아 죽고 만다. 이생은 시체도 찾지 못하였다.
>
> 그런데 어느 날 뜻밖에도 그 여인이 이생을 찾아왔다. 둘은 다시 행복한 나날을 보낸다. 3년이 지난 뒤 어느 날 여인은 아직도 들에 뒹구는 자신의 해골을 거두어 장사지내 줄 것을 이생에게 부탁하며 작별을 고한다. 이생은 아내의 말대로 시체를 거두어 장사를 지냈는데, 그 길로 병이 들어 신음하다가 아내의 뒤를 따라 세상을 떠나고 만다.

'겨우 결혼한 이생이 아내를 여의었는데, 죽은 아내가 귀신으로 나타나 3년을 함께 산 뒤에 이생도 죽었다'는 내용이 이 작품의 스토리이다.

너무나 당연한 말이지만, 스토리가 있어야 스토리텔링이 가능하다. 스토리가 스토리텔링의 재료이기 때문이다. 하나의 스토리텔링에는 하나의 스토리만 있을 수도 있고, 여러 개의 스토리가 있을 수도 있다. 보통 이야기가 들어 있는 어떤 작품의 줄거리를 요약하면, 중요 인물이 일으킨 사건을 시간 순서대로 정리하게 되는데, 그것을 스토리라고 보면 된다.

스토리텔링이 완성된 작품이라면, 스토리는 그것을 완성시키기 위한 내용물이라고 할 수 있다. 그래서 스토리는 완료된 완성품이 아니라 아직 변화 가능한 것이다. 돼지고기로 요리를 만들 때, 보쌈을 만들 수도 있고, 두루치기를 만들 수도 있고, 구이 요리를 만들 수도 있다. 돼지고기 자체는 완성품이 아니라 요리의 재료로서 어떤 모습으로 변할 것인지 모르는 상태에 있다. 돼지고기가 각 요리의 재료이듯이 스토리도 스토리텔링의 재료인 것이다. 그래서 하나의 스토리가 여럿의 스토리텔링에 사용될 수도 있다.

「이생규장전」에 쓰인 '사람과 귀신이 사랑을 나누는' 스토리는 우리 주변에서 흔히 볼 수 있다. 이 작품이 나오기 훨씬 이전인 설화집 「수이전」에서도 이와 흡사한 스토리를 발견할 수 있다. 「전설의 고향」과 같은 텔레비전 드라마에서도 이런 스토리가 흔하다.

「이생규장전」이 애니메이션으로 만들어진 적이 있다. 하지만 애니메이션으로 바뀌더라도 원래 소설 『금오신화』의 스토리는 그대로이다. 소설과 애니메이션은 분명 다른 장르이지만 그 스토리는 같다.

5. 스토리텔링의 충분조건, '나눔'

스토리텔링과 소통

스토리텔링을 우리말로 풀어 보면 '스토리를 말하기'이다. 이에 맞는 우리말은 '이야기하기'이다. 스토리(이야기)와 스토리텔링(이야기하기)의 차이는 간단하다. 스토리를 만들어, 그 스토리를 표현하면 스토리텔링이 된다. 이렇게 간단한 개념을 문학 이론에서는 매우 복잡하게 설명하고 있다. 우리에게 복잡한 문학 이론은 필요하지 않으므로 간단하게 스토리텔링의 성격만 살펴보기로 하자.

스토리에 'telling'을 붙이면 스토리텔링이 되는데, 'telling'이라는 단어

안에는 말을 하는 구체적 행위의 개념이 들어 있다. '이야기하기'라는 단어는 상황을 지시한다. 여기서 말하는 상황이란 이야기를 하는 사람과 듣는 사람이 서로 이야기를 주고받는 소통 상황을 말한다. 당연히 이야기를 하는 사람과 듣는 사람이 있어야만 'telling'이 이루어진다. 스토리텔링은 그 'telling'의 상황에서 스토리가 있는 내용의 말을 주고받는 것이다.

그러므로 스토리텔링은 스토리라는 재료를 가지고 서로 의견을 교환하는 구체적 행위를 뜻한다. 스토리는 앞에서 설명한 대로 인물과 사건과 배경의 결합으로 이루어진다. 사람이 어떤 사건에 휘말리게 되는 데에는 이유가 있게 마련이다. 그 사람의 성격 때문일 수도 있고, 주변 환경 때문일 수도 있다. 스토리텔링의 목적은 사람에게 일어나는 사건들을 스토리로 꾸며서 서로의 생각과 감정을 나누는 것이다.

앞에서 살펴본 「이생규장전」으로 돌아가 보자. 이생이 최 씨 처녀를 만나는 곳은 선죽교이다. 왜 작가는 선죽교라는 공간을 선택했을까? 선죽교, 하면 떠오르는 것은 무엇인가? 포은 정몽주가 이방원의 철퇴에 맞아 죽었다는 곳이 아닌가? 선죽교에서 정몽주가 죽은 사실이 확실한 역사적 사건인지 모르지만, 사람들은 이 사건을 소재로 하여 이야기를 들었고, 급기야 비만 오면 정몽주의 피가 솟아올라 선죽교 다리 아래가 붉어진다는 스토리를 만들었다. 이 이야기는 입으로, 입으로 전해졌다.

실제로는 선죽교 아래에 원래 있던 돌이 붉은색인데 평소에는 먼지에 덮여 있다가 비가 오면 원래 색이 살아나 붉게 보인다는 말도 있다. 그러나 그런 과학적 사실이나 실제적 사실과 상관없이 사람들은 정몽주의 피가 비만 오면 흘러나온다는 스토리를 더 믿고 싶어 했다. 역성 혁명을 일으킨 이성계를 못마땅하게 여긴 고려 주민들의 생각과 감정이 그러했던 것이다. 비만 오면 피 색이 돋아난다고 이야기하는 사람과 그 이야기를 듣는 사람 사이에는 비판적인 생각의 공유가 생겨난다.

『금오신화』의 작가 김시습은 왜 하필이면 선죽교를 이야기의 배경으로 삼았을까? 김시습은 사랑하는 여인의 죽음을 정몽주의 죽음에 비유하려고 했을지도 모른다. 그렇다면 김시습은 이 스토리텔링으로 당시 이 씨의 조선 왕조에 대한 정치적 비판을 담으려 했던 것이고, 이를 독자들과 교감하려 했을 것이다.

이처럼 스토리텔링은 의견을 주고받는 소통을 근간으로 한다. 아무리 대단하고 흥미로운 스토리라고 하더라도 그 스토리를 '말하지' 않으면 없는 것과 마찬가지다. 스토리는 누군가가 말함으로써 생명을 갖는다. 'telling'은 말한다는 스토리텔링의 기본 성격을 표현하는 부분이다.

앞에서 강조한 대로 어떤 이야기를 누군가에게 이야기한다는 것은 상호 소통을 전제로 한다. 사람은 끊임없이 누군가와 이야기를 나누어야 하는 존재다. 이야기를 나누지 못하면 존재한다고 말할 수도 없다. '나는 생각한다. 고로 존재한다'는 데카르트의 선언을 '나는 이야기한다. 고로 존재한다.'라고 바꾸어도 좋다. 이야기를 나눈다는 스토리텔링의 근본 성질은 스토리텔링이 사회적 존재인 인간이 생존할 수 있도록 하는 중요한 소통 작용임을 보여준다.

스토리텔링의 보편성

다음 글은 고소설 「콩쥐팥쥐전」의 서두 부분이다.

> 콩쥐가 열네 살이 되던 해에 최만춘은 배 씨라는 과부를 얻어 금실의 즐거움을 얻게 되었다. 그리하여 최만춘은 모든 집안일을 배 씨에게 맡기고 살림이 어떻게 되어 가는지 몰랐다. 이때부터 콩쥐는 남모르게 고생을 하게 되었고, 설움이 아니면 날을 보내지 못하는 신세가 된 것이다.

「콩쥐팥쥐전」 이야기는 신데렐라 이야기와 같은 종류이다. 계모, 동생의 악행에 괴롭힘을 당하는 여자 주인공이 권력을 가진 남성의 눈에 들어 신분 상승을 하는 인과응보형 이야기다. 조금씩 내용이 다르기는 하지만 전 세계에 걸쳐 이와 유사한 구조의 이야기가 존재한다. 이를 통해 스토리텔링의 기능은 전 세계 어느 민족에게나 똑같이 작용함을 알 수 있다.

콩쥐팥쥐의 스토리텔링은 우리나라에서 오페라로 만들어진 적이 있고, 영화로 만들어진 적도 있다. 만화나 동화 등으로 활용한 사례는 말할 것도 없이 무척 많다. 그만큼 스토리텔링은 우리 민족에게 친근감과 즐거움, 만족감을 안겨주는 힘을 가졌다. 이는 감동을 주는 힘이 크다는 뜻이다.

최근의 인지심리학은 언어의 작용을 무척 중요하게 여긴다. '인지'라는 것은 우리가 '우리의 삶을 둘러싸고 있는 여러 물질, 사실, 상황, 감정 등을 어떻게 알게 되느냐'에 관한 것이다. 우리는 교육이라는 인위적인, 또는 제도적인 과정을 통해 많은 것을 배운다. 그러나 교육의 과정을 통해 배울 수 있는 범위는 너무 좁다. 우리는 알게 모르게 여러 통로를 통해 많은 것들을 인지하게 된다. 우정의 정체가 무엇인지, 누군가를 돕는다는 일은 어떤 느낌인지, 사람을 미워하면 어떤 일이 발생하는지 등은 교육을 통해 인지할 수 있는 대상이 아니다.

우리가 부모를 비롯한 가족들과 함께 살면서 익히고 학습하는 것들은 모두 우리의 인지 내용이 된다. 친구들과의 관계 속에서, 또는 책이나 만화, 텔레비전을 통해 받아들이는 것들도 적지 않다. 많은 습득 대상들 중에서 우리에게 가장 크게 작용하는 것은 머리로 이해하기 전에 가슴으로 받아들이게(인지하게) 되는 것들이다. 우리가 감동을 느낄 때 이러한 인지의 대상은 우리의 뇌리 속에 강하게 각인되는 것이다.

앞에서 삶의 지혜는 이야기를 통해 생성된다는 것에 대해 알아보았다. 하지만 제도적인 교육이 이루어지기 전, 또는 대가족 사회가 온전히 존재하고 있었을 때 아이들에게 가장 크게 영향을 미치는 인지 수단은 바로 '이야기'였다. 잠자리에서 할머니가 들려주시던 옛날이야기들, 굳이 분류하자면 전설이나 민담, 또는 우화였던 그 이야기들은 강력한 교육 수단이었다. 「콩쥐팥쥐전」을 읽으면서, 또는 그 이야기를 들으면서 우리는 정직, 신뢰, 부지런함, 성실, 착함의 가치를 내면에 차곡차곡 쌓을 수 있었다. 콩쥐가 승리하는 이야기의 결말이 그 믿음을 보장하였다. 그리고 계모와 팥쥐가 징벌을 받아 죽는 결말은 거짓, 배신, 게으름, 악한 것에 대한 두려움을 심어주었다. 뿐만 아니라 자연의 질서, 인간관계의 기본적 토대들, 가족의 소중함 등도 알게 모르게 학습하였다. 이것이 바로 '스토리텔링의 힘'이다. 그 힘은 모든 사람이 진실을 함께 수긍하고 받아들이게 하는 보편성을 갖고 있다.

스토리텔링의 모순, 교훈과 재미

스토리텔링을 통한 교육 효과는 어떤 윤리책보다 강력하다. 스토리텔링은 감동과 재미의 두 가지 힘을 동시에 갖고 있기 때문이다. 그런데 같은 이야기라고 하더라도 누가 해주느냐에 따라 달라진다. 할머니가 들려주시던 「콩쥐팥쥐전」을 작은 아버지나 옆집 언니가 이야기해주면 왠지 맛이 떨어진다. 스토리는 같은데 느낌과 효과가 다른 것이다. 왜 할머니의 이야기는 구수하고 흥미로운데, 같은 이야기를 다른 사람이 해주면 지루하기만 할까? 스토리는 같지만 스토리텔링이 달라졌기 때문이다. 그러므로 더 엄격하게 말하자면 인간에게 인지를 심어주는 것은 '이야기(스토리)'가 아니라 '이야기하기(스토리텔링)' 이다.

스토리텔링을 통해 우리는 많은 것을 얻게 된다. 앞에서 예로 든 인지적 효과나 교육적 효과뿐만 아니라 우리 삶에 얽힌 여러 가지 원리나 관습들은 어떤 논리나 이론보다 이야기로 풀어 전하는 것이 더 효과적일 수 있다. 그 이유는 감동과 재미의 두 가지 힘을 동시에 갖기 때문이라고 했다. 얼핏 생각하면 교훈적인 내용이면 재미가 없을 듯하고, 재미있는 이야기는 교육적 내용이 없을 듯하다. 그래서 두 가지 힘을 동시에 갖는다는 말이 모순처럼 느껴진다. 하지만 사실은 그렇지 않다. 감동과 재미는 모순적이지 않고 오히려 상호보완적이다. 이 문제를 좀 더 자세하게 생각해보자.

이야기가 감동을 줄 수 있다는 것은 우리가 잘 알고 있는 사실이다. 이야기가 재미있다는 것도 잘 알고 있다. 감동을 느낀다는 것은 마음이 움직인다는 것을 의미한다. 이야기를 듣는 순간 가슴이 벅차거나, 다행스럽다고 느끼거나, 안도의 한숨을 쉬거나, 기뻐하는 감정을 갖는 것은 이야기의 주인공에게 동화되었기 때문이다. 그때 느끼는 일체감은 자신에게 힘을 주고 자신을 되돌아보게 한다. 그 일체감이 바로 흥미로움이고, 우리가 여기서 말하는 '재미'다.

우리가 이야기를 듣고 재미있다고 느끼는 것은 우리가 그 이야기를 이해할 수 있고, 이야기가 주장하는 바에 동의할 수 있다는 것을 의미한다. 또 주인공에게 일체감을 느낄 때는 이야기의 전개에 푹 빠져들고 몰입하게 된다. 그러므로 재미를 느끼는 일과 감동, 또는 가르침을 받아들이는 일은 서로 모순되는 과정이 아니다.

이야기가 재미있고 감동적이라고 느낄 때는 우리가 평소 원하던 것, 분노하던 것, 절실하던 것과 부딪힐 때이다. 달리 말하면 이야기가 우리의 소망과 욕망, 정의를 만나게 해줄 때이다. 또 이야기는 우리가 이해해야만 하고, 이해할 수 있는 일들을 알게 하고 우리가 잊고 있는 것을 환기시켜 준다.

이야기의 힘은 결국 이야기가 우리의 삶에 밀착되어 있음을 보여준다. 이야기는 바로 우리 삶에서 시작되며, 우리의 삶으로 되돌아오고, 우리에게 삶을 되돌려준다. 이야기의 가치는 삶과 밀착되어 있다는 데에 있고, 그래서 스토리텔링은 오랫동안 그 힘을 유지하면서 문화 발전의 근원적 힘으로 자리 잡고 있는 것이다.

6. 스토리텔링으로 영웅을 만나다

스토리텔링의 영웅 만들기

검은 망토를 펼치며 날아오르는 정의 지킴이가 있다. 배트맨이다. 도시의 악을 처단하는 배트맨은 1950년대 경제 공황을 겪던 미국인들에게 사회적 불평을 대신 풀어주는 영웅이었다. 영화 「다크 나이트」를 보면, 2000년대에 다시 나타난 배트맨이 자기의 역할에 대해 고민하는 장면이 나온다. '나는 밤의 영웅일 뿐, 폭력을 마음대로 행사하는 것은 법적으로 옳지 않다'라고 고민한다. 윤리적으로는 정당하지만, 법을 위반해서는 안 된다는 것이다. 1950, 1960년대의 배트맨은 그런 고민 따위는 하지 않았다. 그저 힘으로 악을 처단하면 되었다. 시대에 따라 영웅의 모습이 달라짐을 알 수 있다.

▲ 다크나이트 한 장면

앞에서 스토리텔링이 진실을 알게 하는 힘이 있다고 했다. 뿐만 아니라 스토리텔링은 실용적이고 실제적인 힘도 갖는다. 인류의 역사를 보면 스토리텔링은 언제나 사람을 움직이게 하는 힘을 갖고 있었다. 그 힘을 잘 아는 자가 영웅이 되고, 지도자가 되었다.

또한 앞에서 우리 민족의 신화가 대부분 건국 신화임을 알아보았다. 스토리텔링으로 나라를 세우고 정치적 질서를 세운 예를 우리는 신화들에서 쉽게 볼 수 있다. 비록 곰이 여인으로 변하는 비과학적 내용이 포함되어 있더라도 어느 누구도 단군신화가 거짓이라 여기지 않는다. 그 이야기가 진실됨을 믿는다. 이 믿음이야말로 스토리텔링이 영웅을 만들어 내는 힘이다.

신화의 주인공은 신적인 존재다. 스토리텔링은 이런 인물의 창조에서 시작되었다. 인류가 정치, 사회를 형성하면서부터 지도자 또는 영웅이 필요해졌다. 그때부터 스토리텔링은 영웅 만들기에 주력하였다. 대부분의 스토리텔링은 어떤 형태든 영웅 만들기에 관련되어 있었다.

앞에서 말한 대로 스토리텔링이 만들어 내는 영웅은 시대가 요청하는 바에 따라 달라진다. 배트맨을 만들어 낸 허리우드 영화는 영웅 스토리텔링을 대중문화 콘텐츠에 사용한 대표적 사례이다. 배트맨, 스파이더맨, 엑스맨 등 숱한 영웅을 만들어 냈다. 서부의 무법자를 처단하는 건맨들, 007과 같은 뛰어난 스파이, 또는 사회악을 처단하는 냉혈 형사, 권투 선수 로키, 이 모든 캐릭터들이 허리우드가 만들어 낸 영웅들이다.

그 영웅들에 대중은 열광했다. 다르게 말하면 영화 제작자들은 대중이 요구하는 영웅을 만들어 환상을 심어주고 돈을 벌었다. 대중이 원하는 이런 영웅은 만화, 애니메이션에서도 쉽게 볼 수 있다. 지금 우리 청소년들은 컴퓨터 게임에서 영웅을 만나고, 스스로 영웅이 되는 환상 속에서 게임을 즐기고 있다.

영웅 만들기 스토리텔링은 동서고금을 막론하고 수없이 만들어졌고, 또 그 스토리텔링이 대중에게 즐거움을 주기도 했다. 정치적이든, 경제적이든, 문화적이든, 스토리텔링을 잘 다루는 자들은 영웅 만들기의 방법을 동원하여 그들이 원하는 바를 이루었다.

말에서 글로, 글에서 영상으로

'스토리텔링'이란 스토리를 '텔링(telling)'하는 것이므로 원래는 말로써 이루어진 것이다. 말의 문화였던 스토리텔링이 문자 시대로 접어들면서 글로 표기되기에 이르렀고, 그러면서 다양하게 변화되기 시작했다.

우리나라의 경우에는 고려 말에서 조선 시대에 접어드는 시기에 소설이라는 새로운 문자 문화 양식이 나타났다. 가장 처음에 나타난 형태는 가전체 소설이라 부르는 것들이다. 이들은 사물을 주인공으로 삼은 의인법으로 각 사물에 대한 이해를 스토리텔링으로 담아내었다. 예를 들면, 「공방전」은 돈을, 「국순전」을 술을, 「화사」는 꽃을 주인공으로 삼아 각 사물의 특징을 재미있게 그려내었다.

이후로 신화, 전설, 민담 등의 구비문화로 형성, 수용되던 스토리텔링은 소설에 흡수되었다. 그런데 우리나라만 하더라도 소설은 공식적으로 인정을 받지 못한 비주류 문화였다. 스토리텔링은 안정된 정치 기반을 원하던 조선 시대의 정치인들에게는 반가운 것이 못되었다. 스토리텔링이 지닌 소통의 힘을 그들도 잘 알고 있었던 것 아닐까?

조선시대의 스토리텔링은 다양한 구비 문학적 형태에 녹아들었다. 종합적인 놀이 양식, 즉 공연 문화였던 판소리, 탈춤, 꼭두각시놀음 등에서 활발하게 이용되었다. 정사(history) 만이 올바른 스토리텔링으로 인정받았고, 다른 스토리텔링을 담은 문화 양식들은 평민의 것으로 치부되었다. 그럼에도 불구하고 스토리텔링은 이전 시대의 전설, 민담 등을 활기있게 계승하고 발전시키면서 풍부한 문화 콘텐츠를 형성했다.

근대에 와서 스토리텔링을 본격적으로 연구한 것은 교육 분야였다. 특히 독일에서 교육의 방법으로 스토리텔링을 중요하게 다루기 시작했다고 한다. 앞에서 말한 바 있지만, 사실 아동 교육에서 스토리텔링은 언제나 최고의 교육 도구였다. 우화, 동화로 교재의 내용을 채움으로써 스토리텔링은 가장 기본적인 기능을 수행했다.

그러던 것이 점차 문화가 다양해지면서 스토리텔링의 쓰임새도 다양해졌다. 자본주의 시대로 접어들면서 근대소설은 가장 큰 지배력을 가진 스토리텔링으로 군림했다. 그러다가 영화, 텔레비전, 잡지, 신문 등이 발전하면서 스토리텔링의 영역이 엄청나게 확장되기 시작했다. 특히 1950년대 이후 영화와 텔레비전이라는 미디어는 스토리텔링을 적극적으로 활용하면서 스토리텔링을 자신들의 생명줄로 여길 정도가 되었다.

그러나 오늘날의 상황이 도래할 줄은 아무도 예측하지 못했을 것이다. 디지털 시대, 네트워크 시대, 인터넷 시대, 모바일 시대, 영상 시대로 접어든 지금 모든 산업, 종교, 교육, 문화 주체들이 스토리텔링을 원하고 있다. 그런데 오늘날 스토리텔링은 글쓰기로 이루어진 것보다 말하기로 이루어지는 것이 더 많다. 영화, 뮤지컬, CF 등 다양한 형태의 문화 매체들이 문자보다는 영상화된 것으로 꾸며진다. 스토리텔링은 말하기에서 글쓰기로 발전하다가 다시 말하기로, 또는 말하기와 글쓰기의 종합적 형태로 발전하였고, 더 구체적으로는 영상화, 공연화의 모습으로 발전하고 있다.

문화 콘텐츠와 문화 상품

최근 문화의 변화 중 가장 눈에 띄는 것이 '문화 콘텐츠'의 부각이다. 정부는 우리 민족의 문화 원형을 찾기 위해 예산을 투입하는 등 문화 콘텐츠 개발을 위해 많은 노력을 기울이고 있다. 일부 대학에서는 문화 콘텐츠 학과를 새로 만들기도 했다. 우리 사회의 문화 콘텐츠 열풍이 어느 정도인지 짐작할 수 있다.

그런데 '문화 콘텐츠'라고는 하지만 그 내용을 들여다보면 거의 대부분이 스토리텔링이다. 영화를 만들려 해도, 게임을 만들려 해도, 관광 상품을 개발하려 해도, 디자인을 개발하려 해도, 결국 그 내용은 스토리텔링으로 충당해야 한다.

글쓰기에서 영상화, 공연화로 변하는 스토리텔링에 대한 수요는 최근 문화 산업이 크게 발전하면서 더욱 크게 늘었다. 그렇다면 구체적으로 스토리텔링이 쓰이는 곳은 어디일까?

다음은 애플 신화를 일으킨 스티브 잡스의 전기 중 일부이다. 이 전기는 어린이들을 위한 동화책의 형식을 띠고 있다.

> 어느덧 스티브 잡스는 초등학교 6학년이 되었다. 하루는 학교에서 돌아온 스티브 잡스가 들뜬 목소리로 자랑을 늘어놓았다.
>
> "내일 학교에서 '휴렛팩커드' 회사에 견학을 간대요."
>
> "정말 좋겠구나. 엄마도 기대되는걸."

어머니는 맞장구를 쳐주었다.

"아빠도 아직 컴퓨터는 자세히 본 적이 없는데 굉장하구나. 다녀와서 자세하게 알려주렴. 그런데 스티브, 래리 랭 아저씨가 차고에서 너를 기다리고 있어. 얼른 가 봐라."

스티브 잡스는 신이 나서 부리나케 달려 나갔다. 이웃에 사는 랭 아저씨는 '휴렛팩커드'에서 기술자로 일했다.

…(중략)…

마침 랭 아저씨가 견학 온 아이들에게 설명을 하고 있었다. 랭 아저씨는 스티브 잡스를 보자, 반갑게 눈을 찡긋했다.

"이게 바로 우리 회사에서 만든 3세대 직접 회로 컴퓨터란다. 네 자리 숫자 계산 정도는 눈 깜짝할 사이에 끝내 버리지. 정말 굉장하지 않니?"

랭 아저씨의 설명을 들은 스티브 잡스는 눈을 반짝거렸다. 스티브 잡스는 컴퓨터의 매력에 흠뻑 빠졌다. (백은하, 「스티브 잡스 – 창조적으로 생각하고 끈기 있게 도전하라」, 살림어린이, 2008, 28~32쪽.)

위 인용문은 스티브 잡스가 컴퓨터와 처음 만나는 장면을 연출하고 있다. 작가의 상상력으로 덧칠된 허구의 상황이지만, 실제 있었던 실화를 그렇게 꾸며낸 것이다. 스티브 잡스 스스로가 자신에 대한 스토리텔링을 만들어 낸 인물로 유명하지만, 이런 방식으로 스토리텔링을 이용하여 전기를 꾸밈으로써 스티브 잡스의 신화를 어린이들이 친숙하게 받아들이도록 했다. 이처럼 전기마저 허구적 스토리텔링 기법을 채색함으로써 독자들의 흥미를 이끌어낸다.

최근 대부분의 신문기사는 스토리텔링으로 글의 서두를 짠다. 신문기자들은 누구보다 스토리텔링 기법에 많이 의존하고 있다. 스마트폰 등 모바일 환경에 신문 기사를 공급하면서 스토리텔링의 필요성은 더 강해지고 있다.

스토리텔링의 생산에 대해 누구보다 고민하고 있는 것은 출판 영역이다. 출판 기획자들은 어떻게 스토리텔링을 가공하여 출판 상품으로 생산할 것인가에 몰두하고 있다. 교육을 위한 교재부터 문화, 역사, 인문학, 소설 등의 모든 출판 영역이 스토리텔링을 요구하고 있기 때문이다. 어린이들에게 한자를 가르치기 위한 교재를 손오공 스토리텔링으로 가공하여 크게 성공한 「마법천자문」이 대표적인 예다.

출판 인쇄 분야뿐만 아니라 공연 전시 매체에서도 스토리텔링을 요구한다. 예를 들어, 사진 전시회를 가보면 아날로그 방식의 전시회지만 '생태계의 위기'와 같은 주제를 부여한 채, 한 어린이가 오염된 환경에서 어떻게 고통을 받을 것인지를 스토리로 꾸며서 들려주는 방식으로 사진을 전시한다. 관객은 사진을 보면서 마음속으로는 이야기를 듣는 것이다.

영화, 뮤지컬, 오페라, 게임 등 돈을 잘 버는 문화산업에서는 더 말할 필요가 없을 것이다. 모든 공연과 전시 문화가 스토리텔링을 활용함에

망설임이 없다. 이처럼 문화 콘텐츠가 대세인 지금의 문화 시장에서도 스토리텔링을 잘 다루는 자가 승리를 얻게 되었다. 모든 문화 콘텐츠에서 스토리텔링은 영웅의 형상을 이용하면서 승리를 꿈꾸는 관객들과 만나고 있다.

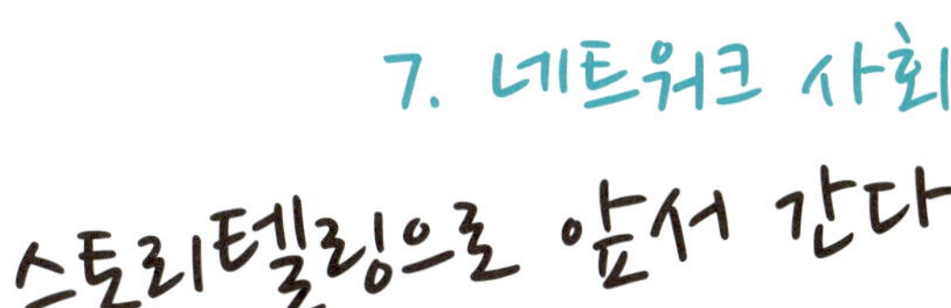

디지털 시대의 문화 콘텐츠

디지털 기술 시대에서 상품화로 가장 성공한 분야는 컴퓨터 게임이다. 그러나 아무리 뛰어난 기술력을 보유하고 있더라도 시나리오 없이는 게임을 만들 수 없다. 「삼국지」는 컴퓨터 게임 시장에 엄청난 소재를 제공했다. 우리나라 게임 산업을 꽃피우는 데 기여한 초기 상품들은 만화나 소설 등 아날로그 문화의 스토리텔링을 활용했다. 예를 들어 「리니지」는 만화 스토리를 가지고 게임을 만들어 크게 성공했다.

디지털 기술이 부각되면서 아날로그 문화는 크게 위축되었다. 하지만 그 둘은 적대적인 관계가 아니다. 물론 아날로그의 많은 영역을 디지털이 뺏어왔다. 그래서 전통적인 아날로그 문화와 빠르게 돋아난 디지털 문화가 서로 생존을 건 경쟁을 벌일 것으로 예상했고, 학자들 중 일부는 아날로그 문화의 죽음을 예고했다. 그러나 게임 「삼국지」에서 보듯이 지금은 상호 보완적인 입장에서 각자의 영역을 지켜나가고 있다.

많은 사람들이 아날로그 문화가 급격하게 퇴조할 것이라고 예상했지만 실제로는 그렇게 쉽게 물러나지 않았다. 전통적인 텍스트 매체인 신문, 출판, 잡지, 만화 등이 조금 힘들어 보이기는 하지만 여전히 제 역할을 하고 있다. 전통적인 종이 신문은 온라인 신문으로 변신하는 등의 양동 작전을 펼치면서 여론 형성과 정보 제공의 제 역할을 하기 위해 고군분투하고 있다. 이들은 오래된 스토리텔링의 보급자들이었다.

아날로그 문화만 스토리텔링을 사용할까? 그렇지 않다. 오히려 스토리텔링에 대한 목마름은 디지털 영역이 더욱 절실하다. e-북, 웹진, 블로그 등의 인터넷 기반의 매체들을 채울 수 있는 것은 스토리텔링뿐이다. 스마트폰으로 정작 즐길 수 있는 프로그램을 들여다보면 스토리가 없는 것이 드물다. 게임 산업은 스토리텔링의 디지털화가 가장 획기적으로 이루어지고 있는 영역이다. 디지털 기반의 방송들은 기존의 케이블 채널에 종합 편성 채널로 인해 증가하였고, 이에 IP 텔레비전 등이 가세하여 심한 경쟁을 치르고 있다. 경쟁 속에서 살아남으려면, 결국 재미있는 프로그램을 만들어야 하는데, 이는 바로 스토리텔링에 달려 있다.

소설이 지배력을 갖던 시대에서 영상 문화가 주도하는 시대로 넘어오게 하는 데 있어서 주동적 역할을 한 것이 디지털 기술이지만 정작 디지털 기술이 생산하는 문화는 스토리텔링 없이는 아무것도 이룰 수 없다. 그 이유는 무엇일까?

기술 시대에 스토리텔링이 더 중요해진 이유

디지털 기반 사회로 넘어오면서 문화에서 많은 변화가 생겼다.

첫째, 아날로그의 문화는 문자를 중심 매체로 삼는다. 즉 글로 써서 표현하는 문화이다. 신문, 소설, 잡지, 만화 등과 같은 모든 작품은 글로 이루어졌다. 그런데 디지털 기술 시대로 접어들면서 문자는 자신의 독점적 지위를 상실했다. 대부분의 영상이 문자를 대체하는 매체로 나서게 되었다. 문자 중심 사회에서 영상 중심 사회로 넘어왔다.

영상으로 표현하는 문화에서는 언어보다 이미지가 더 중요하다. 수용자(독자, 관객, 시청자, 관람객)는 작품을 직접적, 감각적으로 받아들이고 싶어 한다. 소설처럼 글로 된 문자 문화에서 독자가 직접 볼 수 있는 것은 글자뿐이다. 독자는 글자를 보면서 스스로 상상력을 작동시켜 무의식적으로 영상을 만들어 낸다. 이 과정은 복잡하고 귀찮지만, 많은 사고력을 얻게 할 뿐만 아니라 상상하는 즐거움을 누리게 한다.

그러나 영상 문화에서는 이러한 과정 없이 바로 이미지를 시각적으로 받아들인다. 직접적으로 영상을 보기 때문에 감각적 수용이 쉽고 빠르다. 그러나 직접적으로 받아들이기 때문에 수용자는 작품에 담겨 있는 숨어 있는 의미를 찾아내기 어렵다. 따라서 어떤 스토리텔링이 주어지지 않으면 영상은 아무것도 전하지 못해 허무해지고 만다. 따라서 글자로 전달하는 문화 상품보다 영상으로 표현하는 작품에서 스토리텔링의 비중이 더욱 커지고 있다.

둘째, 아날로그 시대에서는 인쇄 출판이 작품 생산의 중심 수단이었다. 디지털 사회에서는 종이가 중심 수단이 되지 못한다. 종이를 대체하는 다양한 매체들이 등장했다. 게임기, DMB, 스마트폰 등이 온라인, 모바일 환경에서 작동하는 새로운 매체들이다.

이러한 매체들을 이용해서 우리는 과연 무엇을 할 수 있을까? 일반적으로 활용할 수 있는 방향은 둘 밖에 없다. 정보와 지식의 습득, 그리고 재미 추구이다. 이왕이면 두 가지 목표를 한꺼번에 달성하는 것이 좋다. 정보 지식 습득과 재미 추구라는 서로 다른 방향의 욕구를 하나의 텍스트에 수용하는 방법은 스토리텔링을 이용하는 길뿐이다.

셋째, 디지털 기술에 기반을 둔 매체들은 빠르게, 감각적으로 문화를 누리게 한다. 디지털 시대에서는 대중들이 문화를 이성 중심이 아니라 감성 중심으로 받아들이게 되었다. 그래서 디지털로 이루어지는 제반 텍스트들은 깊고 느리게 생각할 여유를 주지 않는다. 아날로그 방식으로 만들어진 옛 가요와 디지털 기술로 생산되는 오늘날의 노래를 비교해 보면 쉽게 이해할 수 있을 것이다. 감성이 중요해짐으로써 스토리텔링을 통한 감정적 소통, 공유를 바라게 되었다.

넷째, 이전의 아날로그 문화는 지식을 추구하는 데 가장 큰 가치를 두었다. 디지털 사회는 지식적 속성에서 놀이적 속성으로 문화의 본질을 변화시켰다. 이제는 영화든, 전시회든, 콘서트든, 그리고 독서든 재미가 없으면 감상하지 않는다. 텔레비전 프로그램들은 급격하게 놀이 문화로 기울었다. 이른바 예능 프로그램이 가장 대표적인 텔레비전 프로그램이 되었다. 우리는 야구장에도 축구장에도 '놀러'간다. 청소년 대부분이 자신의 여유 시간을 거의 다 게임에 소비하는 지금의 현상은 놀이 추구의 속성이 우리의 문화를 지배하고 있음을 입증한다. 놀이적 재미를 줄 수 있는 가장 조직적인 방법이 스토리텔링인 것이다.

디지털 기술 시대에 접어들면서 스토리텔링이 그 생명력이 위축되지 않고 오히려 강해지고 있는 것은 바로 이 때문이다.

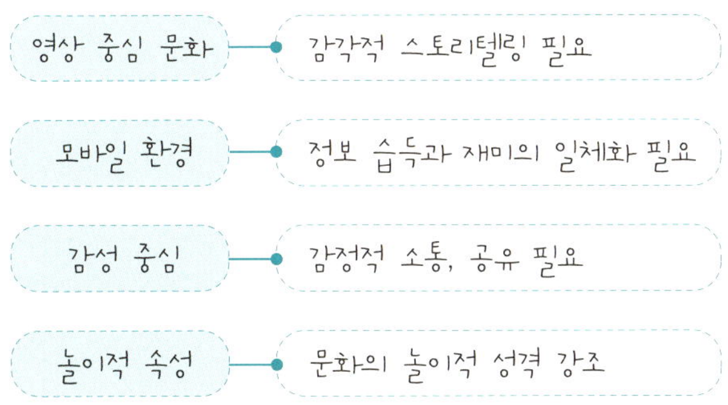

네트워크 사회로의 이동

한류의 바람이 거세다. 한국의 대중가요 그룹, 이른바 케이팝(K-pop)이 전 세계 사람들에게 열광적으로 사랑받고 있다. 어쩌다가 우리 노래가 이렇게 세계 곳곳에서 인기를 끌게 되었을까? 참 신기한 현상이다. 한국의 텔레비전 방송국이 음악 프로그램을 방송하면 유투브 등을 통해 세계 곳곳으로 송출된다. 바로 전 세계가 네트워크 안에 있음을 알 수 있다.

우리는 네트워크 사회 안에서 살고 있다. 네트워크는 피할 수 없는 삶의 조건이자 환경이 되었다. 「네트워크 사회의 도래」라는 책을 쓴 카스텔은 네트워크 사회의 특징을 다음과 같이 정리했다.

❶ 네트워크 사회는 상호 연관된 결절의 집합으로 이루어지므로, 사회 구조의 균형을 무너뜨리지 않고도 혁신을 꾀할 수 있는 역동적이고 개방적인 체계이다.

❷ 네트워크 사회에서는 정보, 자본, 문화적 소통이 즉각적으로 흐르고 교환된다.

❸ 생산과 소비는 글로벌화 되고, 노동의 분업은 전 지구적으로 네트워크화하며, 노동은 더 이상 가치 창출의 중심에 있지 않다.

❹ 문화, 경제, 제도 등은 탈국가화하고, 시장은 극대화된다.

❺ 시·공간, 주체, 권력은 상호 관계성, 유동성, 교환성을 지닌다. 공간은 흐르고, 시간은 불연속적이다. 가상적 현실의 문화 속에서 주체와 권력의 관계는 재구성되어 대립하면서도 평등주의적 상호 패

턴을 가진다. (마뉴엘 카스텔, 김묵한 옮김, 「네트워크 사회의 도래」, 한울아카데미, 2003. 참고)

　위 내용을 정리해보면, 네트워크 사회의 특징은 여러 집단이나 단체, 모임 들이 거미줄처럼 서로 연결되어 전체 사회를 이룬다. 네트워크가 사회의 균형을 잡아주고 전체를 개방하게 한다. 거미줄처럼 서로 연결되어 있고 열려 있기 때문에 정보와 자본, 문화가 서로 교환된다. 그래서 중심과 주변의 구분이 없다. 국가적 경계도 네트워크 안에서는 의미가 없다. 글로벌 시장 안에서 모든 것이 교환되고 흐른다.

　이러한 사회에서 문화는 어떤 기능을 가지고 있을까? 젊은이들은 자신들의 공감대를 형성하는 드라마나 음악을 즐기지만 그 자리에 기성세대의 연애를 그린 드라마나 트로트 음악이 끼어드는 데에 거부감을 갖지 않는다. 타 문화와 자국 문화의 사이, 그리고 세대와 세대 사이에 어떤 접점이 생기느냐에 따라서 문화는 다변화되고 동시에 개방되고 있다. 이것이 분절성과 개방성이다.

　네트워크 사회에서는 문화가 즉각적으로 교환된다. 자본에 의해 교환이 이루어지기도 하지만 정보의 교환도 바로바로 이루어진다. 미국의 음악을 돈만 내면 한국에서 바로 즐길 수 있다. 네트워크 사회에서는 관계가 중요할 뿐 중심 권력은 중요하지 않다. 문화에서는 더욱 중심 세력의 지배권을 인정하지 않는다. 우리는 미국이나 일본의 영화, 텔레비전 드라마를 어떤 규제도 없이 즐길 수 있고, 우리의 드라마나 영화도 다양한 국가에 수출되어 많은 돈벌이를 하고 있다.

문화의 생산과 소비에 국경이 존재할 수 없다. 그러므로 시장은 더욱 커졌다. 영화 「아바타」는 네트워크 사회에서 문화가 어떻게 생산되고 향유되는지를 잘 보여준다. 지구인이든, 외계인이든 그 사이에 중심 권력이 힘을 갖지 않는다. 나와 다른 타자를 존중하고 인정한다.

그런데 위와 같은 속성을 지닌 네트워크 사회에서 스스로 자기의 삶을 살아가려면 이전보다 더 '나'를 잘 보존해야 한다. 나를 확실하게 붙들지 못하면 네트워크 안에서 표류하게 될지도 모른다. 나에 대한 주체성 또한 중요하다. 나를 잊은 채 인터넷 게임에 몰두하면, 어느새 나는 네트워크 안에서 떠돌아다니는 존재가 된다. 네트워크 사회일수록 나와 현실의 관계를 구체적으로 알 수 있는 방법이 중요하다.

'나'를 잃어 버리지 않고 네트워크 사회에 적응하여 생산적 문화를 누리려면 스토리텔링이 반드시 필요하다. 스토리텔링은 네트워크 사회의 속성에 잘 들어맞는다. 앞에서 스토리는 완결된 것이 아니기 때문에 여러 미디어로 바뀔 수 있다고 했다. 이는 스토리가 언제든지 새롭게 바뀔 수 있는 개방적 성격을 지니고 있음을 뜻한다. 춘향전 이야기가 소설, CF, 영화에서 두루 쓰이듯이 스토리텔링은 상호 교환적인 성격을 지닌다. 텔레비전 드라마 「대장금」이 전 세계에 수출되어 방영되고 있듯이, 스토리텔링은 국경을 뛰어넘는다. 인물, 사건이 배경과 결합된 스토리텔링은 시간, 공간의 구획이 없어지고 개인과 사회의 권력이 재편성되는 네트워크 사회를 가장 잘 표현할 수 있는 도구이다.

8. 1등 공부법의 비결, 스토리텔링에 있다

OSMU

앞에서 스토리텔링의 몇 가지 성격을 알아보았다. 스토리텔링은 어떤 형식이든 받아들일 수 있도록 열려 있고(개방적), 「해리포터」 시리즈나 「반지의 제왕」이 전 세계에서 사랑을 받듯이 국경을 넘어 흘러 다니며(유동성), 남녀가 서로 결합하고 자식을 낳듯이 결합력이 강하다(복제성). 상호 작용적인 스토리텔링의 기본적인 성격은 실제 콘텐츠 개발 과정에서 다양한 양상으로 번져간다. 원래의 콘텐츠들끼리 필요에 의해 서로 합치기도 하고 다른 닮은꼴로 파생되거나 완전히 새로운 형태로 재창조되기도 한다. 위와 같은 스토리텔링의 성격 때문에 그런 일들이 가능하다.

OSMU(One Source Multi Use)는 이러한 양상을 함축하고 있는 말이다. 하나의 이야기 재료를 가지고 다양한 용도에서 사용한다는 개념인데, 디지털 기술과 네트워크 기반이 이러한 변주, 복합, 융합을 용이하게 하는 환경을 제공했다.

「춘향전」은 신분 때문에 이루어질 수 없는 사랑을 성취해낸 이야기를 갖고 있다. 「춘향전」의 원래 장르는 판소리다. 판소리는 연기자(명창)가 노래 부르면서 이야기를 들려주는 동시에 연기를 하는 공연 예술이다. 말로써 만들어 낸 세 가지 양식, 즉 노래, 이야기, 놀이를 모두 융합시킨 양식이다.

사실은 이 판소리도 이전에 있던 이야기들을 재료로 삼은 것이다. 이를 '근원 설화'라고 한다. 「춘향전」의 근원 설화로 「삼국유사」에 나오는 도미의 처에 관한 설화, 지리산녀 설화 등을 꼽는 학자도 있고, 남원에서 전해오는 추녀 춘향이의 설화가 근원 설화라는 설도 있다.

그 판소리 작품의 스토리를 소설 형태로 쓴 것이 고소설 「열녀춘향수절가」이다. 이해조는 1910년대에 신소설 「옥중화」를 썼는데, 이는 「춘향전」 스토리를 신소설 형식에 맞게 바꾼 것이다. 영화 「춘향전」은 신상옥 감독, 임권택 감독 등에 의해 여러 차례 새롭게 제작되었다. 「춘향전」은 창극의 단골 메뉴였고, 뮤지컬로도 공연되었다. 우유를 마시기 싫어하는 춘향이 대신에 우유를 마신 향단이가 춘향이보다 예뻐지는 바람에 과거 급제하고 돌아온 이몽룡이 춘향을 버리고 향단에게 달려간다는 우유 광고 CF도 있다. 이처럼 「춘향전」의 스토리는 바뀌지 않으면서 다양하게 사용된다. 하나의 재료를 다양한 양식에 사용한 것이다. 이것이 바로 OSMU이다.

우리는 만화를 소설이나 텔레비전 드라마로 각색한 경우를 많이 볼 수 있는데, 만화 「리니지」나 소설 「삼국지」를 컴퓨터 게임으로 만든 것도 마찬가지 경우이다. 반대로 「수퍼마리오」와 같은 게임은 애니메이션이나 영화, CF 등으로 다양하게 사용되는 재료를 제공했다. 이처럼 스토리텔링은 변신의 천재이다. 스토리텔링이 변화를 일으키며 새로운 형태로 창조되는 것을 "변주를 일으켰다"라고 말한다.

이 밖에 2개의 스토리텔링이 복합적으로 결합할 수 있다. 텔레비전 드라마 「선덕여왕」은 미실이라는 미상의 인물에 관한 스토리와 김유신에 관한 스토리, 선덕여왕 스토리를 결합시켜 하나의 텍스트로 재생산했다. 이런 경우를 스토리텔링의 복합이라고 할 수 있다.

애니메이션 「슈렉」은 다양한 장르의 스토리들을 비빔밥처럼 비벼 놓았다. 동화 「미녀와 야수」의 스토리 틀에 소설 「동키호테」의 모티브를 섞고, 간혹 알퐁스 도데의 「별」과 같은 서정적인 이야기를 섞었다. 이렇게 섞어서 전혀 새로운 텍스트로 거듭났다. 재료였던 스토리텔링이 제 모습을 해체시키면서 새로운 스토리텔링으로 거듭나는 이러한 현상을 '스토리텔링의 융합'이라고 한다.

소설 「삼국지」의 스토리텔링을 활용하여 컴퓨터 게임 「삼국지」를 만들었는데, 그 게임은 또 다른 「삼국지」 게임을 만드는 재료가 되었다. 다양한 온라인 게임으로 확산된 것이다. 이때에는 이야기가 놀이로 변신한다. 최근 자주 볼 수 있는 마당놀이나 「지킬박사과 하이드」와 같은 뮤지컬도 이야기가 놀이로 변주된 경우이다.

스토리텔링이 복합, 융합, 변주되는 현상은 최근에 와서 더욱 두드러진다. 뮤지컬, 텔레비전의 예능 프로그램, 각종 동영상, 애니메이션, 각종 이벤트, CF, 테마파크 등 그 다양성은 일일이 다 열거하기 힘들 정도이다.

스토리텔링의 교육적 활용

로버트 와이즈 감독의 영화 「사운드 오브 뮤직」은 1965년에 제작된 것이다. 그럼에도 불구하고 아직 많은 사람들에게 사랑을 받고 있다. 이 작품도 원작은 뮤지컬인데, 영화로 만들어 크게 성공했다. 지금도 뮤지컬은 세계 곳곳에서 상연하고 있다.

이 영화는 알프스의 아름다운 자연에 둘러싸인 오스트리아의 짤스부르그 수도원의 견습 수녀인 마리아가 퇴역 해군 대령이자 홀아비인 트랩의 아이들 7명을 돌보게 되면서 펼쳐지는 사랑과 교육의 스토리텔링을 가지고 있다. 퇴역 해군 대령 트랩은 군인 출신답게 7명의 자녀를 엄격한 군대식 교육으로 키우려 한다. 자연히 아이들은 아빠를 두려워하고, 아이들과 아빠 사이에 거리감이 생긴다. 그러나 마리아는 아이들을 알프스의 자연으로 데리고 가서 아름답고 즐거운 노래를 부르게 하고, 동시에 이야기로 아이들과 소통을 하려고 한다. 자연히 분위기는 밝고 쾌활

해진다. 영화는 두 사람의 교육 방식에 대한 갈등에서 시작되지만 이윽고 두 사람의 로맨스로 이어지고, 모든 가족이 나치의 통치에서 벗어나기 위해 스위스로 탈출하는 액션으로 막을 내린다.

이 영화에서 마리아가 아이들을 가르치는 방식을 주의 깊게 살펴볼 필요가 있다. 물론 눈에 띄는 것은 노래로 교육한다는 점인데, 그 안에 마리아는 스토리텔링을 심어 두었다. 이야기를 이용하여 아이들을 훈육하는 것이다. 당연히 트랩 대령의 군대식 교육보다 마리아의 소통식 교육이 훨씬 효과적이다. 이를 트랩이 받아들임으로써 두 사람은 서로 사랑에 빠지게 된다.

「사운드 오브 뮤직」의 OST 중 가장 많이 알려진 곡이 이른바 도레미송이다. 다음은 도레미송의 영어 노랫말과 우리말로 만든 노랫말이다.

Do, a deer a female deer (암사슴이란 여자 사슴)

Ray, a drop of golden sun (광선이란 황금 태양에서 떨어지는 것)

Me, a name I call myself (나란 내가 나를 부르는 것)

Fa, a long long way to run (넓이란 길고 긴 달리기 길)

Sew, a needle pulling thread (바느질이란 실이 바늘을 따라가는 것)

Ra, a note to follow so (라란 소를 뒤따라가는 음)

Tea, a drink with jam and bread (차란 빵과 잼을 먹을 때 마시는 것)

And that will bring us back to Do (oh oh oh)(그리고 다시 도로 다시 돌아가는 거야)

Do Ray Me Fa Sew Ra Tea Do Sew Do

도는 하얀 도화지   레는 둥근 레코드
미는 파란 미나리   파는 예쁜 파랑새
솔은 작은 솔방울   라는 라디오고요
시는 졸졸 시냇물   다 함께 부르자
도 레 미 파 솔 라 시 도 솔 도

　음계를 모르는 아이들에게 음계를 가르치기 위해 주인공 마리아가
만들어 낸 노래이다. 단서를 제공해서 기억하게 하는 학습법을 개발한
것이다. 나중에 이에 대해 다시 알아보겠지만, 이런 노래 부르기는 학습
에 큰 도움을 준다. 그러나 이 안에 스토리텔링이 들어 있지는 않다. 만
약 이런 노랫말에 스토리텔링을 담을 수 있다면 훨씬 더 복잡한 문제에
대한 교육이나 학습도 가능해질 것이다.

　「사운드 오브 뮤직」은 오스트리아를 배경으로 삼았지만 독일의 문화
권에 속하는 실화를 바탕으로 했다. 독일, 오스트리아 지역은 예술적으

로 유서 깊은 곳이지만, 이야기가 잘 발달된 곳이기도 하다. 그림 형제가 쓴 동화는 전 세계에서 사랑받았는데, 그들이 쓴 동화는 독일 지역의 민간 설화를 동화로 꾸민 것이라고 한다. 「인어공주」와 같은 안데르센의 동화도 마찬가지다. 스토리텔링이라는 개념을 확립시킨 것도 독일의 교육학자들로 알려져 있다.

독일 또는 게르만 민족은 두 가지의 모순된 이미지를 가진 국가이다. 세계 최고의 기술력을 갖춘, 유럽에서 가장 안정되고 발전된 경제대국이면서, 히틀러의 나치즘 망령에서 자유롭지 못한 나라이기도 하다. 이는 아시아의 경제대국 일본과 흡사하다. 두 나라 모두 많은 스토리텔링을 보유하고 있다는 것은 결코 우연이 아니다.

일본의 만화, 애니메이션, 그리고 컴퓨터 게임이 세계 시장을 석권한 사실은 누구나 잘 알지만, 그 힘이 스토리텔링의 창작 능력에서 발휘된 것이라는 사실을 아는 사람은 드물다. 일본과 독일이 사회 교육이라는 차원에서 다른 나라와는 현저하게 다른 국가라는 것도 공통점이다. 이런 점들을 고려해보면 스토리텔링이 엉뚱하게도 기술의 발전, 사회 질서의 발전에 기여하는 바가 큼을 어렵지 않게 알 수 있다.

인지과학과 스토리텔링

도레미송이 음계를 외우는 데에 효과적인 이유는 앞에서 말했듯이 단서를 제공하고, 이를 연관성을 가진 내용으로 가공하여 단어를 익히게 하기 때문이다. 높은 음자리 5음의 이름을 외우기 어려워도 'Every Good Boy Does Fine'식의 문장을 만들어 외우면 그 첫 음 5개를 외우기 쉽다. 아마 고등학생이라면 원소 주기율표를 외우기 위해 여러 가지 방법으로 문장을 만들어 외운 기억들이 있을 것이다. 예를 들면 다음과 같다.

> '하와이안(H) 리나(Li, Na)가 코리안(K) 러버(Rb)와 크리스마스(Cs)를 프랑스(Fr)에서 보낸다.'

이런 방식으로 수소, 리튬, 나트륨 등의 원소 이름을 외우는 것이다. 단순하지만 스토리텔링을 활용한 사례이다. EBS 다큐프라임의 『이야기의 힘』에서는 사람에게 스토리텔링이 필요한 이유로 '① 기억력을 높이기 위해, ② 사람의 마음을 변화시키기 때문에, ③ 세상을 이해하기 위해'를 들었다. 그 세 가지는 모두 교육과 연관되어 있다. 교육의 궁극적인 목적은 사람을 변화시키는 데에 있다. 그러기 위해서는 자기 자신과 세상을 이해할 수 있어야 한다. 자신과 세상을 이해하는 데에 있어 스토리텔링은 가장 좋은 도구이다.

그러나 자신을 바꾸고 세상을 이해하는 일은 궁극적이기는 하지만 바로 당장 얻어지는 것은 아니다. 오랜 교육의 축적을 통해 추구할 수 있는 목표이다. 당장 스토리텔링을 교육에 활용한다면, 역시 셋 중 첫 번째인 '기억력을 높이는 일'이 시급하게 필요할 것이다.

스토리텔링은 우리의 짧은 기억 시간을 뛰어넘게 해주는 획기적인 방법이다. 왜 그런지에 대해서는 나중에 알아보기로 하겠다. 우선 여기에서는 인지과학의 도움을 받을 것임을 밝혀 둔다. 인지과학은 워낙 복잡하고 어려운 분야이기 때문에 이 책에서 자세히 설명하기는 어렵다. 필자 또한 자세히 설명할 능력을 갖추지 못했다. 이 책에서는 개략적으로 인지과학의 몇 가지 발견들을 소개하고, 그에 힘입어 왜 스토리텔링이 학습력 증진이나 기억력 향상에 도움이 되는지, 또 그러기 위해서는 스토리텔링을 어떻게 활용하고 창안해야 할 것인지에 대해 간단히 길 안내를 하고자 한다.

인지과학에 대해 가장 간명하게 소개한 문장을 인용해보자.

'인지과학은 마음에 대한 과학이다. 인지과학자들은 지각, 사고, 기억, 언어 이해, 학습 및 여타의 정신적 현상들을 이해하고자 한다.'

(조인래, 「인지과학의 방법 : 기능적 분석」, 이정민 외, 「인지과학」, 태학사, 2002, 49쪽.)

인지과학은 인간의 뇌 활동에 초점을 맞추고 있다. 이를 위해 다양한 학문들이 함께 노력하고 있다. 정신과학, 뇌신경학, 언어학, 인류학, 컴퓨터과학 등 여러 관련 학과들이 모여 이른바 융합 학문을 이루어내고 있다. 이 작업은 아직도 진행 중이다.

우리는 기억의 문제에 초점을 맞추어 알아보려고 한다. 가장 먼저 스토리텔링의 창작 원리와 특징에 대해 알아보고, 인지과학이 밝힌 우리의

기억 구조를 이것에 대비시켜 보면, 스토리텔링이 어떤 이유 때문에 학

습에 도움이 되는지를 알 수 있을 것이다.

1 꽃말의 의미를 찾아보되, 그중 스토리텔링이 전해지는 꽃말을 찾아보자. 왜 그런 스토리텔링이 그 꽃에 얽혀 있는지도 생각해보자.

2 자신이 즐겨 듣는 음악 중에서 스토리텔링이 잘 만들어져 있는 뮤직비디오를 찾아보자. 뮤직비디오의 스토리와 음악이 잘 어울리는 지도 생각해보자.

3 한류 바람과 함께 한국을 찾는 외국 관광객이 부쩍 늘었다고 한다. 어느 관광 전문가는 이제 관광도 스토리텔링이 필요하다고 역설하였다. 왜 관광에 스토리텔링이 필요한지 생각해보자. 그리고 이는 스토리텔링의 어떤 성격 때문인지 열거해보자.

2부
스토리텔링의 키워드
: 주제, 스토리, 구성

인물

소재
주제

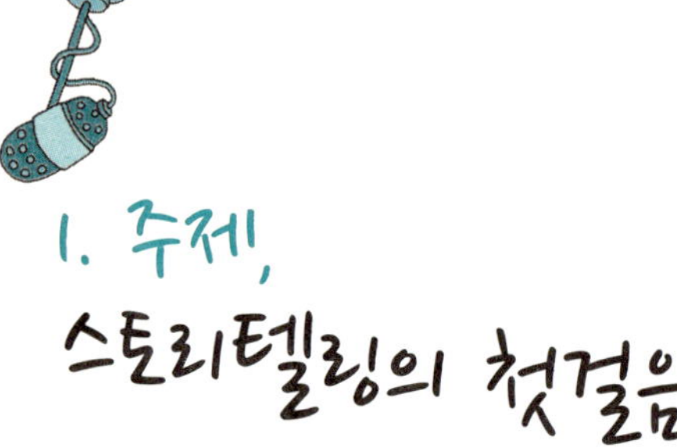

1. 주제,
스토리텔링의 첫걸음

주제 정하기에서부터

「성균관 스캔들」이라는 텔레비전 드라마가 청소년들에게 많은 인기를 끌었다고 한다. 소설을 각색하여 만든 드라마인데, 텔레비전 드라마의 특성 때문에 내용이 원작 소설과 조금 달라졌다. 무엇보다 사랑에 관한 메시지가 주를 이루던 원작에 비해 권력 다툼과 같은 흥밋거리가 더 많은 분량을 차지했다. 자연히 사랑에 관한 작품의 메시지는 살짝 흐려져 버렸다. 남장 여자를 주요 이야깃거리로 삼았기에 소재의 특이함은 살아 났지만 전체 스토리텔링의 주제는 모호해졌다. 이처럼 스토리텔링의 방향을 분명하게 잡지 않으면, 작품 전체의 의미가 모호해지기 쉽다.

스토리텔링의 방향을 잡는 일은 주제를 정하는 데에서 시작한다. 따라서 스토리텔링 창작의 첫걸음은 주제 또는 메시지를 정하는 일이다. 어떤 종류의 글을 쓰더라도 가장 먼저 해야 할 일은 '주제 정하기'다.

주제는 그 글이 나아갈 방향이다. 낯선 곳을 여행할 때 방향을 알지 못하면 어디로 첫걸음을 내디뎌야 하는지 몰라 움직일 수 없듯이, 주제가 없다면 어떤 글쓰기도 시작할 수 없다. 글을 쓰려면 미리 주제를 구체적으로 정해 두어야 하는 것이다.

스토리텔링의 주제

비단 글쓰기만 그런 것이 아니라 우리의 인생살이가 모두 그러하다. 자기 삶의 주제를 미리 정해 두지 않으면, 자기가 가야할 길을 찾기 어렵고, 무언가를 실천하거나 노력하기가 어렵다.

그런데 스토리텔링은 약간 경우가 다르다. 스토리텔링 그 자체는 완결된 작품으로 주제를 가지기 어렵다. 「춘향전」 스토리텔링이 영화 텍스트로 완성되려면 촬영, 편집 등의 과정을 거쳐야 하고, 뮤지컬로 완성되려면 작곡가가 곡을 만들고, 배우들이 춤을 추고, 연기를 하는 등 무대 공연이 이루어져야 한다. 한 작품의 주제는 그러한 전 과정이 결집되어 결정된다. 따라서 스토리텔링만으로 주제를 구현한다는 것이 결코 쉽지 않다.

하지만 스토리텔링 자체는 자기 나름대로 독자적인 주제를 가져야 한다. 스토리텔링 작가는 자신이 창작하려는 스토리텔링의 기본적인 방향이나 정신, 목적을 스스로 정해야 한다. 그것도 구체적으로 파악하고 있지 않으면 창작으로 이어지기가 어렵다.

메시지의 성격

어떤 학자들은 주제라는 단어 대신에 메시지(message)라는 용어를 쓰기도 한다. 메시지(message)란 대화를 나눌 때 말을 하는 사람이 말을 듣는 사람에게 전하고자 하는 말하기의 핵심적인 내용이다. 이는 주제보다 하위 개념이다. 이를 스토리텔링에 적용해보면, 스토리텔링의 메시지란 스토리를 통해 작가가 표현하고 싶어 하는 중요한 내용이다. 그러므로 메시지와 주제가 크게 달라질 가능성은 적다.

스토리텔링의 메시지를 결정하는 데에 있어서 고려해야 할 점을 생각해보자.

첫째, 메시지는 구체적이어야 한다. 스토리텔링 창작 과정 중에서 가장 어려운 일이 '메시지 정하기'다. '조선시대 유생들의 사랑 이야기나 한 번 해볼까?' 하는 식으로 적당히 골라서는 곤란하다. 훨씬 명확하고 세부적인 방향을 스스로 정해야 한다.

원빈과 신민아가 출연한 모 커피 상품 CF가 한때 주목을 받았다. 남자는 커피 맛을 설명해준다며 여자에게 부드럽게 키스하는 내용이다. 이 스토리텔링의 메시지는 분명하다. 이 제품의 커피 맛은 키스처럼 달콤하다는 것이다. 영화 「아바타」가 세계적으로 인기를 얻은 것은 3D 영상 기술의 영향도 있지만, 근본적으로는 '타자와의 교합'이라는 메시지를 분명하게 관객에게 제시한 점이 가장 중요한 요인이었다. 이처럼 메시지가 명확해야 스토리텔링이 제 기능을 수행할 수 있다.

둘째, 메시지의 성격은 매체의 성격이나 목적에 따라 다르다. 매체란 영화, 소설, 뮤지컬, 텔레비전, 만화, 잡지 등 스토리텔링을 담아내는 틀을 가리킨다. 모든 매체에 스토리텔링이 쓰이는데, 자신이 창작하는 스토리텔링이 영화의 시나리오를 위한 것인지, 텔레비전 다큐멘타리 프로그램을 위한 것인지, 뮤직비디오를 위한 것인지에 따라 그 성격이 달라진다. 소설의 스토리에서는 깊이 있는 주제를 추구할 수 있다. 자기 발견이나 사회 비판과 같은 눈에 보이지 않는 주제들도 구현할 수 있다. 그러나 영화의 스토리에는 작품에 따라 차이는 있지만 소설과 같은 깊이를 싣는 것이 불가능에 가깝다. 일반적인 극영화라면 권선징악 수준의 보편적 도덕성이나 교훈을 표면에 내세울 정도이다. 게임 시나리오의 스토리는 극단적으로 단순하다. 승패에 대한 단순한 목표의 성취가 대부분이다. CF의 스토리텔링에는 상품의 가치나 마케팅의 핵심을 전하는 것이 가장 중요하다. 이처럼 매체의 종류에 따라 메시지의 성격도 달라진다.

셋째, 하나의 스토리텔링에는 하나의 메시지만 담는 것이 원칙이다. 하나의 스토리텔링에 메시지가 복합적으로 중복되면 스토리라인이 산만해질 가능성이 높고, 수용자가 혼란에 빠질 위험성이 있다. 만약 스토

리가 복합적인 경우라면 우선순위를 정한 후에 메시지의 강도를 조절해
야 한다. 하나의 스토리에 메시지가 중첩되면 스토리라인이 분명하지 못
하게 된다.

직접 경험과 간접 경험

주제와 메시지를 정하면 그 다음에는 소재를 구해야 한다. 오늘 저녁 식사의 메뉴를 어떤 방향으로 준비할지 결정했으면, 시장에 가서 재료를 구입해야 한다. 마찬가지로 주제를 정했으면 그 주제를 잘 드러낼 수 있는 좋은 소재를 준비하는 것이 중요하다. 소재를 얻는 데에는 자기가 몸소 경험한 것에서 구하는 직접적 방법과 여러 자료들을 통해 구하는 간접적 방법으로 나눌 수 있다.

직접 경험을 소재로 삼을 수 있다면 무척 생생한 스토리를 창작할 수 있다. 하지만 직접 경험의 습득에는 한계가 있다. 개인이 직접 경험할 수 있는 범위는 너무 좁고, 직접 경험을 했다고 하더라도 그 경험이 어느 정도 소재로서 가치를 지니는지 알기가 어렵다. 직접 경험한 것이라고 해서 모두가 다 스토리텔링의 소재로 삼을 수는 없으므로, 자기가 경험한 것의 값어치를 측정해보아야 한다. 그러나 그 측정의 객관성을 확보하기가 쉽지 않다.

직접 경험이 더 가치가 많고 간접 경험은 가치가 적다고 말할 수 없다. 직접 경험일수록 생생하게 이야기할 수 있는 가능성이 높긴 하지만, 간접 경험이라 하더라도 작가가 큰 관심과 문제의식을 가진 것이라면 더 힘차게 이야기할 수 있다. 간접 경험은 신문, 잡지, 텔레비전 등에서 보고 들은 것, 친구에게서 들은 이야기, 책에서 읽었던 정보들, 그 모든 것이 다 포함된다.

그러므로 직접 경험을 습득하는 데에 한계가 많은 반면 간접 경험의 습득에는 한계가 없다. 중요한 것은 스스로 어떤 일에 관심을 가지는 것이다. 관심의 깊이가 클수록 귀도 많이 열고 눈도 크게 뜨기 때문이다.

관찰력과 상상력

경험의 범위를 넓히는 데에는 두 가지 힘이 필요하다. 관찰력과 상상력이다. 관찰하는 시각을 키우면 직접 경험의 폭이 넓어진다. 평범한 작은 경험에서도 큰 질서를 찾아낼 수 있는 것이 관찰력이기 때문이다. 뉴턴은 사과가 나무에서 떨어지는 것을 보고 중력의 법칙을 발견했다. 아주 사소한 일이지만 그냥 넘기지 않고 문제의식을 가진 덕분에 뉴턴은 놀라운 발견을 얻었다.

관찰은 스스로 무엇인가를 찾아보려는 의지를 가지는 일이다. 그냥 우연히 보게 되는 것이 아니라, 늘 문제의식을 가지고 무엇인가를 찾아보려고 눈을 떴을 때 무엇인가 말할 만한 주제를 찾아낼 수 있는 것이다. 특별히 뛰어난 관찰력을 갖고 태어나는 사람은 없다. 관찰력이 있다는 말은 자신에게 관심이 크다는 뜻이다. 자기에게 연결되는 모든 일을 아무렇게 여기지 않고, '왜?'라고 물으며 대상을 유심히 살피는 습관을 갖는다면 관찰력은 저절로 강해진다.

상상력은 현실적 상황을 바탕으로 생각을 더 펼쳐나가 보는 일이다. 현실적 상황을 근거로 삼지 않고 생각을 펼친다면 상상이 되지 않는다. 예를 들어 로또 복권 1등에 당첨되어 거액의 돈을 쥐게 되고, 그 돈으로 주식 시장에서 더 큰 돈을 만들며, 나아가 큰 빌딩을 사서 사업을 벌이겠다고 생각을 펼친다면 그것은 상상이 아니라 공상이다. 로또 복권 당첨은 현실 상황이 아니기 때문이다. 올바른 상상력은 우리의 한계를 더없이 넓게 확장시킬 수 있다. 우리가 생각할 수 있는 범주에는 경계선이 없다. 그만큼 생각하는 힘은 큰 위력을 갖는다. 따라서 상상력을 잘 발휘하면 아주 작은 현실 경험에서 더 큰 위대한 발견을 찾아낼 수도 있다.

그러나 관찰력과 상상력의 신장은 하루아침에 이루어지지 않는다. 꾸준히 문제의식을 가지고 눈을 떠야 하며, 많은 독서경험과 문화체험이 있어야 발전을 얻는다.

소재 발굴 방법 몇 가지

직접 경험의 한계를 극복하기 어렵다면, 간접 경험을 통해 소재의 폭을 넓힐 수밖에 없다. 소재를 얻을 수 있는 가장 좋은 통로는 '신문'이다. 신문은 스토리 창작의 온갖 정보와 사건, 사회상을 알 수 있는 보물창고이다. 신문 외에 도서관을 이용하거나 인터넷을 이용한 다양한 통로의 자료 수집도 스토리 창작에 많은 도움이 된다.

다음은 소재를 발굴하는 데에 도움이 될 만한 몇 가지 팁을 정리해본 것이다.

첫째, 문화 원형은 스토리의 영원한 산실이다. 문화 원형이란 우리 민족이 오랫동안 쌓아왔던 문화들의 근원적 요소를 가리킨다. 신화, 종교적 제의, 전설, 민담 등에서 우리는 우리 문화의 원형을 찾아볼 수 있다. 고전 텍스트는 모두 소재가 된다고 생각하자. 「선덕여왕」이나 「황진이」 같은 성공한 사극 드라마의 원형은 모두 고전 텍스트들이다.

둘째, 소재는 보편적인 것에서 찾는 것이 빠르고 쉽다. 특별한 경험이나 특수한 상황을 소재로 삼으면 독자나 관객에게 강한 호기심을 줄 것 같지만, 수용자는 보편성의 범위를 과도하게 넘어가는 스토리에 대해서는 흥미를 갖지 않는다. 소재가 너무 특이하면 이해하기가 어려워서 수용이 잘 되지 않는 것이다. 그래서 소재의 선택은 보편적인 것에서 시작하는 것이 좋다.

셋째, 아예 내 주변의 모든 것이 스토리텔링의 소재라고 생각하자. 내 눈길이 닿는 곳에는 언제나 소재가 있다. 그것을 발견하려는 관찰력과 사소한 것에서 문제를 찾아내는 상상력이 훌륭한 스토리텔링의 소재를 제공한다.

넷째, 메모하는 습관을 갖자. 언제나 수첩을 지니고 다니는 것이 좋다. 평범한 생활 주변에서 아이디어를 얻을 수 있지만, 반짝하고 떠오른 아이디어일수록 우리 머릿속에 오래 남아 있지 않는다. 늘 관찰한 것, 생각한 것을 바로바로 적어 두는 습관을 갖는 것이 좋다.

다섯째, 소재의 선택을 위해서는 고정관념에서 벗어나야 한다. 새롭고 창의적인 스토리텔링은 기존의 것에 대한 도전과 저항에서 비롯된다. 스토리텔링에는 새로운 시각으로 새로운 관점으로 사물을 보고, 삶을 이해하려는 도전정신이 필요하다.

3. 나의 스토리텔링을 어디에 쓸까?

영원한 미완성품

어느 초보 작가가 뮤직비디오의 대본을 의뢰받았다. 뮤직비디오 제작자는 그 작가의 스토리텔링 창작 능력을 우연히 알게 되었고, 기쁜 마음으로 대본을 써 달라고 맡겼다. 자신을 인정하는 사람을 위해서 그 작가는 열심히 대본을 작성했다. 걸 그룹의 노래를 위한 뮤직비디오였다. 열심히 노래를 분석하고 적절한 대본을 쓰기 위해 고심했다. 드디어 대본이 완성되었을 때, 그 분량이 제법 많았다. 4분에서 10분 정도의 길이인 뮤직비디오에 쓸 대본으로는 너무 내용이 많았던 것이다. 제작진과 감독, 작가는 회의 끝에 시리즈 형식으로 만들기로 했다. 먼저 앞부분만 뮤직비디오로 만들고, 그 가수들이 다음 음반을 출시할 때 뒷부분이 이어지도록 연속물로 만들자는 계획이었다. 그러나 뮤직비디오와 유행 가요의 속성상, 그 뮤직비디오와 노래는 이내 잊혀졌고, 연속물 후편은 제작할 수 없었다. 그 작가의 첫 작품은 영원한 미완성품이 되고 말았다.

주제나 메시지를 정할 때는 지금 자신이 창작하려는 스토리텔링이 어떤 매체에 쓰일 것인지를 반드시 고려해야 한다.

최근에는 복합 미디어의 시대라 불릴 만큼 새로운 미디어들이 늘어나고 있다. 기존의 미디어들도 다양한 형태로 변신을 시도하고 있다. 미디어와 미디어의 결합도 증폭되고 있다. 미디어가 다원화되면서 각 미디어가 필요로 하는 스토리텔링도 다원화되었다. 기존의 스토리텔링으로는 감당하기 어려울 정도로 복합적, 중층적 구조를 지닌 미디어들이 등장하기 때문에 그때마다 스토리텔링 작가들은 새로운 전략을 찾아야한다.

스토리텔링을 요구하는 미디어는 다섯 영역으로 나눌 수 있다. 원래 스토리텔링은 문자 텍스트가 주 무대였는데, 최근에는 영상화, 산업화, 공연화, 디지털화의 다매체, 다채널 환경 속에서 변주, 복합, 융합되고 있다. 소설이나 동화 등의 일부 문자 텍스트와 일부 진지한 영상 텍스트를 제외하고 스토리텔링의 다원화 현상에는 상업적 의도가 깔려 있다. 대중문화가 발달할수록 스토리텔링은 급격히 상품화되어 왔다.

스토리텔링의 상품화는 시대적인 현상이기 때문에 '좋다, 나쁘다'를 논쟁할 필요는 없다. 이왕 상품화되어 버렸다면 얼마나 품격 있는 상품으로 격상시키느냐가 작가들의 과제이다. 그러나 청소년들이 스토리텔링을 창작한다면 상품화에 영향을 받지 않는 것이 바람직하다. 자신이 스토리텔링을 필요로 하는 이유를 생각해보고, 자신이 생각하는 스토리텔링이 각 미디어에 적합하도록 분량이나 크기, 구조, 주제 등을 잘 선택하는 것이 중요하다.

만화의 스토리텔링

스토리텔링 상품화의 선두주자는 만화이다. 만화는 표현의 제한이 거의 없다는 점에서 아주 매력적인 장르다. 이전에는 만화 작가가 스토리텔링과 작화를 동시에 수행했지만, 요즘에는 스토리텔링 작가가 스토리를 만들어 만화 작가에게 공급한다.

만화의 인물과 사건은 좀 황당하다 싶을 정도로 과장되어도 좋다. 크게 비현실적이어도 만화니까 허용된다. 그 대신에 만화의 스토리텔링은 개성이 강해야 한다. 너무 평범한 발상과 스토리, 인물의 대사는 만화의 매력을 반감시킨다.

「마법천자문」은 학습 교재용 만화로서 잘 알려져 있다. 손오공의 스토리를 활용한 한자 교육용 만화책으로 나왔는데, 최근에는 애니메이션으로까지 제작되었다. 인터넷이 일반화되기 전까지는 초등학교 학생이나 중학교 학생들이 가장 즐기던 매체가 만화였다. 최근 컴퓨터 게임의 유해성에 대해 논란이 많듯이, 그 당시에는 만화의 유해성이 논란의 중심

이었다. 많은 작품들이 폭력적인 내용을 담고 있
었기 때문이다. 만화는 중독성 또한 강해서 학교
수업이 끝나면 집으로 가지 않고 만화방으로 직
행하는 아이들이 많았다.

그러자 아예 만화를 교육적으로 활용하려는
시도가 나타났다. 실제로 만화는 교육 교재로서 훌륭한 역할을 수행했
다. 책으로 읽기 힘든 내용을 만화로 전달함으로써 학생들의 관심을 불
러일으켰던 것이다.

이원복 교수의 「먼 나라 이웃 나라」는 흥미로운 만화를 통해 세계사
를 쉽게 이해하도록 한다. 이와 같은 만화 학습책은 너무 많아서 선택하
기가 어려운 지경이 되었지만, 정작 제대로 스토리텔링을 갖춘 만화는
찾아보기 어렵다. 만화의 파급력이 큰 만큼 학생들이나 학부모, 지도자
가 좋은 책을 고르는 데에 주의를 기울여야 할 것이다.

영상물의 스토리텔링

영상화되는 스토리텔링은 매체에 따라 성격이 매우 달라진다. 극영화
는 충분한 설득력을 발휘할 수 있도록 인물과 사건이 잘 짜여져야 한다.
그러나 뮤직비디오나 CF의 스토리텔링은 그럴 만한 여유를 가질 수 없
다. 뮤직비디오의 경우 3~5분, CF는 길어야 1분 안에 모든 스토리를 전
달해야 한다. 스토리의 재미만 전달하는 것이 아니라 뮤직비디오의 경우

에는 음악의 특성을, CF의 경우에는 광고하려는 상품의 가치를 설득력 있게 표현해야 한다.

홈쇼핑이나 엔터테인먼트 산업, 테마파크 등의 상업적 목적을 지닌 현장에서도 스토리텔링을 사용한다. 이런 경우에도 CF처럼 간단하고 짧은 스토리 안에 상품 소개나 브랜드 알리기에 중점을 둔다. 이처럼 다양한 방식으로 스토리텔링이 사용되기 때문에 자신이 창작하려는 스토리텔링이 어떤 매체에서, 어떤 목적으로, 어떤 기능을 해야 하는지를 미리 생각하지 않을 수 없다. 그에 따라 스토리라인을 변화시키고, 인물과 사건, 배경을 조정하고, 플롯을 통한 구성도 다르게 짜야 한다.

허영만의 만화 「식객」은 애초 만화 작품이었는데, 같은 스토리를 가지고 텔레비전 드라마로 리메이크해서 제법 성공한 바 있다. 이어 영화로도 만들어졌는데, 대성공을 거둔 만화나 만족할 만한 성과를 올린 텔레비전 드라마에 비해 영화의 호응도는 높지 않았다. 그렇게 된 데에는 여러 이유가 있겠지만 제일 중요한 요인은 스토리텔링을 매체에 적합하게 적용하지 못한 데에 있다.

영화는 고작 2시간 안에 모든 이야기를 끝내야 한다. 장편 만화처럼 인물들의 이런저런 사연을 다 담아낼 수 없다. 짧은 스토리 안에 반전을 넣고 인물의 성격과 사건을 일체화해야 한다. 만화에서 그려졌던 다양한 에피소드의 가지들을 다 잘라내야 한다. 중심 사건을 부각시키고, 등장인물의 수를 가능한 줄이면서 사건을 흥미진진하게 이끌어야 한다. 그러면서도 주제는 명확하게 돌출시켜야 한다.

텔레비전 드라마는 만화보다는 짧지만 영화보다는 길어야 한다. 더욱이 시리즈의 성격을 감안하여 전체적인 줄거리를 명확하게 짜면서도 적절하게 에피소드를 배분해야 한다. 시청자들은 인물들의 삶을 통해 위안받기를 원한다. 텔레비전 드라마는 만화보다 월등하게, 영화보다도 조금 더, 사회적 시선과 윤리적 검열에 민감하다. 누구나 집에서 편하게 볼 수 있기 때문이다.

뮤지컬은 스토리를 최소한으로 줄여야 한다. 스토리의 상당 부분은 노래로 충당된다. 대사도 그다지 많지 않다. 노랫말에 의한 사건 전개의 암시와 관객과의 동화감을 조성해야 한다. 스토리텔링은 단순해져야 하고, 사건보다는 인물의 내면이 더 풍부해져야 한다. 이런 뮤지컬의 특성을 감안하지 못하면 성공한 텔레비전 드라마나 영화를 뮤지컬로 변주했을 때 성공할 확률이 떨어지게 마련이다.

위와 같이 각 장르마다 성격이 다르기 때문에 작가는 스토리 창작에 몰입하기 이전에 자기가 쓰고자 하는 스토리텔링이 어떤 용도로 쓰일 것인지를 검토하고, 각 미디어의 특성을 주도면밀하게 연구해야 한다.

자기 학습을 위한 스토리텔링

실용적인 목적으로 스토리텔링을 창작할 때에는 앞에서 말한 대로 어떤 미디어에, 어떤 목적으로 쓸 것인지를 고려해야 한다. 그러나 청소년들이 자신의 필요에 의해 스토리텔링을 창작할 때에는 그럴 필요까지는 없다. 만약 자신이 전문적인 스토리텔링 작가로서 활동하고 싶다면 위에서 말한 대로 미디어에 대한 연구가 함께 이루어져야 한다. 그러나 모든 학생이 그럴 수는 없다.

누구나 스토리텔링을 창작할 수 있다. 청소년들이 스토리텔링을 창작할 필요성은 많겠지만, 여기서는 크게 두 가지만 생각해보도록 한다. 하나는 학습을 위한 작업이고, 또 하나는 자기 발견을 위한 작업이다.

학습을 위한 스토리텔링은 오래 전부터 다양하게 시도되어 온 것이므로 그다지 새삼스러울 것이 없다. 예를 들어보자. 어느 수의학과 대학생이 다음 문장을 외우고 있었다.

수퍼에 가서 피부 결이 탄탄한 걸 랩으로 싸서, 계곡에 가서 BBQ를 해 먹으면 너무 맛있더라고. 그게 참 미스테리야.

외워야 할 내용 : 사람과 소가 동시에 잘 걸리는 전염병들. '수포성 구내염, BSE(광우병), 부르셀라, 결핵, 탄저, 렙토스피라증(Leptospirosis), lift velly fever, Q-fever, Listeria

대입시킨 사항 : 수퍼='수포성 구내염', 피='BSE', 부='Brucellosis', 결='결핵', 탄탄='탄저', 랩='Leptospirosis', 계곡='lift velly fever', BBQ='Q-fever', 미스테리='Listeria'

아마 이런 방식으로 외우면 어려운 단어들을 쉽게 외울 수 있을 것이다. 그러나 이러한 스토리텔링은 온전한 것이 못되고, 일시적인 방편으로만 쓰일 뿐이다. 학습의 전체적 내용을 파악하기 위한 스토리텔링은 더 조직적일 필요가 있다.

예를 들면 고려에서 조선으로 넘어오는 과정의 시대적 상황을 스토리텔링으로 그려내면, 그 당시 중요한 인물들의 역할과 생각, 입장 등을 잘 이해할 수 있게 된다. 역사적 흐름을 전체적으로 파악할 수 있어서 국사 학습에 도움이 될 뿐만 아니라 당시의 문학 작품이나 문화 현상 등도 동시에 이해할 수 있어서 국어나 다른 과목의 학습에도 도움이 될 것이다. 스토리텔링이 기억력 증진에 도움이 된다는 것은 다음 장에서 밝힐 것이다. 이런 조직적 스토리텔링으로 온전한 학습 이해를 추구하려면 스토리텔링 창작 방법을 어느 정도까지는 익혀 두어야 한다.

학습을 위해 스토리텔링을 창작하는 일보다 더 중요한 것은 자기 발견을 위한 스토리텔링 활용이다. 이야기를 창작하다 보면 결국 자기 이야기를 하게 된다. 스토리텔링을 통해 자신의 문제점을 알게 되고, 자신이 숨겨 둔 내면의 세계도 발견하게 된다. 이에 대한 사항은 뒤에서 더 자세히 알아볼 것이다.

4. 인물
스토리텔링 성공의 결정적 열쇠

스토리텔링의 육하원칙

신문기자들이 기사 작성을 할 때는 반드시 육하원칙을 지켜야 한다. 주지하다시피 육하원칙이란 '누가(who), 언제(when), 어디서(where), 무엇을(what), 어떻게(how), 왜(why)'의 여섯 요소를 말한다. 이 여섯 요소는 기사 작성 시 반드시 필요하다는 의미이기도 하지만, 글을 쓸 때 이 여섯 항목을 바탕으로 글을 준비하면 적어도 기사문으로서는 부족하지 않다는 의미이기도 하다. 글을 쓰다 보면 어디에서부터 시작해서 어떻게 전개해 나갈 것인지 막막할 때가 많다. 이 경우에도 육하원칙에 입각해서 글을 준비하면 의외로 쉽게 글을 전개할 수 있다.

신문 기사에서 육하원칙이 생긴 이유는 사람이 만드는 사건들은 모두 이 여섯 요소가 결합하여 이루어지기 때문이다. 육하원칙은 비단 신문기사에만 적용되는 것이 아니라 사람의 삶에도 해당된다.

인생을 살아가면서 언제나 스스로 묻고 체크해야 할 사항이 바로 다음의 여섯 가지 '육하(六何)'이다.

❶ '누가' – 나는 누구인가?

❷ '언제' – 어떤 때인가?

❸ '어디서' – 나는 어디에 서 있는가?

❹ '무엇을' – 무엇을 해야 하는가, 또는 무엇을 했는가, 무엇을 하고 있는가?

❺ '왜' – 나는 왜 그 행동을 했는가, 나는 왜 그것을 원하는가?

❻ '어떻게' – 나는 어떻게 내 삶을 살아갈 것인가?

이런 물음들은 때로는 삶 전체를 대변하는 질문들이기도 하다. 인생이 이처럼 육하원칙의 초석 위에 쌓아가는 건축물이기에 스토리텔링 역시 육하원칙을 바탕으로 세워 나갈 수밖에 없다. 스토리텔링은 삶에서 우러나온다. 스토리텔링을 만들어 나갈 때 이 여섯 가지 항목을 기준으로 창작의 내용과 재료를 정리하고 계획을 세워보자. 의외로 글쓰기가 쉬워질 것이다.

인물의 기능

인물은 스토리의 주인이다. 스토리텔링이란 삶에 관해 이야기를 나누는 것이므로 결국은 사람이 문제이다. 누구에 관한 이야기인가? 기사의 육하원칙에서 처음 정해야 할 것이 '누가'이듯이 스토리텔링의 창작 단계에서도 첫 단추는 '주인공의 설정'이다. 어떤 인물을 주인공으로 삼느냐 하는 문제는 어떤 문제를 주제로 삼으려는 것인가에 직결된다. 따라서 인물 정하기는 스토리텔링의 핵심 작업이기도 하다.

주인공이 스토리 전체를 끌고 가는 핵심 요소이므로 매우 신중하게 설정해야 한다. 가장 중요한 것은 성격이다. 성격이 정해지면 주인공은 그 성격을 바탕으로 행동을 하게 된다. 따라서 인물의 성격과 행동을 분명하게 설정하되, 성격과 행동이 잘 어울리도록 하는 이른바 어울림의 원칙에 충실해야 한다. 소심한 성격의 주인공이 자신이 반한 여인에게 고백을 할까, 말까 망설이다 밤늦게까지 배회하는 행동을 하는 설정은 이상하지 않다. 성격과 행동이 잘 어울리기 때문이다. 스토리의 사건 전개와 갈등 부각, 주제 구현 등 모든 측면에서 인물의 성격과 행동 설정은 그 출발점이 된다. 인물의 성격을 명확하게 설정하고 그에 어울리게 행동하도록 하면, 인물은 스스로 자기 삶의 길을 개척해가듯이 스토리라인을 만들어 간다.

인물에는 고정적 인물과 유동적 인물이 있다. 고정적 인물은 성격이 고정되어 변화가 없다. 이런 인물을 표현할 때는 사회적인 이슈나 선악의 대결, 갈등의 재현 등과 같은 모든 문제에서 보편성이 강조된다. 보통 근

 스토리텔링 교과서

대 소설 이후 고정적 인물은 바람직하지 못한 것으로 여겨져 왔지만 동화, CF, 게임 등 스토리가 단순하고 역할이 고정적일 경우에는 매우 효율적이다. 햄릿은 처음부터 끝까지 사유적이고, 소심하며, 우유부단해야지 느닷없이 살인을 과감하게 저지르는 행동형으로 변해서는 곤란하다.

유동적 인물은 사건이 전개되어 가는 과정에서 인물의 성격에 변화가 생기는 경우이다. 또는 성격 자체가 이중적이어서 딱히 하나의 성격으로 규정하기 어려운 인물이다. 이런 인물을 내세울 때에는 상황적 논리와 인물의 목표가 중요하다. 그 논리와 목표에 따라 인물의 이중성이나 성격 변화, 태도 변화 등이 합당할 수도 있고, 불합리한 것일 수도 있다.

인물의 기능 면에서 인물을 분류하자면 주인공, 적대자, 조력자, 반대자, 부수적 인물(엑스트라) 등으로 나눌 수도 있다. 주인공과 주인공을 방해하는 적대자, 주인공의 편에 서서 도움을 주는 조력자, 적대자의 편에 서서 주인공에게 걸림돌이 되는 반대자 등의 인물들은 전체적인 성격과 행동 면에서 잘 어울리게 설정되어야 한다.

인물의 4각 구도

로맨스를 다루는 최근의 영화나 드라마를 보면 4각 구도를 즐겨 사용한다. 예전에는 한 여자와 두 남자, 또는 한 남자와 두 여자 사이의 애정 라인을 그리는 이른바 3각 관계 구도를 주로 볼 수 있었는데, 요즘의 로맨스 스토리는 4각 구도가 대세이다. 남녀 주인공의 애정 라인에 남자 주인공을 좋아하는 여성 인물과 여자 주인공을 좋아하는 남성 인물을 배치시킨다. 이들은 각자 남, 녀의 주인공에게 반대자이자 조력자이다. 놀라운 시청률을 기록했던 SBS의 텔레비전 드라마 「찬란한 유산」(2009. 4. 25.~2009. 9. 26.)은 4각 구도를 잘 활용한 대표적 사례이다. 여자 주인공 고은성(한효주)과 남자 주인공인 선우환(이승기) 사이에 유승미(문채원)와 박준세(배수빈)가 각각 조력자와 반대자 역할을 한다. 유승미가 고은성에 대해 강한 라이벌 의식으로 강력한 장애가 되는 데 반해 박준세가 선우환에 대해서 그다지 큰 장애가 되지 않는 것은 인물의 성격 때문에 그렇기도 하고, 남자 주인공보다 여자 주인공의 역할이 더 크기 때문에 그렇기도 하다. 이때 중요한 것은 각 인물의 지향점과 성격을 잘 대비시키는 것이다. 4각 구도를 도입하면 3각 구도보다는 훨씬 이야기가 풍부해지고 사건도 다양해진다. 이렇게 인물의 각 기능을 잘 활용하면 흥미로운 갈등을 조성할 수 있다.

인물의 4각 구도를 유명한 '그레마스(프랑스의 서사학자)의 사각형'으로 그려보면 아래 도표와 같다.

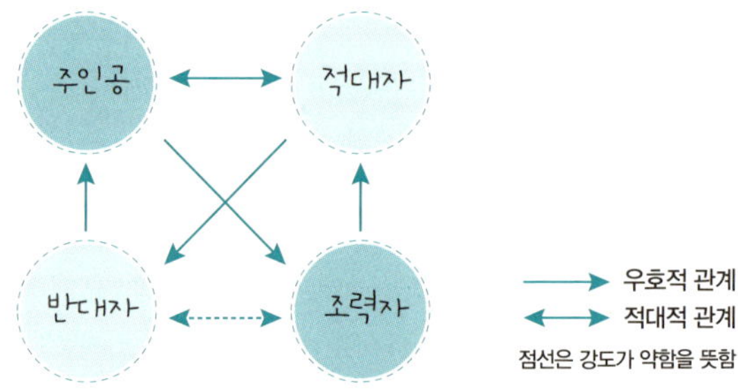

주인공이 갖추어야 할 것들

스토리텔링의 주인공은 전체 텍스트를 끌고 가는 주체다. 수용자(독자, 관객, 시청자)는 주인공에 초점을 맞추어 자신과 동일시하려고 노력한다. 「찬란한 유산」, 「시크릿가든」과 같이 신데렐라 콤플렉스를 자극하는 드라마의 경우에 시청자들이 주인공에게 느끼는 동질감은 매우 강하다. 동일시의 작용은 남녀노소를 구분하지 않는다. 50대 중년 남자라도 20대 초반의 여 주인공을 보면서 동질감을 느낀다. 감정이입이 강할수록 동질감도 강해지고, 이러한 동질감에 의해 서스펜스와 감동이 생긴다.

때로는 주인공을 통해 대리만족을 느끼기도 한다. 너무 편하게, 비현실적으로, 비논리적으로 대리만족을 안겨주는 이른바 막장 드라마는 시청자로 하여금 현실을 망각하고 삶의 중요한 측면을 간과하게 할 우려가 있지만, 잘 구성된 드라마는 이러한 감정을 이용하여 시청자들에게 정서적 만족감을 안겨주기도 한다. 따라서 주인공을 바로 세우는 것이 급선무이다. 스토리텔링의 주인공은 무엇을 갖추어야 하는지 정리해보자.

⑴ 주인공은 추구하고자 하는 어떤 목표(욕망)를 가진다. 주인공이 목표를 갖지 않으면 애초에 스토리라인이 형성되지 않는다. 하지만 그 목표는 달성하기가 쉽지 않다. 주인공을 방해하는 적대자나 장애 요소가 있기 때문이다. 그렇다고 불가능한 것은 아니다.

⑵ 주인공은 자신만의 장점을 가진다. 강한 의지나 인내력, 또는 인화력이나 타고난 성품 등 목표를 달성할 수 있는 자신만의 무기가 있

다. 특히 주인공이 스스로 무엇인가를 만들어 나가려는 의지를 갖지 않으면 갈등은 증폭될 수 없고, 스토리는 나약해진다. 주인공은 자신에게 강력한 장애가 생겨도 끝까지 가야 한다. 도중에 포기하면 스토리도 단절된다.

(3) 주인공에게는 자신만의 단점도 있다. 자신의 목표와 모순되는 무의식적 욕망이 있을 수 있고, 다양한 성격적 장애도 있을 수 있다. 때로는 불우한 환경이 주인공의 욕망을 가로막기도 한다.

(4) 주인공은 이 목표를 성취할 수 있는 최소한의 기회를 가진다. 조력자들의 도움, 운명적 조건, 또는 자신의 성실함 등 이유가 그 무엇이든 주인공은 승리할 수 있는 기회를 가져야 한다.

(5) 주인공은 변화할 수 있고, 그 변화의 이유가 분명해야 한다. 주인공이 승리하든, 실패하든 그 이유가 명백해야 메시지가 살아난다. 주인공의 변화가 스토리텔링의 중심사건을 이루기 때문이다.

(6) 주인공은 매력이 있어야 한다. 주인공이 반드시 모든 수용자들에게 호감의 대상이 되어야 하는 것은 아니다. 때로는 불편한 주인공도 있을 수 있다. 그렇지만 주인공은 반드시 감정이입의 대상이 되어야 한다. 주인공에게 감정이입을 느끼려면 관객이나 시청자, 독자가 매력을 느껴야 한다. 어떤 측면이든 주인공은 개성적인 매력을 가지고 있다. 주인공만이 아니라 적대자나 조력자, 반대자들도 매력을 가져야 스토리 전체가 살아난다.

5. 사건, 스토리텔링을 이끌어가는 힘

인물의 목표와 갈등

앞에서 주인공은 분명한 목표를 가진 인물이어야 함을 설명했다. 주인공뿐만 아니라 모든 주요 인물은 자신만의 목표를 갖고 있다. 목표가 없으면 역할을 맡을 수 없기 때문이다.

주인공에 대한 적대자도 나름대로 목표를 갖는다. 주인공과 적대자의 목표가 상호 충돌함으로써 갈등이 조성된다. 그러므로 인물들이 갖는 목표는 갈등의 전제조건이 된다. 인물의 목표가 어떤 종류인지에 따라 스토리텔링의 방향이 달라진다. 이를테면 사랑을 성취 목표로 삼은 스토리를 가진 영화는 로맨스로 분류된다. 전쟁의 승리를 목표로 삼거나 인질로 잡힌 동료의 구출 등을 목표로 삼는다면 액션 영화가 될 것이고, 살인을 저지른 범인 색출을 목표로 삼는다면 미스터리 영화가 될 것이다.

주인공의 목표는 단순하고 분명한 것이 좋다. 드라마나 영화를 보고나서 주인공이 왜 그랬을까 하는 의문이 생긴다면, 사건의 동기가 분명하지 못하다는 평가를 받을 것이다. 사건의 동기가 분명하지 못함은 인물의 목표가 명백하지 않은 것에 기인한다.

사건과 갈등

갈등은 좋은 스토리를 이끌어내는 스토리텔링 에너지의 원천이다. 앞에서 주인공은 반드시 어떤 목표를 가진다고 했다. 주인공에게 목표가 생기면 그 목표는 저항을 받게 된다. 주인공이 목표를 이루지 못하도록 막는 장애물이 생긴다.

만약 살아가면서 우리가 원하는 바가 쉽게 이루어진다면, 우리에게는 스토리텔링이 필요하지 않을 것이다. 우리의 삶 자체는 언제나 갈등에 휩싸여 있다. 우리가 살고 있는 세계는 늘 우리가 원하는 것을 편하게 갖도록 허용하지 않는다. 우리의 욕망은 끊임없이 시련을 당한다. 설사 욕망이 달성되었다 하더라도 그 순간 또다시 새로운 욕망이 나타난다. 그래서 목표 달성은 언제나 어렵다.

주인공이 목표를 달성하지 못하도록 가로막는 장애물이 있다. 목표를 추구하는 주인공의 힘과 그것을 방해하는 장애물의 힘이 충돌하는 것이 바로 '갈등'이다.

갈등은 사건으로 그려진다. 사건이란 인물의 연속적인 행위가 모여서 변화를 만들어 낼 때 발생한다. 아무런 상태의 변화가 없다면 사건은 일어나지 않은 것이다. 한 남자와 한 여자가 만났는데 아무런 감정의 변화나 상태의 변화 없이 그냥 헤어진다면 그 만남은 사건이 아니다. 그 만남으로 인해 한 사람이 상처를 받거나 삶에 대한 관점이 달라지는 등과 같은 변화가 생겨야만 그 만남이 비로소 사건이 된다. 사건이 일으키는 변화의 연속적인 과정이 갈등을 형성한다.

갈등의 극복과 영웅 이야기

우리가 원하는 바는 조화의 세계이다. 조화의 세계에서는 부지런하고 성실한 주인공이라면 행복해져야 한다. 조화로운 세계는 늘 예측이 가능하다. 그런데 실제 우리는 조화로운 세계에서 살지 못한다. 우리의 세계는 늘 언제 무슨 일이 터져서 어떻게 우리의 길을 가로막을지 모른다. 모순되고, 불안하고, 혼돈스러운 세계에서 살고 있는 것이다. 그렇다면 모순, 불안, 혼돈의 세계에서 어떻게 조화의 아름다움을 성취할 것인가? 스토리텔링의 주인공은 혼돈의 세계 속에서 조화를 성취하기 위하여 싸우는 사람이다.

이 어려운 싸움에서 승리하는 자는 영웅이거나 영웅에 가깝다. 오랜 스토리의 고전들은 거의 모두 영웅에 관한 이야기를 한다. 그러나 오늘날의 우리 세계는 영웅을 허용하지 않는다. 영웅을 필요로 하는, 영웅에 갈증을 느끼는 대중들은 영웅 만들기 스토리텔링에 열광하지만, 이제는 그것마저도 어려워진 것이다. 영웅은 갈등을 쉽게 극복하고 언제나 승리하지만, 현실이 그렇지 못하다는 것을 실감하고 있는 오늘날의 사람들은 그런 거짓 이야기에 쉽게 감동하지 않기 때문이다.

갈등이 발생하면 인물들은 그 갈등에 대응하여 행동을 하기 시작한다. 영웅은 처음에는 일정한 어려움을 겪지만 얼마 가지 않아 그 장애를 해소하고 승리를 거둔다. 그러나 오늘날 일반인과 같은 처지의 주인공, 또는 일반인보다 열등한 주인공들은 그렇게 만만하게 승리할 수 없다. 그래서 주인공은 무엇인가 처절하게 싸워야 하는데, 그 행동들이 갈등을 재생산하기도 하고 갈등을 해소하기도 한다.

갈등의 양상

대부분의 현대 영화나 만화, 드라마는 사회적 문제를 갈등의 요인으로 삼는다. 빈부의 격차, 법적인 부조리함, 세대의 차이 등이 만들어 내는 갈등들을 다룬다. 정치적 환경을 갈등의 요인으로 삼는 스토리도 많다. 정치적 음모, 권력의 암투, 정치적 속성 등을 이용하여 갈등을 만든다. 많은 사극들이 정치적 동기를 자주 이용하곤 한다. 심리적 문제도 갈등의 주요 요소이다. 심리적 갈등은 주로 개인의 내면에서 발생하는 부조리함이나 이중성, 정신분열증 등을 소재로 삼는다. 모든 갈등은 환경과 개인, 즉 주인공과 세계 사이의 부조화, 부조리가 원인이 된다. 그래서 갈등을 '조화를 무너뜨리는 모든 현상들의 집합'이라 정의하기도 한다.

이야기는 갈등을 타고 흐른다. 따라서 갈등이 없어지면 스토리도 없어진다. 스토리는 갈등이 해소되거나 사라지는 시점에서 끝이 난다. 그러므로 갈등은 처음과 중간과 끝의 흐름에서 쉽게 종료되거나 해소되어서는 안 된다. 오히려 갈등은 사건의 전개 과정에서 점점 더 깊어지고 심해져야 한다. 클라이맥스에 이르렀다가 결말에 접어들 때까지 갈등은 점층적으로 성장하면서 존속되어야 한다. 작가가 처음에 가장 고심해야 할 것은 '어떻게 갈등을 끝까지 유지하느냐' 하는 문제다.

갈등을 끝까지 지속시키려면 주인공과 적대자 사이에 힘의 균형이 유지되어야 한다. 처음부터 클라이맥스 전까지는 힘의 균형이 무너지지 않는 선에서 적대자와 장애물 쪽의 힘이 조금 더 강한 것이 좋지만, 큰 틀 내에서 힘의 균형을 적절하게 유지시키는 기술을 익혀야 한다.

갈 등 의 결 말

아리스토텔레스는 「시학」에서 "모든 비극은 처음과 중간과 끝을 가지고 있다."라고 선언했다. 그가 말한 비극은 '스토리를 가진 드라마'를 말한다. 너무나 당연한 말을 왜 그렇게 강조했을까? 이 선언에는 '스토리는 건축물처럼 구조를 갖도록 짜여야 한다'는 뜻이 내포되어 있다. 처음 부분은 처음 부분대로 거기에 맞는 스토리가 있고, 중간 부분은 중간 부분 나름대로 해야 할 역할이 있다는 것이다. 셋 다 중요하지만 그 중에서 작가의 메시지를 가장 선명하게 담아내는 부분이 결말 부분이다.

결말은 갈등이 해소되는 부분이다. '갈등의 해소'는 반드시 주인공이 승리하는 것을 의미하지는 않는다. 주인공이 죽음으로써 갈등이 끝날 수도 있고, 좌절함으로써 끝을 맺을 수도 있다. 경우에 따라서는 승리도, 실패도 아닌 어정쩡한 상태로 끝을 맺기도 한다. 서사 이론에서는 갈등이 주인공의 목표 달성으로 끝나면 '상승 구조', 좌절이나 죽음으로 끝나면 '하강 구조', 이도 저도 아니면 '평행 구조'라고 부른다.

어느 방향이든 갈등은 결말을 맺어야 한다. 갈등의 결말이 없으면 스토리텔링이 완결되지 않는다. 중요한 것은 그 결말이 어떤 이유로 맺어지느냐에 달려 있다. 주인공이 승리하게 하려면 승리할 수밖에 없는 이유가 논리적으로 제시되어야 한다. 주인공이 좌절할 수밖에 없다면 역시 그 이유가 논리적으로 제시되어야 한다. 목표 달성에 성공하든 실패하든 그 결말은 '그럴 수밖에 없는' 필연성을 획득해야 한다.

처음과 중간과 끝 중에 끝에 해당하는 결말이 필연성을 가져야 하는 이유는 언제나 마지막 단계에서 이야기하는 사람의 의중이 드러나기 때문이다. 스토리텔링의 메시지는 바로 이 결말 부분에서 명확하게 모습을 드러낸다.

6. 배경,
스토리텔링에 숨결을 넣는 시간과 공간

배경의 기능

배경은 인물을 설명하기 위해서도 필요하고 사건을 설명하기 위해서도 필요하다. 인물이 어떤 사건을 일으키려면 시간과 공간이 동시에 설정되어 있어야 한다. 시간과 공간이 없으면 세계도 없고, 세계가 없으면 인물도 존재할 수 없다. 따라서 배경은 인물과 사건의 전제조건이 된다.

배경이 없으면 인물과 사건은 어떤 의미도 생성해 낼 수 없다. 배경은 인물과 사건을 한데 묶어주면서, 그 뒤에서 인물과 사건의 형상을 뚜렷하게 부각시키는 빛을 투사한다. 마치 영사기의 빛과 같이 스스로 형상을 갖는 것이 아니라, 인물과 사건에 형상을 부여하는 구실을 한다. 매우 드문 경우이기는 하지만 배경 자체가 메시지 역할을 할 때도 있다. 다음은 배경의 몇 가지 기능을 정리해본 것이다.

사건의 발생 조건

● 배경은 사건이 전개될 수 있는 제반 조건을 마련하는 기능을 한다. 온라인 전투 전략 게임으로 유명한 「서든 어택」은 실제 게임의 과정에서 사건이 거의 없지만, 기본 스토리는 매우 탄탄하고 풍부하다. 아프리카 지역의 국제 분쟁과 테러 등의 스토리텔링으로 유저들의 흥미를 돋운다. 이런 스토리텔링에서는 왜 전투를 해야 하는지에 대한 설정이 중요한데, 이를 위해 전투가 벌어지는 사회적 조건 또는 정치적 조건을 제시한다.

주제의 암시

● 배경의 중요 기능 중 하나는 이른바 복선의 역할을 하는 것이다. '복선'이란 주제를 미리 암시하는 것을 의미한다. 제임스 캐머런 감독의 영화 「아바타」(2010)의 배경은 외계의 행성인데, 이 배경은 낯설기도 하면서 인간 세계의 이치를 드러내는 면에서는 낯익기도 하다. 이런 배경을 보면서 '아, 지구인과 외계인의 화합이 주인공이 승리를 하는 원동력이 되겠구나'식의 넘겨짚기가 가능하다.

인물의 상황 제시

●   배경은 인물의 상황을 전달하고, 이를 분위기로 연결하는 구실을 하기도 한다. 김유정의 소설 「동백꽃」은 두 소년, 소녀의 사랑 이야기를 농촌 배경을 통해 그려낸다. 둘의 티격태격하는 모습은 당시 농촌 사회의 배경이 없으면 왜 그런 일이 일어나는지 이해할 수 없는 것이다.

사건의 준비

●   배경을 통해 사건이 어떤 성격의 것이 될지를 암시하기도 한다.

배경은 이처럼 인물의 내면이나 심리, 또는 인물의 현재 상황, 인물의 성격 등을 구체화하는 데 이바지한다. 배경이 없으면 인물이 살아갈 수 없게 되는 것이다. 그런데 스토리텔링의 재미를 책임지는 '사건'이라는 요소는 인물과 배경의 관계에서 비롯된다. 어떤 원인으로 인해 그 사건이 발생했고, 어떤 동기로 사건이 변화하는지는 배경이 뒷받침되어야만 비로소 이해할 수 있다. 따라서 창작하는 입장에서는 인물과 배경, 사건을 어떻게 연결하여 어떤 의미를 복선으로 깔 것인지에 대하여, 그리고 어느 정도로 심리적 환기나 감정 이입의 효과를 얻을 것인지를 잘 판단한 후에 배경을 설정해야 할 것이다.

배경의 필요성

　모든 사건에는 배경이 있다. 시간적, 공간적 배경이 없이는 사건이 발생할 수 없다. 우리의 삶 자체가 시간과 공간이 만나는 좌표의 궤적이기 때문이다. 사건을 이야기한다는 것은 시간과 공간이 만나서 만들어 내는 삶의 조건을 해석하는 것이라 볼 수 있다.

　토끼와 거북이의 경주 이야기를 생각해보자. 어른이 아이들에게 이 우화를 이야기할(서술할) 때에는 대체로 사건만 이야기한다. 모르는 사람이 없겠지만 이 우화의 스토리를 요약하면 다음과 같다.

> 　토끼와 거북이가 달리기 시합을 하기로 했다. 처음에는 토끼가 신나게 달려서 한참을 앞서갔다. 거북이는 저만큼 떨어져서 엉금엉금 기어오고 있었다. 토끼는 낮잠을 좀 즐기다가 가도 충분하겠다고 생각했다. 토끼가 잠을 자는 동안에 거북이는 땀을 뻘뻘 흘리며 열심히 달렸다. 토끼가 잠을 깨었을 때는 이미 거북이는 결승점에 다 이르렀다.

　이 우화를 이야기하는 목적은 너무나 명백하다. 부지런한 자가 승리하고 게으른 자는 패배한다는 것이다. 그런데 위와 같이 이야기할 때, 아이들에게 작용하는 교훈적 감동은 어느 정도일까? 이 교훈이 어느 정도로 아이들을 설득할 수 있을까?

누군가가 네 살쯤 된 조카에게 토끼와 거북이의 경주 이야기를 했더니, 그 아이가 "토끼는 그냥 가지 왜 잠을 자? 꼭 그때 자야 해?"라고 물었다고 한다. 그 아이에게 푸른 잎이 울창한 나무 아래, 그늘진 풀밭 위에서 토끼가 팔을 베고 기분 좋게 낮잠을 즐기는 그림과 햇볕이 강하게 내리 쬐는 길 저 멀리에서 거북이가 머리에 수건을 동여매고 땀을 뻘뻘 흘리며 걷는 그림이 그려진 그림책을 보여주자 비로소 아이가 수긍을 했다고 한다. 강렬한 햇빛 아래에서 땀을 흘리며 걷는 것보다 울창한 나무 아래에서 잠을 즐기는 것이 있을 수 있는 일이고, 게으른 토끼로서는 나무 그늘 속 낮잠의 유혹에 빠질 가능성이 충분하다는 것을 인정하였기 때문이다. 이는 '이해의 작용'에 속하는데, 아이들은 논리적 사고 과정을 겪지 않고도 상황을 이해할 수 있는 능력을 갖고 있다.

이 사실은 스토리가 교훈성을 창출하는 데에는 배경의 기능이 필수적임을 보여준다. 위에서 인용한 글에는 시간과 공간에 대한 설명이 없다. 언제쯤, 하루 중 어느 시간에, 어떤 공간에서, 달리기 시합을 하는지 알려주지 않는다. 그러므로 위의 인용문은 스토리라고 볼 수 없다. 인물과 사건은 있지만 배경이 없기 때문이다.

> 어느 여름날이었어요. 햇볕이 뜨겁게 내리쬐이는 한낮에, 심심해하던 토끼가 거북이를 만났어요. 거북이는 뜨거운 땅을 엉금엉금 기어왔어요. 거북이를 본 토끼는 장난을 하고 싶었어요. "야, 거북아, 우리 달리기 시합 한

위와 같이 시작한다면, 이는 비로소 이야기가 성립된다. 여기에는 앞의 인용문에는 없는 배경이 설정되었기 때문이다. 여기서 배경의 소개 구실을 하는 문장들이, 이야기의 재미를 배로 늘리고 분위기를 살려낸다. 배경이 단순하게 보조적 구실을 하는 것이 아니라, 이야기의 중요한 맥락을 지탱시켜주는 필수 요소인 것이다.

언제, 어디서

스토리텔링에서 시간은 인과관계를 만들어 낸다. 사건의 앞뒤를 이야기한다면 앞선 사건이 ‘원인’이 되고 뒤따르는 사건은 ‘결과’가 된다. 인과관계는 논리에 의해 의미를 만들어 낸다.

공간은 삶의 조건을 말해준다. 인물이 고요한 산속에서 살고 있든, 대도시의 아파트에 살고 있든, 그 공간은 당시 인물에게 주어진 삶의 일차적인 조건이다.

시간과 공간은 서로 밀접하게 연결되곤 한다. 열심히 일을 한 끝에 부장으로 승진하여 안락한 책상에 앉게 된 사람이 있다고 가정해보자. 열심히 일을 한 과거의 시간은 원인이 되고, 안락한 자리에 앉은 현재의 시간은 결과가 된다. 그런데 그 결과인 삶의 조건은 바로 좋은 공간을 누리는 현실로 표상된다. 열심히 일한 결과 좋은 공간을 차지하게 된 것이다. 이처럼 시간과 공간은 따로 작용하는 것이 아니라 서로 영향을 주고받으면서 삶에 동시에 작용한다.

시간과 공간이 잘 결합되어야 하지만, 스토리텔링에 따라서 시간이 더 문제가 되는 경우도 있고 공간이 더 문제가 되는 경우도 있다. 「시간의 오카리나」라는 게임은 시간에 따라 다른 상황이 나타나고, 그에 맞추어 게임을 진행한다. 이 경우에는 배경 중 시간이 더 중요하다.

요즘 KBS 방송국의 「개그 콘서트」 중 「비상대책위원회」 코너가 화제가 되고 있다. 범인이 폭발물을 장치하고 인질을 잡은 채 무엇인가를 요구하는 상황을 제시하고, 비상대책위원회가 이 문제를 해결하는 과정에서 벌어지는 해프닝으로 웃음을 유발하는 프로그램이다. 이 코너의 스토리텔링은 공간에 따라 형성된다. 범인이 폭발물을 장치한 곳이 어디인지에 맞추어 그 장소의 상황을 연상하게 함으로써 개그의 효과를 얻는다. 마트면 마트에 맞게, 스키장이면 스키장에 맞게, 노래방이면 노래방에 맞게, 상황을 상상하게 하는 일상적인 경험을 이용해서 웃음을 유발한다. 이 경우에는 배경 중 공간을 더 문제시한다.

7. 플롯, 이야기를 쓸모 있게 만드는 기술

이야기의 구성, 플롯

스토리텔링을 완성하려면 인물, 사건, 배경의 결합으로 만들어진 스토리를 재구성해야 한다. 사건들을 배열하고 구성하는 것을 '플롯'이라고 한다. 플롯은 사건들을 일어난 순서대로 배열하는 것이 아니라 작가의 의도가 살아나도록 재배열하는 것을 말한다. 사건들의 배열을 통해 작가는 자신이 말하고자 하는 메시지를 구체화시킨다.

앞에서 사건은 인물의 행동에 의해 변화가 생길 때 발생한다고 하였다. 스토리도 이와 마찬가지로 그 사건들의 결합에 의해 궁극적인 변화가 생겨야 성립한다. 이때 '어떤 변화를 추구해야 하는가?' 하는 문제는 작가의 의식에 달려 있지만, 그 변화의 원인을 어디에 두느냐에 따라 주제가 달라지기도 한다.

디즈니의 애니메이션 「라푼젤」은 그림형제의 동화를 리메이크한 것이다. 줄거리를 간단히 요약하면 다음과 같다.

> 어떤 왕이 병든 왕비를 구하기 위해 젊음을 돌려주는 신비의 꽃을 훔쳐 여왕에게 먹인다. 그 꽃을 기르던 마녀는 꽃의 힘을 가진 갓 태어난 공주를 납치하여 탑에 가두어 키운다. 18년을 탑에 갇힌 채 세상을 모르던 공주는 우연히 탑으로 도망친 도둑을 만나 자신이 평소에 가고 싶던 곳으로 여행을 떠난다. 그곳이 바로 자신이 공주로 태어난 왕국이다. 우여곡절 끝에 마녀의 계략으로 탑에 다시 갇히지만, 자기 자신의 주체성을 발견한 공주는 더 이상 마녀의 꾐에 속지 않고 스스로 자기 길을 가고자 일어선다. 결국 공주의 위치를 되찾고 사랑도 얻는다.

이 스토리텔링에서 중요한 것은 라푼젤이 현실에 안주하지 않고 자신을 찾게 되는 과정이다. 스스로 자기 삶을 찾아야 함을 주요 메시지로 삼았기 때문이다. 주인공의 변화가 스토리텔링의 주제를 만들어 냄을 보여주는 사례다.

스토리텔링에서 전체 사건의 진환은 인물의 변화로 나타난다. 일반적인 스토리텔링에서 주인공이 변화하는 원인은 크게 세 가지로 나누어 볼 수 있다. 첫째, 운명이나 상황의 변화, 둘째 감정의 변화, 셋째 생각이나 의식의 변화이다. 그 변화의 원인에 따라 플롯의 종류나 성격이 달라진다.

그러므로 이야기를 구성할 때에는 항상 주인공이 누구인가, 즉 주인공의 성격이 어떠한가, 어떠한 요인이 주인공을 변화시키는가, 그 변화는 결국 어떤 결과를 초래하는가 등을 고려하면서 서로 긴밀한 인과관계와 논리적 유대 관계를 유지하도록 해야 한다.

'조르쥬 폴티'라는 프랑스 작가가 1,200여 편의 장편소설을 읽은 후 드라마에서 플롯을 이끄는 극적인 국면을 36개로 추출했다고 한다. 36가지의 시추에이션은 다음과 같다.

1	2	3	4
탄원(간청)	구제(구출)	복수(를 부르는 범죄)	육친끼리의 복수 (혈연을 위한 다른 혈 연에 대한 복수)
5	6	7	8
도주(도망/추적)	재난(재앙)	참혹 또는 불운 (희생자)	반항(반란)
9	10	11	12
대담한 기획(시도)	유괴(납치)	수수께끼	획득
13	14	15	16
혈연 간의 증오	혈연 간의 경쟁	살인을 부르는 간통	광란
17	18	19	20
치명적 경솔함	본의 아닌 사랑의 죄악(모르고 저지른 범죄적 애욕)	알지 못하는 가족이 나 친구의 살해	이상을 위한 자기희 생
21	22	23	24
혈연을 위한 자기희생	사랑을 위한 모든 희생	가족이나 친구의 희생	우월한 자와 열등한 자의 경쟁
25	26	27	28
간통	사랑의 죄악	사랑의 수치의 발견	사랑의 장애
29	30	31	32
적에 대한 사랑	야망	신과의 싸움	빗나간 질투
33	34	35	36
오판	후회	잃어 버린 것을 되찾기	가족이나 친구의 죽음

▲ 노시훈, 안영순, 영화와 애니메이션을 위한 36가지 극적 플롯, 동인, 2006, 67~69쪽.

　이 도식은 최근 게임 개발자들이 자주 이용한다고 한다. 그러나 이는 지나친 도식화의 결론이고 현실에 잘 맞지 않는 것이기도 하다. 현실은 항상 변화하기 때문에 다른 요인들로 바꿔야 할지도 모른다.

플롯이 주는 즐거움

　플롯은 사건들을 흥미롭게 배열하고 그 짜임새를 통해 주제를 드러낸다. 이런 플롯의 역할은 스토리텔링이 수용자에게 교훈을 주도록 하지만, 그에 못지않게 중요한 것은 이야기의 재미를 만들어 내는 것이다.

　앞에서 플롯을 통해 재미와 가치를 구현할 때의 핵심은 '주인공에게 생기는 변화'라고 했다. 그 변화를 만들어 내는 힘의 진동 폭이 클수록 재미도 배가 된다. 이야기를 마치면서 수용자들에게 놀라운 발견의 즐거움을 던지거나, 인간의 가치에 대한 새로운 시각을 제시하거나, 우리의 운명을 움직이는 놀라운 질서를 보여준다면 그 폭발력은 더 커질 것이다. 바로 이것이 플롯이 주는 즐거움이다.

　이런 즐거움은 우물에서 물을 퍼 올리듯 두레박만 내리면 되는 것이 아니다. 일종의 전략과 전술이 필요하다. 이를 건축물에 비유한다면 정교한 설계와 치장이 필요하다. 따라서 플롯이 어떤 작용으로 즐거움을 줄 수 있는지에 대한 원리를 몇 가지라도 알아 두면 도움이 될 것이다.

 스토리텔링 교과서

예상과 반전

● 　수용자들은 이야기를 접하면서 앞으로 닥칠 일에 대해 예상을 해 보는 즐거움을 누린다. 우리는 자신의 예상이 적중할 때 가장 큰 쾌감을 느낄 것 같지만, 묘하게도 그 반대이다. 전혀 예상하지 못했던 상황이 돌출하거나, 예상하지 못했던 논리로 상황이 뒤집히거나, 자신의 예상에 한발 더 나아간 추리력으로 플롯이 충격을 줄 때 더 큰 즐거움을 누린다. 이것이 바로 반전의 효과이다. 미스터리 기법은 바로 이러한 예상 시도와 예상의 어긋남에서 느끼는 즐거움을 노린다. 브라이언 싱어 감독의 영화 「유주얼 서스펙트」(1995)는 흔히들 반전의 대표적인 사례로 꼽는다. 관객들의 예상과는 전혀 다른, 뜻밖의 결과가 주는 충격으로 스토리텔링의 재미를 안겨준 것이다.

윤리적 대가

● 　가장 오래된 이야기들의 전형적인 주제는 '권선징악'이다. 착한 자가 복을 받고, 악한 자가 벌을 받도록 함으로써 착하게 살아야 한다는 메시지를 전달한다.

　권선징악의 스토리를 따라가다 보면, 자연의 질서가 악한 자에게 벌을 주고 착한 자에게 복을 준다는 믿음을 갖게 된다. 그러면 마음이 따뜻해지고 즐거워지는 것이다. 즉, 인물들의 행동이나 생각에 따른 결과로 인해 수용자 자신의 상황이나 입장에서 윤리적으로 합당한 방향으로 대가를 받고, 그에 따라 윤리적 정당성을 보호받는 효과를 느끼면서 즐거움을 갖는다.

「찬란한 유산」과 같은 드라마를 보면서 시청자들은 주인공이 가족을 되찾고 사랑을 성취하면서 재산도 갖는, 완벽한 해피엔딩 플롯을 통해 안도감을 느낀다. 윤리적 보상이 충분히 이루어졌기 때문이다.

대리만족

● 가장 자주 이용되는 스토리텔링의 공식이 있다면 그것은 '신데렐라 모티프'일 것이다. 신데렐라 콤플렉스란 '지리멸렬한 현실 속에서도 언젠가는 현실을 초월하여 눈부신 행복이 자신에게 찾아올 것이라고 착각하는 것'을 말한다.

가난하지만 성실하고 착하며 예쁜(현실에서 그런 여자를 얼마나 찾을 수 있을지 모르겠지만) 여자 주인공은 재벌가의 아들 눈에 띄어 사랑을 받는다. 재벌가의 사람들은 온갖 수단으로 이들의 사랑을 방해한다. 그러나 우리의 여자 주인공은 성실하고, 착하고, 예쁘기까지 하기 때문에 그 위기를 극복하고 사랑을 성취한다. 이런 식의 이야기 짜임새는 드라마, 영화, 만화, 소설 등 모든 미디어에서 쉽게 볼 수 있는 스토리텔링의 플롯이다. 「신데렐라」의 변주, 복합, 융합은 지금도 지구 어디에선가 시도되고 있을 것이다.

이러한 이야기를 듣거나 보면서 수용자들은 대리만족을 느낀다. 그 대리만족이 큰 즐거움을 준다. 연속되는 사건의 인과관계 속에서 수용자들은 자신들이 원하는 욕망과 현실의 괴리를 극복할 수 있는 가능성을 스토리텔링에서 발견할 때, 욕망 충족의 대리만족을 느끼기 때문이다.

그러나 윤리적 보상 의식이나 대리만족은 일시적 만족과 자위를 제공할 뿐, 근본적인 삶의 문제를 해결하는 데에는 조금도 도움이 되지 않는다. 오히려 현실에서는 도저히 일어날 수 없는 그 일시적인 욕망 충족과 대리만족이 자신에게 실현될지 모른다는 착각을 갖게 함으로써 현실의 문제를 해결할 의지를 약화시킬 수 있다는 단점이 있다.

새로운 발견

● 대리만족이나 윤리적 보상 의식이 일시적인 순간의 즐거움만 줄 뿐 근원적인 문제 해결에는 도움이 될 수 없다면, 어떤 즐거움이 가치가 있는 것일까? 그것은 바로 '새로운 발견을 찾아내는 즐거움'이다. 수용자들은 인물들이 처한 상황의 변화들 속에서 인물들이 갖는 감정, 사상, 현실적 조건들의 상관관계를 목격하거나 그 원리를 찾아내는 과정 속에서 즐거움을 느낀다. 그 즐거움은 자기반성과 성찰을 유도하고, 나아가 수용자들에게 현실을 환기시키는 힘을 갖기 때문에, 수용자들을 근본적으로 변화하게 하고 감동을 느끼게 할 수 있다.

8. 모든 일에는 원인과 결과가 있다

플롯과 인과관계

애니메이션 「라푼젤」에서 일어난 사건 중 가장 중요한 포인트는 라푼젤이 탑을 떠나기로 결심하는 대목이다. 이 대목이 중요한 이유는 주인공이 '자아'를 찾기 때문이다. '나는 누구인가'에 대한 각성을 갖는 것이다. 각성을 거침으로써, 주인공 라푼젤은 자유롭고 주체적인 삶을 원한다.

주인공의 변화가 없이는 사건을 극적으로 전개하기가 어렵다. 사건이 일어났다는 자체가 어떤 변화가 생겼음을 의미한다. 아무 변화가 없으면 사건이 일어났다고 말할 수 없다. 사건 중에서도 전체 이야기에서 아주 중요한 계기가 되는 포인트가 있다. 그것이 바로 전환점이다.

그런데 더 중요한 것은 전환점에서 주인공에게 생긴 변화의 '이유'이다. '라푼젤은 왜 탑을 떠나기로 결심하는가?' 하는 점이다. 아무 이유 없이 어릴 적부터 살아오던 곳을 떠날 수는 없다. 라푼젤의 결심은 자기의 출신을 찾고 부모 곁으로 돌아갈 수 있는 계기가 된다. 이야기를 제대로 전개하려면 어떻게든 라푼젤로 하여금 탑을 떠나게 해야 하는데, 아무 이유 없이 떠나도록 하면 싱거운 스토리텔링이 되고 만다.

그처럼 인물들에게 일어나는 모든 사건에는 이유가 있어야 한다. 사건과 사건 사이에 생기는 이유는 인과관계, 즉 원인과 결과의 관계를 만든다. 앞에 일어난 사건은 뒤에 발생하는 사건의 원인이 되고, 뒤에 일어나는 사건은 앞의 사건에 대한 결과이다. 이처럼 원인과 결과의 관계가 뚜렷하게 살아 있으면 있을수록 스토리텔링은 더욱 강한 설득력을 갖는다.

원인과 결과의 관계는 논리를 만든다. 왕이 부하를 시켜 마녀가 가진 생명의 꽃을 훔친 사건은 마녀가 갓난아기 라푼젤을 훔치는 사건의 원인이다. 라푼젤이 마녀에게 잡혀간 사건의 결과는 이후 일어나는 모든 일들이다. 이처럼 사건과 사건 사이에는 인과관계가 생긴다. 이 인과관계는 모든 사건들이 '왜' 일어났는지를 설명한다.

앞에서 플롯은 사건과 사건을 결합시키고 배열하는 것이라고 설명했다. 작가는 사건들의 이야기 순서를 정함으로써 거기에 자기가 말하고자

하는 논리를 넣는다. 그래서 플롯은 작가의 의도를 담아내게 되는 것
이다.

반 복 효 과

스토리텔링은 '큰 이야기'를 담을 수도 있고, '작은 이야기'를 담을 수
도 있다. 앞에 인용한 주몽 신화는 우리가 알고 있는 것보다 훨씬 많은
이야기를 갖고 있다. 역사소설은 오랜 시간 동안 일어난 일들을 이야기
로 만든 것이기 때문에 '큰 이야기'가 된다. 보통 주인공 개인의 일생을 그
린 이야기는 덩치가 크다. 텔레비전 드라마 「대장금」은 주인공 장금이의
출생부터 이야기를 시작해서 대장금이 되기까지의 긴 이야기를 전한다.

컴퓨터 게임들도 진화에 진화를 거듭해서 이야기가 점점 커져 간
다. 「수퍼마리오」와 같은 초기 게임들은 '마리오가 공주를 구하러 가다'
라는 단순한 이야기로 구성되었다. 최근의 게임들은 사전 스토리텔링의
구성이 복잡하고 스케일도 크다. 예를 들어 「아이온 : 영원의 탑」이라는
게임의 첫 스토리는 '신 아이온이 만든 〈아트레이아〉라는 세계는 평화로
웠는데 남쪽의 천족과 북쪽의 마족이 다툼으로써 파국이 생기고, 자신
들의 종족을 지키기 위한 전사 데바들의 생명을 건 싸움이 전개된다'는
설정으로 짜여 있다. 최근 버전은 여기에 용족이 새로 나타나고, 용족에
대항하기 위해 천족과 마족이 힘을 합친다는 식의 상황 변화를 추가했
다. 그렇게 업데이트가 진행되면서 이야기는 점점 커져 간다.

반면에 아주 단순하고 작은 이야기로 한 편의 작품을 이루는 경우도 있다. 가장 대표적인 작은 이야기 스토리텔링은 CF에 쓰이는 작품들이다. 특히 텔레비전용 CF는 30초 이내의 짧은 시간 내에 이야기를 효과적으로 전달해야 하므로 짧고 단순하면서도 함축성이 강한 이야기를 이용한다.

'진짜 피로 회복제는 약국에 있습니다.'라는 카피로 호응을 얻은 박카스 CF 중 하나는 아빠의 코고는 소리에 잠을 설치는 아기를 보여주면서, 코로 피로를 회복하지 말고 약국에 가서 피로 회복제를 먹으라고 말한다. 아빠의 코고는 소리에 아이가 잠을 깬다는 사건은 무척 단순하지만, 일에 지친 아빠의 애환을 내면에 숨기고 있다.

작은 이야기는 단순하기 때문에 수용자들이 이해하기가 편하고 기억하기도 쉽다. 그러나 큰 이야기는 복잡하고 길어지므로 수용자들이 이해하는 데 어려움을 겪을 수 있다. 그래서 큰 이야기들은 플롯을 구성할 때 같은 구조를 반복함으로써 수용자들이 쉽게 받아들일 수 있게 하기도 한다.

예를 들어 텔레비전 드라마는 모든 사람들이 안방에서 즐기는 매체이다. 나이든 분들이나 학력이 낮은 분들도 즐길 수 있어야 한다. 그래서 긴 이야기를 전개하더라도 반복 구조를 통해 익숙하게 드라마를 받아들이도록 만든다. 「대장금」이 그 대표적인 사례이다. 즉, 오래된 영웅 이야기 구조를 계속 반복하는 것이다.

9. 주인공을 성공하게 할까? VS 실패하게 할까?

영웅의 모험

조셉 캠벨이라는 신화학자가 쓴 「천의 얼굴을 가진 영웅」은 방대하지만 재미있는 책이다. 캠벨은 세계 전역에 걸친 신화와 민담 등을 수집하고 비교하여 이야기의 구조를 정리했다. 그에 따르면 민족과 국가는 달라도 신화, 민담 등 설화의 이야기의 구조는 공통점을 지닌다고 한다. 캠벨은 그것을 '영웅의 여행'이라고 표현했다.

영웅의 여정은 곧 이야기의 구조를 뜻한다. 영웅이란 'Hero', 즉 주인공을 말한다. 우리가 즐기는 스토리텔링은 영웅의 모험담이다. 캠벨은 다양한 문화권에서 공통된 도식을 찾아낸 것인데, 그 모험담은 크게 3단계로 나누어 볼 수 있다. 영웅의 출발-시련-귀환이 그것이다. 이 세 단계는 스토리텔링 플롯의 발단, 전개, 결말의 3단계로 볼 수 있다.

영웅은 출생하면 소명을 받는다. 소명이란 하늘의 명령이다. 민족을 구원하라든지, 악을 쳐부수라든지, 새로운 국가를 만들라든지 아무튼 아무나 수행할 수 없는 어려운 일이다. 영웅은 그 소명을 수행할 수도 있고 거부할 수도 있는데, 대체로 이야기는 소명을 받아들였을 때 시작된다. 소명을 받은 영웅은 이제 임무를 수행하기 위해 시련의 길을 떠난다. 불가사의한 여정을 감내하거나, 험악한 용과 싸우거나, 무서운 고난을 겪거나, 고래의 뱃속으로 들어가거나, 때로는 골육상잔의 비극을 겪기도 한다. 너무 힘든 시련의 길이지만 그 관문을 통과해야 한다. 이때 조력자가 나타난다. 때로는 현자들이 멘토 구실을 해주기도 한다. 시련을 이겨내고 싸움에 이긴 영웅은 귀환한다. 승리의 대가로 신성한 결혼을 하기도 하고, 아버지와 화해를 하기도 한다. 죽음을 겪은 경우에는 부활로 귀환하기도 한다. 귀환한 영웅은 교훈을 남기거나 위대한 업적을 남기고, 또는 선약(仙藥)을 남김으로써 자신의 경험을 대중과 공유한다.

캠벨의 학설은 너무 도식적이라는 비판을 받기도 하지만, 이야기의 구조를 한눈에 볼 수 있는 성과를 남겼다. 우리 민족의 이야기도 이와 비숫한 도식으로 정리할 수 있다.

「홍길동전」과 영웅 이야기 구조

한글 소설인 「홍길동전」은 초기 소설이므로 옛 이야기의 흔적을 많이 유지하고 있다. 그 줄거리를 대충 정리하면 다음과 같다.

> 세종 때 재상 홍 판서가 어느 날 낮잠을 자다 태몽을 꾸게 된다. 아들을 얻을 태몽의 효능이 사라질까 급히 서두르던 홍 판서는 본부인이 꺼려하자 여종 춘섬과 관계를 맺어 아들을 얻었는데, 그가 바로 홍길동이다. 서자로 태어난 길동은 총명하고 힘도 세었으므로 일찍 병서와 도술을 깨쳤다.
>
> 그러나 길동의 비범함을 두려워한 가족들의 시해 위협을 받자 길동은 아버지를 떠난다. 집을 떠나 방랑의 길을 떠다니던 길동이 우연히 어느 도적의 소굴로 들어가게 되어, 힘겨루기 끝에 두목의 자리를 차지한다. 부도덕한 세력가의 재산을 빼앗고 가난한 사람을 돕는 '활빈당'을 만든다. 길동은 놀라운 계략과 무서운 도술을 발휘하여 양반들이 부도덕하게 모은 재물을 빼앗아 가난한 백성들에게 나누어준다. 이에 나라에서는 길동을 잡아들이려 했으나 길동은 도술로 위기를 벗어난다.
>
> 하루는 길동이 병조판서를 시켜주면 잡히겠다는 방을 붙여서 조정을 희롱한다. 조정에서는 아버지 홍 판서와 형을 시켜 길동을 회유, 병조판서를

제수한다. 길동은 사모관대하고 가마를 타고 대궐 안에 들어가 자신의 한을 풀어준 임금의 은혜에 감사하고 홀연히 공중으로 사라진다. 왕은 비로소 길동의 재주에 감복하고 잡기를 포기한다.

그 후 고국을 떠나 남경으로 가던 길동은 풍경이 뛰어난 율도국을 발견한다. 율도국을 다스리던 마귀를 물리치고 잡혀 있던 미녀를 구해낸 길동은 율도국 왕이 된다.

마침 아버지가 죽었다는 부음을 듣고 고국으로 돌아와 아버지의 삼 년상을 마치고 다시 율도국으로 돌아가 나라를 잘 다스린다. 99

「홍길동전」의 줄거리를 켐벨의 도식으로 정리해보면 다음과 같다.

영웅의 출현	서자로 태어나게 된 출생담
소명	서자를 푸대접하는 사회 제도에 대한 도전
출발	집을 떠남
통과 제의	활빈당의 두목이 됨
시련	나라에서 길동을 체포하려 함
귀환	결국 벼슬을 받아 목표를 달성함
보상	율도국 왕이 됨
귀결	아버지의 상을 치르고 아들로 인정받음

이와 같은 이야기 짜임새는 오늘날의 상업적인 스토리텔링에서 흔히 볼 수 있다. 서구의 영화나 판타지 소설은 이런 구조를 그대로 답습한다. 특히 최근 컴퓨터 게임의 스토리도 겉으로 보면 복잡하고 다양한 판타지 캐릭터를 내세우지만, 이야기 구조는 이 틀에서 벗어나지 않는다.

「홍길동전」과 우리 신화 이야기 구조

그런데 이야기의 구조를 더 단순하게 정리할 수도 있다. 주몽 신화와 「홍길동전」을 비교하면 다음 표와 같다. 주인공의 탄생담은 신화나 영웅 설화에서 언제나 처음을 장식한다. 다음에 주인공이 성장하는 과정, 특히 시련을 겪고 그 시련을 극복하는 과정을 이야기한다. 이윽고 주인공이 싸움을 통해 승리해 나가는 과정을 그리고, 결말에서는 나라를 세우는 이야기로 마무리한다. 이를 표로 정리하면 다음과 같다.

이야기 단계	주몽 신화	홍길동전
기이한 출생담	유하의 잉태, 난생	태몽
시련	형제들의 시기	가족들의 시기
위기 극복	자라의 다리 잇기 등 하늘의 도움	도술
싸움	정벌	조정과의 싸움
승리	고구려 건국	벼슬, 율도국 건국

이와 같은 구조 역시 오늘날의 많은 스토리텔링을 그대로 답습하고 있다. 무협소설의 이야기 구조는 대체로 위와 같은 구조를 지닌다.

이 구조를 앞에서 설명한 인물과 사건의 관계로 돌아가서 생각해보자. 주인공은 목표를 가져야 한다고 했다. 그리고 그 목표는 장애물 때문에 쉽게 달성되기 어려워야 한다. 「홍길동전」에서 길동은 서자 차별이 없는 세상을 만들고자 하는 목표를 갖는다. 이 목표는 당시의 제도에 대한 도전이므로 강력한 장애에 봉착할 수밖에 없다. 길동의 승리는 거의 불가능에 가깝지만 끝내 길동은 재상이 되고 아버지의 제사를 지낼 수도 있게 된다. 그렇다면 이 방식으로 다시 표를 만들어 보자.

이야기 단계	내용
주인공의 목표	서자 차별 제도 철폐(사회의 변화)
현실 모순	권력의 응징
결여	제도와 싸울 인적, 물질적 능력 부족
행동	집을 떠나 사회적 도전을 함
결말	성취(길동의 승리)

「대장금」의 플롯 구조

「대장금」은 대하드라마로서 '큰 이야기'를 갖는다. 큰 이야기이므로 많은 삽화를 포함하고 있다. 즉, 작은 이야기들이 모여서 큰 이야기 구조를 이루는 방식이다. 이는 대부분의 대하드라마들이 갖고 있는 특징이다. 「대장금」의 경우, 중요한 스토리를 중심으로 분석해보면 7개의 이야기로 나눌 수 있는데, 이를 앞의 갈등 구조 방식으로 정리하면 다음과 같다.

	목표	현실 모순	결여	행동	결말(성취/실패)
1	궁녀가 됨	고아	비루한 처지	윤리성 유지, 근면하고 성실함	궁녀가 됨 (성취)
2	최고 상궁 경합 승리	권력 작용	권력에 의해 가능성 약화	창조 정신, 인내력, 불굴의 의지	경합에서 승리함(성취)
3	어머니의 비밀 풀기	권력 내부의 압박	궁녀로서 제약 당함.	창조적 아이디어	해결됨(성취)
4	어머니의 복수	권력의 장벽	최상궁에 대항할 힘이 없음.	계략에 넘어감	제주도 귀양 (실패)
5	궁으로 돌아감	제주도 귀양 상태	귀양살이	의녀가 되기 위한 각고의 노력	궁으로 복귀 (성취)
6	한상궁의 명예 회복	여성에 대한 제도적 차별	궁중 내부, 조정 대신의 반대	최대한의 의지로 중종 치료	명예 회복 (성취)
7	수라간 최고 상궁 등	제도적 차별	조정 대신의 반대	중종의 신임 얻음	모든 소원 이루게 됨(성취)

위 표에서 '현실 모순'은 주인공의 목표 달성에 장애가 되는 주변 환경을 뜻하고, '결여'는 주인공의 약점, 목표 달성의 걸림돌을 뜻한다. '행동'은 그러한 환경과 위기에 봉착한 주인공이 목표를 달성하기 위해 취한 행동, 싸움의 실천들을 의미한다. 위와 같이 정리해보면 「대장금」의 스토리는 큰 목표를 성취하기 위해 작은 목표들을 계속 재생산하며, 큰 목표를 향해 진행해 나가는 형태를 띠고 있다. 그 와중에 실패를 겪는 경우도 있지만, 끝내 모든 모순 상황을 극복하고 승리해 나간다.

큰 이야기를 이루기 위해 작은 이야기들이 고리를 이루어가며 연쇄적으로 이어지는데, 닮은꼴의 각 삽화들이 반복하면서 큰 이야기를 구성한다. 그리하여 전체의 큰 이야기 꼴은 각 작은 이야기의 꼴(목표─장애─싸움─결말)과 같아진다. 이처럼 반복의 효과를 통해 스토리텔링의 재미를 유지한다.

다음 만화에 들어갈 대사를 자기 마음대로 상상하여 써 넣어보자.

2 자신이 즐겨하는 게임이나 즐겨보는 드라마, 만화 중에서 하나를 선택하여 위에서 필자가 한 것처럼 플롯 구조를 분석해보자.

3 자신이 꼭 쓰고 싶은 스토리텔링 소재를 하나만 정해서 왜 그것이 재미있는 소재인지 밝혀보자.

4 친척이나 이웃, 또는 자신이 존경하는 사람 한 명을 선택하여 그 사람이 살아온 과정을 간략하게 적어 보자. 적은 후에 성공에 해당하는 일은 상승 곡선으로, 실패에 해당하는 일은 하강 곡선으로 그림을 그려보자.

사건

배경

플롯

3부
스토리텔링으로 만드는 새로운 '나'

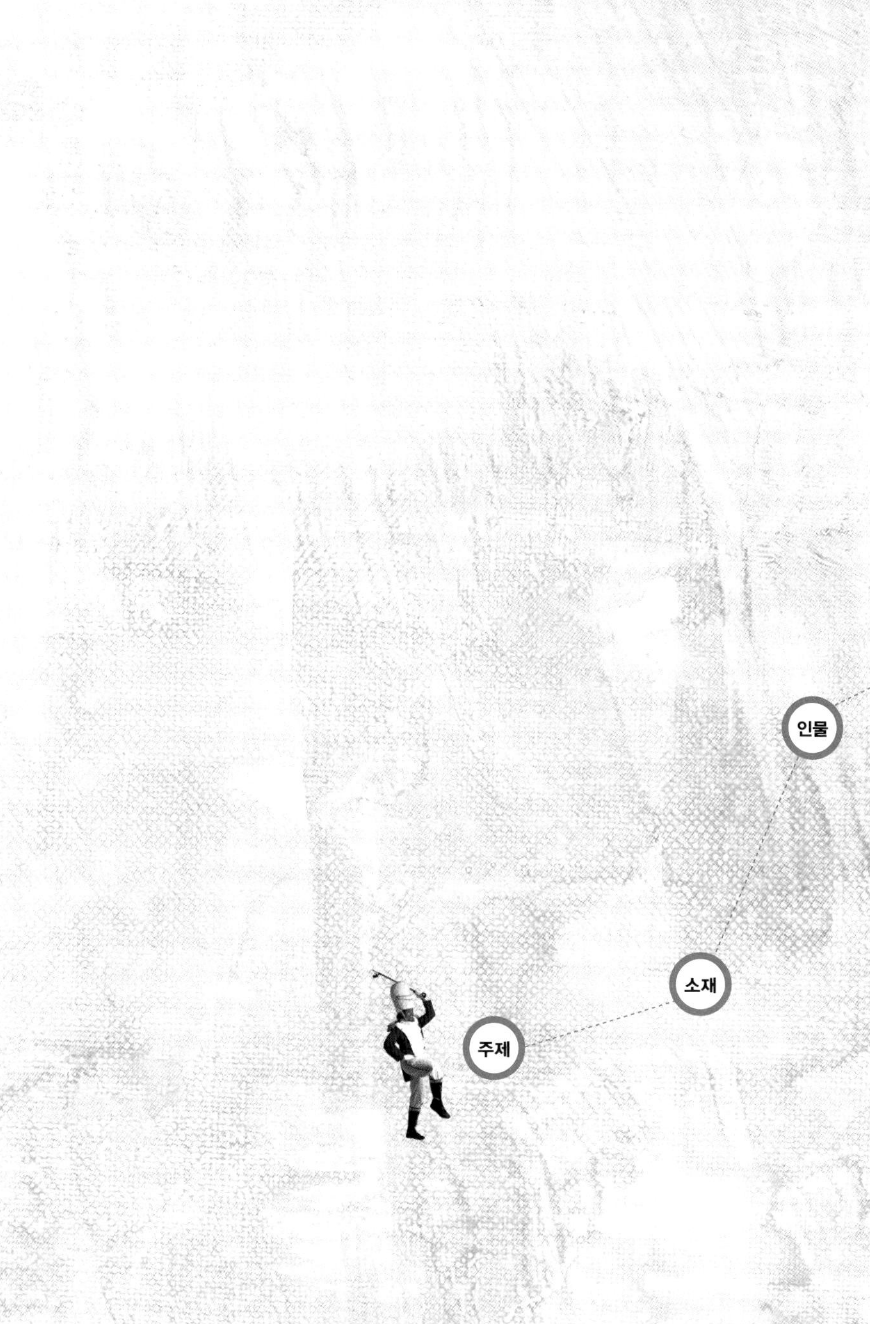
인물
소재
주제

1. '나'의 문제는 무엇일까?

스토리텔링의 세 바퀴, '주체, 객체, 매체'

웹툰 「대작」은 우리 막걸리를 소재로 한 만화이다. 내용을 요약하면 다음과 같다.

> 백수건달 안태호는 할머니와 단 둘이 살고 있다. 어느 날 할머니가 손수 빚은 막걸리를 포장마차에서 우연히 선보이게 되었는데 다들 훌륭하다고 칭찬했다. 할머니가 돌아가시자, 안태호는 막걸리로 주류업에 도전하려는

의지를 갖게 된다. 아무런 희망도 없이 하루하루 맥없이 살아가던 안태호가 전통주를 살리려는 동료들을 만나게 되어, 막걸리 제조에 도전하게 된다. 거대 기업인 주조회사가 방해 세력이다. 새로운 삶에 도전하는 주인공이 겪는 사건들이 이런저런 갈등으로 엮여 나간다. (『대작』, 이종규 글, 김용희 그림, daum 만화, 2010. 4.~2011. 3.)

　　폐인이던 주인공이 새로운 삶에 도전하는 스토리텔링은 만화에서 가장 많이 볼 수 있는 유형이다. 흔하지만 언제나 재미를 느끼게 하는 이야기 구도이기도 하다. 「대작」도 그런 유형의 작품인데, 청소년들에게 꼭 보라고 추천할 만한 명작은 아니지만 단순한 흥밋거리로 읽기에는 권할 만하다. 특히 우리 전통 술인 막걸리의 우수성을 과학적인 제조 방법의 소개와 더불어 그려낸 점이 흥미롭다.

　　허영만의 만화 「식객」에 우리나라 음식에 대한 자부심이 나타나 있듯이 「대작」에도 우리 술에 대한 자부심이 나타나 있다. 마음으로 빚어낸 것이 우리 민족의 술임을 새삼 느끼게 된다. 이 만화를 읽으면서 '스토리텔링 창작도 술을 빚는 것과 같지 않을까?' 하는 생각을 갖게 되었다.

　　술을 잘 빚으려면 세 가지의 조화가 필요하다. 술을 빚는 사람, 그리고 좋은 쌀과 누룩, 물 등 술의 재료, 나머지 하나는 술을 담그는 과정이다.

스토리텔링에서도 세 가지의 조화가 필요하다. 술이 스토리텔링이라 한다면, 술을 빚는 사람의 마음은 스토리텔링을 창작하는 작가의 마음(정신), 술의 재료는 이야기의 재료, 술의 발효 방법과 과정은 스토리텔링의 형식과 이야기하는 과정이라 대비할 수 있다. 작품을 중심에 두고 생각하면, 스토리텔링을 창작하는 작가는 주체, 이야기의 재료(창작하려는 내용, 혹은 소재)는 객체, 스토리텔링의 과정(형식화)은 매체이다.

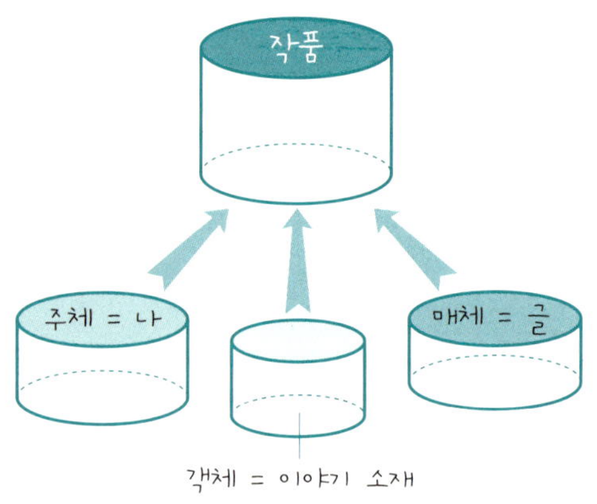

이 셋이 합쳐져서 하나의 작품이 되므로 스토리텔링을 잘 창작하려면 당연히 이 세 요소를 잘 다루면 된다. 그런데 주체, 객체, 매체, 이런 식의 용어를 사용하니까 왠지 어렵게 느껴질 것 같다. 그래서 주체는 '나', 객체는 '이야깃거리', 매체는 '글쓰기'로 용어를 바꾸도록 하자.

스토리텔링을 창작하려면 일단 이야기하려는 소재에 대해 많은 공부가 필요하다. 우리 전통 막걸리를 소재로 이야기하려는데, 막걸리에 대해

아는 것이 아무것도 없다면 어떻게 스토리텔링을 전개하겠는가? 「대작」
의 작가는 지방의 여러 도시를 찾아다니며 각 지방의 특산 명주를 조사
하였다. 각 술의 맛을 비교해보고, 어떤 공정을 거치는지, 어떤 비밀이 숨
어 있는지에 대해서도 조사했다. 작품의 대상이나 소재에 대해 충분히
조사하고 취재하는 것은 작가가 취할 원칙적인 작업이다. 하지만 무척
어려운 일은 아니다. 도서관에 달려가거나 직접 뛰어다니면 되는 일이니까.

매체를 잘 다루려면 예술적 소양을 기르고 기술도 익혀야 한다. 소설
의 매체는 글, 영화의 매체는 영상, 미술의 매체는 그림, 음악의 매체는
소리다. 만화는 글과 그림이 합쳐진 매체이다. 스토리텔링만을 생각해보
면 작가는 자기가 만든 이야기를 글로 적어야 하니까 글쓰기가 매체이
다. 우리는 말을 배우면서부터 이야기를 하고 살아왔으므로 어느 정도
나이를 먹으면 누구나 탁월한 이야기꾼이 된다. 글로 이야기를 적는 것
이 어렵게 느껴질 수 있지만, 실제로는 그다지 어려운 것이 아니다.

주체, 객체, 매체의 세 요소 중 창작에서 가장 어려운 것은 주체 부분
이다. 주체란 작가 자신이므로 자기 자신을 잘 아는 일이 제일 어렵다는
말이다. 자신이 말하고자 하는 바를 잘 알아야 주제도 명확하게 설정하
고 갈등도 잘 그려 나갈 수 있는데, 정작 스토리텔링 창작에 들어서면 이
대목에서 막히기 일쑤다.

'나'에 대해서 내가 가장 잘 안다고 생각하기 쉽지만, 사실은 그렇지
않다. 대부분의 사람들이 자신을 잃어 버리고 살기 때문에 혼란스러워
한다. 자신이 무엇을 말하려고 하는지, 무슨 말을 하고 싶은지를 잘 붙들

지 못한다. 이른바 주제 의식이 분명해야 좋은 스토리텔링이 되는데, 실제로 창작할 때에는 감이 잡히지 않곤 한다.

따라서 스토리텔링의 이야기 주체인 '나'를 잘 파악하는 것이 가장 중요하다. 그런데 스토리텔링을 창작하다 보면 거꾸로 자신을 발견하기도 쉬워진다. 누구나 이야기를 할 때는 자기 자신의 내면에서 시작하기 때문이다.

「완득이」

자신이 시나리오 작가라고 가정해보자. 영화 시나리오를 쓰고 싶은데 무엇을 쓸까? 어떤 소재로 이야기를 꾸밀까?

만약 어머니께서 요리를 한다면 어떤 순서로 할까? 가장 먼저 무슨 요리를 만들 것인지를 정할 것이다. 찌개를 끓일 것인지, 잡채를 만들 것인지, 샐러드를 만들 것인지 등 메뉴를 결정해야 무슨 재료를 사올 것인지를 정할 수 있다. 이를 스토리텔링에 비유하여 표로 만들어 보자.

요리하기	스토리텔링
무슨 요리를 할 것인지를 선택한다	주제 정하기
필요한 재료를 준비한다	소재 구하기
순서에 따라 재료를 가공한다	이야기 만들기
보기 좋게 차린다	스토리텔링 꾸미기

스파게티를 오늘의 메뉴로 선택했다면 스파게티에 필요한 면, 치즈, 토마토, 올리브 등을 구입해야 하고, 순서에 따라 요리를 해 나가야 한다. 혹시 요리법을 잘 모른다면 인터넷에서 찾아볼 수도 있을 것이다. 무슨 요리를 만들지를 정하는 것이 가장 먼저 할 일이고, 또 가장 중요하면서 어려운 일이다. 손님을 맞기 위해 식사 준비를 해야 하는 어머니들이 늘 처음 하는 고민은 "뭘 해서 내놓지?" 하는 것이다. 평소 어머니가 하는 말 중에서 가장 많이 듣는 말이 "오늘은 뭘 해 먹지?"가 아닐까?

마찬가지로 시나리오를 쓰려면 주제를 가장 먼저 정해야 한다. 그래야만 작업을 시작할 수 있다. 어떤 작업을 하든지 주제를 정하는 것이 첫걸음이다.

그런데 주제란 작가인 내가 하고 싶은 말이다. 작가인 내가 우연히 다문화 가정의 자녀에게 관심을 갖게 되어 그들의 이야기를 하기로 작정했다고 가정해보자. 과연 여러분은 어떤 이야기를 할 수 있을까? 영화 「완득이」는 한국인 아버지와 필리핀인 어머니 사이에 태어난 주인공 완득이의 외로운 삶을 따뜻한 시각으로 그렸다. 이들도 우리와 똑같이 행복할 권리가 있고, 함께 어깨를 감싸 안고 애정을 모으면 행복을 찾을 수 있음을 강변한다. 영화 「완득이」는 소설을 각색한 것인데, 소설의 주제가 영화에서도 그대로 살아있다.

작가는 '다문화 가정의 청소년'에 관한 이야기를 하려고 마음을 먹었고, 주제는 '서로 안아주기로 외로움 극복할 수 있음'으로 잡았다. 이 주제는 우연히 갖게 된 생각일 수 있지만, 평소 작가가 말하고 싶었던 것일

가능성이 높다. 중요한 것은 작가 자신의 내면에서 나온 목소리라는 점이다.

「완득이」는 투자 규모에 비해 상당한 흥행 성적을 올린 작품인데, 그만큼 많은 관객의 감동을 자아내었다고 볼 수 있다. 관객이 작품을 보고 따뜻함을 느꼈다면 그것은 작가의 주제 의식에 공감했기 때문이다. 물론 감독의 연출, 배우의 연기, 스태프들의 활동 등 여러 가지 요소들이 어우러진 결과지만, 일차적으로 스토리텔링의 주제 의식이 잘 설정된 결과라고 할 수 있다.

자기 목소리

흔히 창작을 건축에 비유하곤 한다. 좋은 스토리텔링 창작을 집짓기에 비유한다면, 먼저 기둥을 잘 세우고 기초를 단단히 닦아야 한다. 스토리텔링의 기둥이란, 이야기의 기본 정신, 즉 주제이다. 작가는 자기가 하고 싶은 말, 자신의 정신을 기본적인 기둥으로 받치고 그 위에 이야기를 꾸며 나가야 한다. 그러므로 앞에서 강조했듯이 작가인 내가 하고자 하는 이야기가 명백해야만 좋은 스토리텔링이 된다.

「완득이」는 작가의 뜻이 잘 반영되었기 때문에 스토리텔링으로 성공할 수 있었다. 작가는 우리의 삶에 대해 무엇이 중요한지를 말하고 싶었고, 그것은 스스로에게서 길어낸 문제의식이기도 하다. 자기가 하고 싶은 말, 자기가 속에 담아 두고 있는 말, 다른 사람과 나누고 싶은 말이 그

것이다. 그렇게 자기 목소리가 분명한 것, 그것이 좋은 스토리텔링의 첫 단계임을 알 수 있다. 그런데 그 자기 목소리, 자기가 하고 싶은 말은 자신의 문제의식에서 길어내는 것이 가장 바람직하다. 나의 문제는 무엇일까? 나에게 왜 그런 문제가 생긴 것일까, 이런 질문이 스토리텔링의 기초를 이루게 된다.

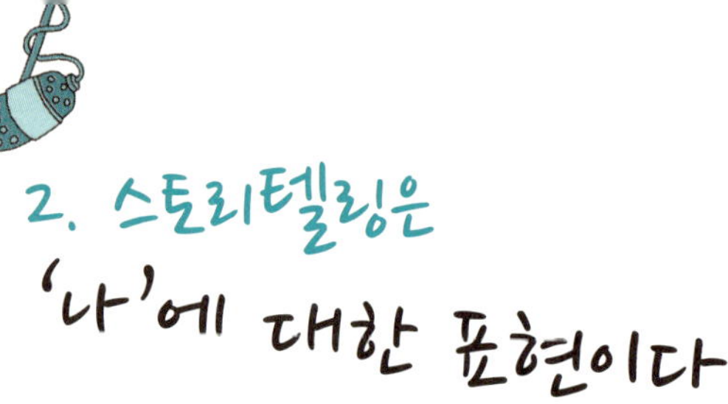

2. 스토리텔링은 '나'에 대한 표현이다

스토리텔링으로 표현하기

지금까지 자기가 하고 싶은 말을 찾는 것이 스토리텔링의 첫걸음임을 설명하였다. 그렇다면 자기가 하고 싶은 말은 어디에서 찾아야 할까? 당연히 자기 자신이다. 우리는 누구나 자기에게 가장 많은 관심을 갖는다. 또 자기에 대해서 할 말이 많다. 자기에 대해서 말하는 것이 바로 '표현'이다.

「완득이」의 예처럼 우리 생활 속에서 이루어지는 문화적인 작업들은 모두 '무엇인가를 이야기한다'. 이를 '표현'이라고 부른다. 우리는 '표현'이라는 단어를 자주 사용한다. '그 친구는 표현을 잘해서 친구들의 인정을 받나 봐.', '그렇게 짜증만 내지 말고 표현을 좀 해봐. 답답해 죽겠어.' 이런 식의 말들을 자주 하거나 듣는다. 또는 자기는 표현을 잘하지 못한다고 걱정하는 사람들도 많다.

표현이라는 한자어를 풀어보면 '표(表)'란 '겉'이라는 뜻이고, '현(現)'은 '나타낸다'는 뜻이다. 그러니까 '표현(表現)'이란 '겉으로 나타냄'을 뜻한다. 무엇을 겉으로 나타나게 하는 것일까? 우리의 마음 안에 있는 것이다. 우리 내면에 있는 것들은 눈에 보이지 않는다. 우리의 생각, 마음 작용, 감정 등 눈에 보이지 않는 것을 끄집어내어 겉으로 나타내는 것이 표현이다. 표현을 영어로는 'express'라 한다. 'ex'는 '밖으로'라는 뜻이고, 'press'는 밀어낸다는 뜻이다. 따라서 안에 있는 무엇인가를 밖으로 밀어내는 것이 표현이다. 밖으로 밀어내는 대상은 물론 우리의 마음 안에 있는 것이다.

우리는 여러 가지 표현 방법을 가지고 있다. 몸동작으로 표현하기도 하고, 노래를 불러서 표현할 수도 있고, 그림을 그려서 표현할 수도 있다. 얼굴의 표정으로 화가 난다, 짜증난다, 기분 좋다 등의 감정을 표현하기도 한다. 음악, 미술, 무용, 표정, 모두 다 '표현'의 결과물이다. 스토리텔링은 여러 표현 방법 중에서 가장 구체적이고, 실제적이며, 소통력이 강한 문화이다.

오디션의 승자

요즘 텔레비전에서는 각종 오디션 프로그램이 쏟아져 나온다. 「슈퍼 스타 K」, 「위대한 탄생」과 같은 가수 선발 오디션 프로그램이 인기가 높아지자, 방송국들은 여러 형태의 오디션 프로그램을 제작하고 있다.

오디션 대회에서는 과연 어떤 사람이 우승을 할까? 당연히 재능이 뛰어난 사람이 우승을 하겠지만, 재능의 우열은 세밀하게 가려내기 어렵다. 이런 오디션의 심사는 컴퓨터가 아니라 사람이 하며, 그것도 전문가보다는 일반인들의 의견이 크게 작용한다. 이런 경우, 재능이 비슷한 사람들이 최종 라운드에서 대결하게 될 때 결국은 자기를 잘 표현하는 사람이 인정을 받는다. 자기를 잘 표현할 때, 감동을 줄 수 있는 가능성이 커지기 때문이다.

문제는 '자기를 잘 표현하려면 어떻게 해야 하는가?'이다. 표현은 자신의 안에 있는 것을 겉으로 드러내는 것이라 했으므로 자기를 잘 표현하는 방법은 자기 안에 있는 것을 겉으로 잘 드러내면 된다. 그러려면 세 가지를 다룰 수 있어야 한다. 첫째는 자기 안에 있는 것이 무엇인지 알거나 느껴야 하고, 둘째는 자기 안에 있는 것을 드러내는 일을 부끄러워하거나 두려워하지 않아야 하며, 셋째는 드러내는 일에 능숙해야 한다.

셋 중 '표현의 능숙함'은 쉽지 않은 문제이다. 예술적 표현의 능숙함은 어느 정도 선천적 재능이 있어야 하고, 또 숙달되어야 하므로 상당한 노력이 필요하기 때문이다. 노래를 잘 부르거나 그림을 잘 그리려면, 노래하고 그림 그리는 방법을 익혀야 한다. 또 여러 번 경험을 해보아야 한다.

따라서 기술적으로 숙달될 필요가 있는 것이다. 마찬가지로 스토리텔링을 능숙하게 쓰려면, 자꾸 쓰고 읽어야 한다.

그런데 '잘' 해야겠다는 욕심만 버리면, 스토리텔링을 창작에서 능숙함은 그다지 중요하지 않다. 노래를 부르는 것도 그림을 그리는 것도, 또 이야기를 하는 것도, '잘' 하려고 욕심 내지 않고 자기가 '할 수 있는 만큼'만 하려 한다면, 누구나 쉽게 할 수 있는 일이다.

이야기를 능숙하게 하는 것보다 더 중요한 부분은 자기 안에 있는 것을 남에게 드러내는 일에 부끄러워하지 않는 것이다. 생각 밖으로 우리는 자신을 드러내는 데에 익숙하지 않다. 자신의 내면에 있는 감정이나 욕망을 남에게 보여주는 것이 마치 속살을 보여주는 것처럼 부끄럽게 느껴진다. 그것을 극복하고 용감하게 자신을 드러내는 사람이 스토리텔링을 잘하게 마련이다.

능숙하게 표현하는 일보다 표현에 부끄러움을 느끼지 않는 게 더 어렵다고 했는데, 그보다 더 어려운 것은 자기에 대해서 구체적으로 보여주는 것이다. 그러려면 자신을 가장하거나 속이지 않고, 자신에 대해서 솔직할 수 있어야 한다. 진솔하게, 그리고 용기 있게 자신을 대면하고 드러내려는 마음 자세가 필요하다. 그런 마음을 얻은 사람이 오디션의 최후 승자가 된다.

앞에서 설명한 스토리텔링 표현의 세 가지 조건 중 셋째에 해당하는 능숙함은 시간을 두고 노력해야 하는 것이고, 둘째에 해당하는 부끄러워하거나 두려워하지 않음은 자신감과 용기로 해결해야 하는 것이다. 이 둘은 어느 정도 노력하면 해결할 수 있다. 예술 표현에서 해결이 잘 되지 않는 가장 어려운 것은 자기 내면에 있는 표현의 대상을 스스로 잡아내는 과정이다.

스토리텔링은 등장인물을 내세우고 여러 사건을 만들어 내지만, 결국 그 출발과 귀결은 작가 자신이다. 앞에서 누차 강조했듯이 우리가 노래를 부르고 이야기를 나누는 활동을 하는 이유는 자신을 표현하기 위해서이다. 스토리텔링은 작가인 '나'를 이야기하는 것임을 한시도 잊지 말아야 한다.

그래서 스토리텔링은 결국 '내가 하고 싶은 말이 무엇인가'에서 시작된다. 내가 표현하고 싶은 것, 즉 내 안에 있는 '하고 싶은 말'을 뚜렷하게 정의할 수는 없다. 각자 스스로 느끼고 스스로 찾을 수 있을 뿐이다. 그러나 그것을 굳이 정리하자면 크게 욕망, 감정, 생각, 뜻, 인식으로 나눌 수 있다.

보통 우리가 스토리텔링에서 드러내고 싶어 하는 것은 욕망과 감정이 주를 이룬다. 욕망에서 스토리텔링을 시작한다면 자신이 원하는 것, 갖고 싶은 것, 하고 싶은 것, 즉 본능이 추구하려는 그 무엇에 대해서 이야기하게 될 것이다. 감정으로 스토리텔링을 시작한다면 분노하는 것, 부끄러워 하는 것, 사랑하는 것 등에 대해서 이야기할 것이다. 만약 생각에서 스토리텔링을 시작한다면 삶에 대한 이해, 해석 등에 대해서 이야기하려 할 것이다. 하지만 욕망, 감정, 생각 어느 하나로 분리할 수 없는 경우가 많고, 대체로 그 셋은 서로 섞여 있기 쉽다.

자신이 의식하든 못하든, 작가가 스토리텔링을 창작할 때에는 자신 안에 있는 이 세 가지를 재료로 삼아 이야기를 만든다. 따라서 스토리텔링을 시작하려면 내 마음 속에 어떤 욕망이나 감정, 생각이 나를 움직이게 하는지, 그 셋 중 어떤 놈이 나로 하여금 이야기하고 싶게 만드는지를 파악할 필요가 있다. 그러려면 먼저 자기 안으로 들어가 보아야 한다. 즉 내 안에 있는 '나'를 찾아보아야 하는 것이다.

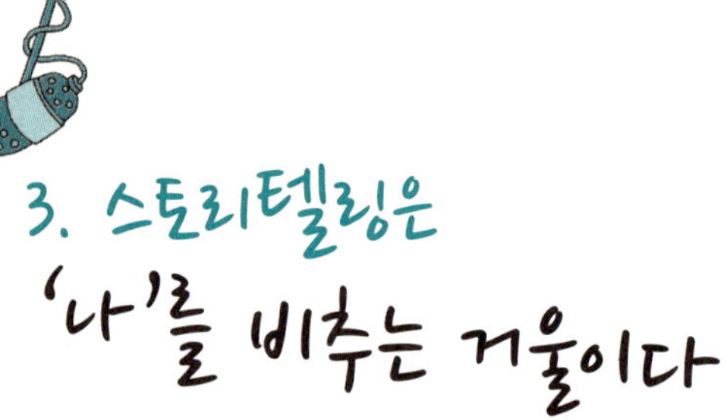

3. 스토리텔링은 '나'를 비추는 거울이다

앞에서 스토리텔링이 표현의 구체적 방법임에 대해서 알아보았다. 모든 예술적 표현이 그렇듯이 스토리텔링도 자기 이야기에서 출발함도 알게 되었다. 그런데 이를 뒤집어 생각해보면, 스토리텔링을 통해서 자신을 찾아볼 수 있다는 말이 된다.

다음은 어느 학생들에게 신문기사 하나를 보여주고, 그 기사 내용을 바탕으로 스토리텔링을 창작하게 한 결과물들이다.

신문기사   어제 아침 10시 경에 ㅎ 시 ㅈ 동에 사는 남자 안 모 씨(48세)가 담배를 피우러 문 밖으로 나왔다가 마침 지나가던 할머니 박 모 씨(67세)를 둔기로 때려 숨지게 했다. 박 모 씨는 리어카를 끌고 폐휴지를 주워 생계를 유지하고 있었다. ㅎ 경찰서는 안 씨를 구속하여 경위를 조사하고 있다.

학생 A   안 씨는 아침 신문을 보면서 어제 산 로또 복권을 꺼내 당첨번호를 확인하고 있었다. 마침 그날은 당첨번호를 발표하는 날이었다. 안 씨의 복권은 1등에 당첨되었다. 너무 놀라 고함을 지르자 지나가던 박 씨가 보고 복권 당첨된 것임을 알았다. 순간 바람이 강하게 불어 안 씨가 들고 있던 복권을 떨어뜨렸는데, 박 씨가 그 복권을 주워 도망하려 하였다. 안 씨가 박 씨를 붙들어 내놓으라고 했지만, 박 씨는 자기가 산 것이라고 우기며 돌려주려 하지 않자, 안 씨가 그만 우발적으로 박 씨를 때리고 말았다.

학생 B   박 씨는 안 씨가 어렸을 적 같은 동네에 살았는데, 안 씨의 아버지를 유혹하여 안 씨 집을 파탄시켰다. 오래도록 못 보다가 이날 우연히 만나 옥신각신하는 사이에 사고로 숨지게 만들었다.

학생 C   안 씨는 국정원 직원으로 일하다가 모종의 음해로 인해 사직하게 되었다. 박 씨는 이중간첩이었고, 박 씨의 배신으로 안 씨가 공작을 실패해서 쫓겨나게 된 것이다. 박 씨를 추적하던 안 씨가 드디어 그날 기회를 잡아 복수를 했다. ❞

학생들의 글은 중요한 내용만 간략하게 요약하였다. 신문기사는 사실만 기록하지만 숨겨 둔 것도 많다. 위 기사만 하더라도 도저히 내용을 이해하기가 힘들다. 두 사람의 관계도 밝혀져 있지 않고, 안 씨가 박 씨를 살해한 이유도 알 수가 없다. 이런 기사를 재료로 삼아 스토리텔링 연습을 해볼 때에는, 그 비워진 곳을 논리적으로 채워야 한다. 이런 연습은 스토리텔링의 능력을 향상시키는 데에 많은 도움을 준다.

학생 A는 복권에 얽힌 사건을 넣었다. 그 바람에 사람의 욕심이 생명을 위협할 정도임을 경고하는 내용이 되었지만, 사건의 발생부터 결말까지 우연이 너무 많이 겹쳐서 억지로 만든 티가 많이 난다. 이 학생은 이야기를 욕망에서 출발시켰다. 모든 사람이 욕망에서 자유롭지 못하지만, 이 학생의 경우에는 특히 일확천금에 관심이 많을지도 모른다.

학생 B는 오랜 분노의 폭발로 이 사건을 다루고 있다. 역시 억지스럽지만 욕망보다는 감정에서 이야기를 출발시킨 점이 다르다.

학생 C는 꽤 상상력을 발휘하여 이야기답게 발전시켰다. 이 경우에는 복수심에 초점을 맞추어 이야기를 출발시킨 것인데, 그 안에는 권력욕이나 명예욕이 개입되어 있다. 감정과 욕망을 결합시켰다.

위와 같이 학생들의 스토리텔링을 분석해보면 욕망, 감정, 생각 중 어느 부분에 걸려 힘들어 하고 있는지, 무슨 일에 관심을 쏟고 있는지, 무엇 때문에 열등감을 느끼는지 등 그 학생들에 관한 몇 가지 정보를 찾아낼 수 있다. 마찬가지로 자신이 만든 스토리텔링을 잘 들여다보면 자신의 문제점도 쉽게 찾아낼 수 있을 것이다. 스토리텔링은 자신의 내면을 보여주는 거울이다.

4. 스토리텔링이 병을 낫게 한다고?

이야기 치료

마이클 화이트는 호주의 이야기 치료사이다. 그가 쓴 「이야기 치료의 지도」(Maps of Narrative Practice, 이선혜 외 옮김, 학지사, 2010.)를 보면 자신의 임상 경험을 자세하게 소개하고 있다. 이 책에서 화이트는 이야기를 나눔으로써 심리적 고통을 겪는 사람들을 돕는다. 그런데 정작 중요한 것은 환자 자신이 스스로 자기의 문제를 발견하고, 스스로를 변화시킨다는 사실이다.

예를 하나만 옮겨보면, 이 책의 첫 부분은 주의력결핍 과잉행동장애

(ADHD)라는 특이한 문제를 가진 어린이 제프리의 치료 사례를 소개하고 있다. 치료사는 제프리로 하여금 ADHD를 괴물이나 악당 정도로 의인화시켜서 그 놈이 얼마나 자신을 변화시키는지를 보게 만든다. 제프리는 ADHD를 적대자로 꾸미고 자신을 주인공으로 삼아 이야기를 만들어 낸다. 이런 대화를 통해 스스로 자기의 주체성을 지키게 만든다. 스스로 질병의 노예가 되지 않고, 자기에게 생긴 장애를 객관적인 대상으로 봄으로써 그 질병에서 벗어날 길을 스스로 찾는 것이다.

우리나라에서도 이야기 치료에 관한 연구서들이 나오기 시작했고, 이야기 치료를 실제 심리 치료에 적용하는 사례도 늘고 있다. 노래를 통해 우울증이나 정신적 장애 치료에 도움을 주는 음악 치료, 그림 그리기를 통해 심리적 문제를 찾아보는 미술 치료, 역할 수행을 통해 자기 문제를 발견하게 하는 연극 치료 등은 일찍부터 시도되었고, 많은 성과를 거두고 있는 것으로 알려졌다. 서정적인 시를 창작하고 낭독함으로써 심리적 안정을 거두게 하는 등의 문학 치료도 활발하게 연구되고 있다.

이야기 치료는 그 중에서 연극 치료와 가깝다. 이야기를 하면서 자기의 역할과 위치를 생각할 기회를 갖는 것이다. 그런데 이야기 치료와 연극 치료에서 공통되게 중요한 점은 상상력을 발휘한다는 점이다. 이야기를 하면서 자신뿐만 아니라 다른 사람들의 문제도 상상하고 받아들일 수 있다. 그래서 부부 관계의 문제나 가족 문제에 효과적으로 쓰인다.

이야기 치료의 원리

　이야기 치료 연구자들은 스토리텔링의 효과를 중요하게 여긴다. 사실 오래 전부터 인류는 스토리텔링을 심리 치료에 이용해왔다. 문제가 발생한 어린이들과 조금만 이야기를 나누다 보면 쉽게 문제가 해결되는 경우가 많다. 그때 문제 해결의 효과는 어른이 어린이에게 해준 말들이 아니라, 어린이들의 말을 들어준 것에서 비롯된다. 어린이들은 자기의 이야기를 하면서 스스로 문제를 파악하고 해결한다. 그것이 바로 상담의 효과이다.

　이야기를 하면 왜 문제가 해결되는 것일까? 이론적으로 설명하려면 꽤 어려운 용어들을 사용해야 하므로 여기에서는 간단하게 원리만 설명하도록 하겠다. 스토리텔링은 앞에서 설명한 대로 스토리(이야기)와 텔링(이야기를 하는 행위)이 결합된 것이다. 스토리는 '무슨 일이 일어났는가', 즉 사건이 핵심이다. 인물이 어떤 행동을 해서 어떤 일을 일으켰는지를 이야기한다. 서술자가 이야기할 때에는 그 스토리에 의미를 부여한다.

　어린이들이 쓰는 일기를 생각해보자. 어린이들은 일기에 그날에 일어났던 중요한 사건을 적는다. '오늘 동생을 때렸다. 동생이 내 노트에 낙서를 했기 때문이다. 전에도 그래서 다시 한 번만 더 하면 때리겠다 말했는데 또 그랬다. 그래서 때렸다' 이런 식으로 사건을 적는다. 그리고 말미에는 약속한 듯이 자기의 반성을 보탠다. '동생을 때린 건 잘못했다. 다시는 안 그러고 동생을 사랑하겠다'고 적는다. 일기를 억지로 쓰다 보니, 억지로 반성의 내용을 붙이는 경우가 대부분이다. 하지만 그렇게 반성하는 자체가 중요하다. 자신의 행위가 지닌 의미를 되돌아보는 계기가 되기 때문이다.

스토리텔링의 경우 '스토리'를 '텔링'하면서 그 안에 생각하는 과정이 들어간다. 일어난 사건과 그 결과에 대하여 나름대로 비판도 하고 반성도 하며 의미를 찾는다. 스토리텔링에는 '스토리'의 영역과 '텔링'의 영역이 있다. '스토리' 영역을 '행동'의 영역이라 하고, '텔링'의 영역을 '생각'의 영역이라 할 수 있다. 동생을 때린 행동을 적은 부분은 '행동'의 영역이고 이에 대해 잘못했다고 생각하는 것을 적은 부분은 '생각'의 영역이다.

스토리텔링은 꽉 차 있지 않고, 느슨하게 엮여 있다. 행동과 생각 두 영역 사이에도 공백이 많다. 독자가 어떻게 채우느냐에 따라 말하고자 하는 바가 달라진다. 행동과 생각 사이를 채우면서 여러 면으로 반성해볼 여지가 생긴다. 이 과정이 치료의 효과를 만들어 낸다. 자신의 행동에 대해 상상해보고, 여러 측면으로 생각해볼 수 있기 때문이다. 모든 사람들은 올바른 삶을 받아들이고자 하는 뜻을 갖고 살아가기 때문에 치료가 가능하다.

욕망, 감정과 생각

살인 사건에 대한 신문기사를 보고 이야기를 만든 앞의 세 학생 예를 다시 생각해보자. 세 학생이 쓴 스토리텔링은 세 학생의 내면을 보여준다. 한 가지 미리 밝혀 두어야 할 것은, 이 경우에는 학생들이 자기가 쓰고 싶은 스토리텔링을 자유롭게 쓴 것이 아니라, 주어진 재료를 바탕으로 써야 하는 과제였다는 점이다. 그래서 이 글들을 놓고 글을 쓴 사람의 내면이나 심리를 이야기하는 것은 무리다. 하나의 예로 삼아 참고 사례로만 보도록 하자.

학생 A의 스토리텔링은 두 사람을 모두 욕망의 노예로 설정하여 이야기를 구성했다. 자연히 두 사람 다 비판의 대상이 된다. 이 경우 인간의 욕망 자체를 비판하게 되는데, 서술자는 살해하는 사람과 살해를 당하는 사람 둘 다 동정하고 있다. 여기에는 과한 욕심에 대하여 경계하려는 심리가 깔려 있다.

학생 B의 스토리텔링은 반윤리 행위에 대한 분노심을 보여준다. 글을 쓴 사람의 불안감과 분노가 이야기를 자아낸다.

학생 C의 스토리텔링 역시 권력욕에 대한 반감을 드러낸다. 언제나 착하고 성실한 사람이 피해를 입는다는 피해 의식과 보상 심리가 동시에 작용했다.

그래서 학생 A는 욕망을, 학생 B, C는 감정을 이야기의 출발점으로 삼았다. 그 욕망과 감정은 전체 스토리텔링의 전개에서 눈에 보이지 않게 작동하여, 이야기를 흘러가게 한다. 물론 위에 인용된 글은 스토리텔링 전체를 보여준 것이 아니라 줄거리만 요약한 것이므로 스토리텔링이 아니라 스토리만 소개했다. 즉, 생각 영역은 인용되지 않았고, 행동 영역만 인용되었다. 이것만 가지고 생각의 작용을 이야기하는 것은 억지일 수 있지만, 어느 정도는 스토리텔링의 구성에서 생각이 하는 역할을 짐작할 수 있을 것이다.

우리는 이야기 치료를 알아보려는 것이 아니므로 더 구체적인 과정을 생각할 필요는 없다. 다만 이야기 치료의 원리를 통해 스토리텔링은 자기를 발견하는 창구가 된다는 것, 또는 자기의 모습을 들여다볼 수 있는 내면의 거울이라는 것은 확실하게 믿는 것이 좋겠다.

5. 나와 세계를 연결하는 스토리텔링의 마술

세계를 보는 세 가지 길

스토리텔링을 창작하면 먼저 자기 안에 있는 말하고자 하는 바를 찾게 된다. 그것이 바로 스토리텔링을 통해 남들과 대화를 나누고자 하는 나의 메시지다. 메시지란 이야기하고자 하는 내용이다. 그것을 찾으려면 내 안을 들여다보아야 한다고 했다.

그런데 우리 안에 있는 '표현하고자 하는 것'은 눈에 보이지 않는다고 했다. 눈에 보이지 않는데 어떻게 들여다볼 수 있을까? 안에 있는 것을 밖으로 드러내는 것이 표현이라고 할 때, '안에 있는 것'은 우리가 태어날

때 원래부터 안에 있던 것이 아니다. 그 욕망과 감정들은 우리가 살아오면서 우리를 둘러싸고 있는 세계의 여러 일을 경험하고, 사람들과 부딪히고 싸우고 사랑하면서 쌓아온 것들이다. 따라서 우리 밖에 있는 세상을 경험한 후 경험을 통해 생긴 욕망, 감정, 생각들을 내 안으로 가져와 저장해 둔 것들이다.

우리가 세상을 보는 방법에는 세 가지가 있다.

첫째, '눈'으로 보는 것이다. 우리는 눈으로 목격하고 관찰한 것 중에서 충격적이거나 중요하게 여기는 것을 저장한다. 그런데 '본다'는 것은 꼭 눈으로만 보는 것이 아니다. 입으로 맛을 보고, 코로 맡아보고, 귀로 들어보고, 손으로 만져보기도 한다. 그래서 첫 번째 세상을 보는 통로는 시각뿐만 아니라 사람의 모든 감각이다.

둘째, '머리'로 보는 것이다. 우리는 세상이 어떻게 움직이는지를 눈으로 보지 못하더라도 머리로 이해하고 판단할 수 있다. 지구가 둥근지를 눈으로는 직접 보지 못했지만 우리는 알고 있다.

셋째, '마음'으로 보는 것이다. 사람이 사는 도리, 윤리, 좋은 사람과 나쁜 사람의 판단 등은 눈으로 보아서 아는 것이 아니고, 머리로 판단해서 결론을 내리는 것도 아니다. 마음에서 받아들이고 심어 두는 것이다.

우리의 삶에서 옳고 그르거나, 좋고 나쁘거나, 간직하고 버릴 것들은 마음에서 결정한다. 그러므로 마음에서 바라보고 저장해 둔 것은 깊이 쌓이고 오래 간다. 우리가 세상과 만나는 길은 눈, 머리, 마음의 길 세 가지인데, 결국은 마음에서 가치를 결정한다.

우리가 살아오면서 무엇을 어떻게 보았는가? 예를 들면 우리가 상처 입어 고통 받는 심리적 고통이 있다면 무엇을 보았기 때문에 그 상처가 마음에 쌓였는지를 보아야 한다. 그러려면 결국 마음을 보아야 한다.

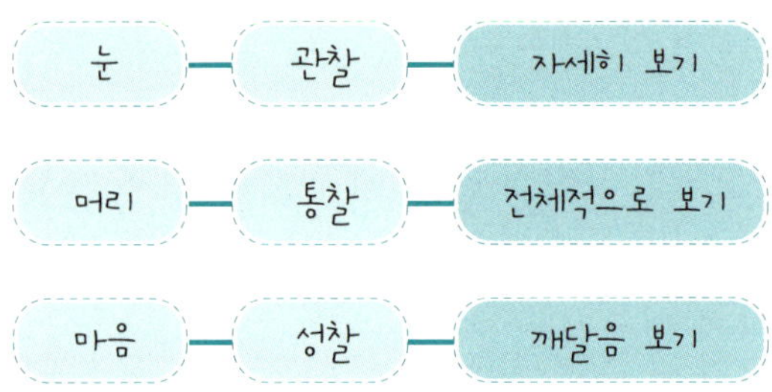

마음을 보는 방법

KBS 방송국의 예능 프로그램 「남자의 자격」에서 출연자들에게 집을 그리게 한 뒤 그림을 보고 그 사람의 심리 상황을 풀이해주는 장면이 있었다. 예를 들면 김국진은 큰 도화지 한 가운데에 조그맣게 집과 사람을 그렸다.

그림을 분석한 의사는 다른 사람과 동떨어져 살려고 하는 위축된 심리 때문에 그런 그림이 나왔다고 설명했다. 이는 그림을 통해 마음을 들여다보는 하나의 방법이다.

그림을 통해 심리 상황을 판단하는 일은 어린이들에게 많이 시도하고 있다. 특히 심리적 상처나 정신적 상처를 입은 어린이들의 상태를 판단하는 데에 많은 도움을 준다. 그런데 그림을 통한 방법은 그다지 구체적이지는 않다. 또 전문가가 분석을 해주어야만 알 수 있다.

그에 비해 스토리텔링은 자신이 자기의 마음을 들여다볼 수 있는, 아주 구체적으로 볼 수 있는 방법이다. 다음은 어느 학생이 창작한 스토리텔링의 일부이다.

> 부모님? 부모님이라면 엄마 아빠 두 분 다 오시는 건가. 둘 다 보기 싫은데. 안 그래도 머리가 좀 아팠는데 냄새 때문에 졸리기까지 했다. 그때 밖에서 구두소리가 들렸다. 돌아다보니 엄마랑 아빠가 뛰어오고 있었다.
>
> "전부 엄마 잘못이야, 미안해 두호야……."
>
> "미안하다, 두호야."
>
> 왜 엄마아빠가 나한테 사과를 하는 거지? 오늘 잘못해서 경찰서에 와 있는 건 난데……. 하지만 그게 아닌 건 나도 알고 있었다. 정신을 차리고 생각해보니 작년 겨울, 부모님이 이혼한다며 정신없이 돌아다니며 나에게 신경을 쓰지 않을 때, 그때 세상에서 정말 나 혼자만 있다는 느낌을 받았

었다. 전혀 나한테 미안한 기색조차 보이지 않고 자신들만 생각하는 부모님을 보며 행복했던 순간들이 전부 깨진 것만 같았다. 그 이후로 조금씩 주변에 대해서 무관심해져 간 것 같다. 내가 사랑하고 믿었던 것이 깨진 것을 보고서. 하지만 엄마아빠는 여전히 그대로다. 그리고 난 돌이킬 수 없을 만큼 너무 멀리 온 것만 같았다. ”

전체 내용은 왕따가 되기 싫은 주인공이 일진 친구들과 어울리며 뒷산에서 술도 마시고 왕따를 만들어 괴롭히기도 하다가 부모님의 참 모습을 알게 되어 후회하고 새로운 모습으로 변화한다는 것이다. 위 인용문은 어느 날 친구들과 어울려 본드를 마시다가 경찰에 적발되어 파출소로 잡혀왔고, 경찰의 연락을 받은 부모님이 찾아온 대목이다. 부모님들은 이혼한 상태이고, 자신에 대해서는 아무런 관심이 없던 분들이다.

뒤늦게 자신에게 미안하다고 말하는 부모를 보면서 주인공은 자신의 존재를 되돌아본다. 자기들의 행복만 추구하는 부모님을 보면서 자신의 행복은 사라졌다고 믿었다. 주변에 대해 무관심해진다는 것은 자신을 포기하는 것과 같다. 자신은 이제 돌이킬 수 없을 만큼 망가졌다. '그리고 난 돌이킬 수 없을 만큼 너무 멀리 온 것만 같았다.'고 표현하는 부분은 그런 자신을 바라보면서 비판적으로 반성하는 뜻을 안고 있다. 이 반성은 이후 주인공이 변화하는 데 중요한 계기가 된다. 이처럼 자신을 되돌아보는 계기를 맞는 것이 스토리텔링의 '자기 찾기'이다.

위에서 인용한 부분은 물론 글을 쓴 작가의 자기반성이 아니라 주인공의 내면을 표현한 것이지만, 이런 방식으로 스토리텔링을 만들면서 자기의 모습을 비쳐보게 된다.

나를 객관화하기

그림을 그릴 때 자기도 모르게 무의식적으로 자기의 심리를 표현해내듯이 스토리텔링을 쓸 때도 자기도 모르게 자신의 마음 안에 맺힌 것, 걸린 것, 아쉬운 것 들을 표현해낸다. 이야기로 만들어 표현하는 장점은 자기 자신을 이야기 속에 던짐으로써 객관화할 수 있다는 것이다.

앞에서 스토리텔링은 이야기를 '나눔'이고 '소통'이라고 했다. 결국 내 말을 남에게 전하고, 서로 그에 대한 마음을 나누고 싶다는 것이다. 내 안의 것을 내놓고 남들과 소통하려면, 나를 객관화할 수 있어야 한다.

그래서 우리는 스토리텔링을 창작하는 동안에, 자기가 말하고자 하는 바를 등장인물과 사건, 플롯 등의 형식으로 꾸며내면서 자신이 말하고 싶은 것을 객관화한다. 객관화한다는 말은 나의 느낌과 나의 생각을 내 것이 아니라 모든 사람의 것으로 바꾸어 놓고 생각해본다는 것이다.

이야기는 노래와 함께 인류가 오래 전부터 즐겨온 전통적인 형식이다. 그만큼 객관성이 크다. 자기 속에 있는 감정이나 생각을 이야기 틀로 옮기면 저절로 객관화가 이루어진다.

6. 스토리텔링은 영상을 만든다

영상화 자동 전환

    황순원의 「소나기」는 우리나라 사람이라면 누구나 잘 아는 작품이다. 오래 전부터 학교 교과서에 실린 작품이라 그렇기도 할 것이고, 서정적 배경과 인물들의 애틋한 감정이 호소력을 갖기 때문에 전 국민의 사랑을 받는 작품이 되었을 것이다. 그런데 이 작품은 인물들이 처한 상황을 잘 이해하지 못하면 그 느낌을 충분히 공감하기 어렵다.

    도시에서 생활하고 자라난 학생들로서는 시골마을을 배경으로 삼은 이 작품의 분위기가 낯설기 마련이다. 그럼에도 불구하고 작품을 재미있게 읽을 수 있는 이유는 우리에게 상상력이 있기 때문이다. 상상력이 낯선 세상을 내가 느낄 수 있는 세상으로 만들어준다.

상상력이 만든 세상은 영상으로 우리에게 와 닿는다. 글을 읽고 상상하면서 자기도 모르게 머릿속에 글의 내용이나 느낌을 영상으로 그려낸다. 어쩌면 그렇게 그려낸 영상이 이야기를 끌고 가는지도 모른다.

「소나기」를 영화로 만든 적이 있다. 시골마을에 가 본 경험이 없는 학생들을 위해 「소나기」 영화를 소설 대신에 보여주자고 주장하는 사람도 있었다고 한다. 만약 내용을 그대로 영상으로 옮긴 영화를 학생들에게 보게 한다면, 소설 「소나기」에 대한 학생들의 공감대가 더 늘어날까? 이해의 폭이 넓어지기는 하겠지만, 공감의 깊이가 깊어진다고 장담하기는 어렵다. 그만큼 상상력이 차단되기 때문이다. 직접 보는 영상보다 만들어 내는 영상이 더 강하게 우리에게 어필한다.

스토리텔링은 인물과 배경과 사건으로 만든 이야기를 전한다고 했다. 인물과 배경, 사건이 구조를 가지면 상황을 만든다. 상황에 따른 영상화 작업은 상상력의 지휘 아래 순식간에 이루어진다. 그래서 스토리텔링은 영상으로 우리에게 말을 건넨다. 스토리텔링이 영화나 CF로 만들어질 수 있지만 스토리텔링 그 자체는 글로 쓰여 있는 것일 뿐 영상이 아니다. 우리는 그 내용을 영상으로 자동 전환시키는 능력을 갖고 있는 것이다.

소설의 영상화

앞에서 비행 청소년을 소재로 한 스토리텔링의 한 대목을 인용했다. 그런 글을 읽으면 파출소의 풍경, 파출소에 잡혀 있는 주인공의 모습, 헐레벌떡 뛰어온 부모님의 표정, 경찰관들의 따분한 행동들 등이 머리에 떠오른다. 우리는 글을 읽음과 동시에 머릿속으로는 영상을 만들어 낸다. 머리에서 만들어진 영상은 결국 마음의 스크린에 동영상을 띄운다. 우리는 눈으로 읽고 이해한 상황을 자신도 모르게 영상으로 만들어 받아들인다. 우리가 머리로, 또는 마음에 만들어 낸 영상을 '이미지(image)'라고 한다.

최근 영화 「도가니」나 「부러진 화살」이 화제가 되자 덩달아 원작인 소설들을 찾는 독자가 늘었다는 소식이다. 두 작품 다 소설을 영화로 각색했다. 그런데 영상으로 만들어진 작품을 감상했으면 되었지, 왜 원작인 소설을 찾아 읽으려고 하는 것일까?

일본의 추리소설 작가 히가시노 게이고는 우리나라에서도 인기가 높다. 그의 소설들은 상당수 영화로 각색되었는데, 「용의자 X의 헌신」이나 「호숫가 살인 사건」 등의 영화를 본 관객들은 대체로 소설이 더 재미있다는 반응을 보인다. 히가시노 게이고의 소설을 우리나라에서 영화로 만든 「백야행」은 꽤 잘 만들어진 작품이다. 그럼에도 영화를 감상하고 나면 원작 소설을 찾게 된다.

소설과 영화에 쓰인 스토리텔링은 같다. 그럼에도 불구하고 소설의 흥미도가 강한 이유는 상상력을 더 강하게 작동시키기 때문이다. 영상을 직접 보여주는 영화보다 스토리텔링 자체의 영상을 이용하는 소설이 긴장감을 더 많이 준다고 볼 수 있다.

'움직이는 사진'을 처음 발명했을 때, 그 충격적인 기술을 가지고 무엇을 할 것인지 몰랐다. 첫 동영상은 역에 기차가 들어오는 장면이었다고 한다. 그 화면을 보고 있던 사람들이 기차가 자기를 덮칠까봐 놀라서 도망갔다는 일화가 있다. 그렇게 놀라운 기술도 실제로는 아무 쓸모가 없었다. 영화가 상업적 가치를 가진 것은 동영상으로 스토리텔링을 전달하면서부터였다. 그런데 그 영상으로 이야기하는 틀은 이미 소설가들이 소설에서 시도했던 것이었다. 소설은 글자로 이루어졌지만 소설의 내용은 독자들의 마음에 영상을 투시했다.

영상을 만들어 내는 것은 스토리텔링의 고유한 기능이다. 인물의 움직임과 인물이 움직이는 시공간의 배경, 인물이 움직여서 만들어 내는 변화들은 모두 영상으로 바뀌어 우리에게 다가온다.

스토리텔링 이미지로 반성하기

스토리텔링을 통해 자신을 들여다보는 일은 이미지로도 가능하다. 이미지는 병렬적이 아니라 통합적으로 사유할 수 있는 수단이다. 소설에서 어느 인물의 얼굴을 묘사하려면 눈은 어떻게 생겼고, 코는 어떠하며, 입술은 어떠하다는 식으로 병렬적으로 나열할 수밖에 없다. 그러나 영화로 그 인물의 얼굴을 볼 때에는 눈, 코, 입을 차례대로 보지 않고 한꺼번에 본다. 이것이 바로 영상을 통합적으로 받아들이는 것이다.

스토리텔링을 만드는 과정에서 자신이 원하는 것, 싫어하는 것, 좋아하는 것, 괴로워하는 것들을 자동적으로 이미지로 바꾸게 된다. 영상은 통합적으로 보여주니까, 영상화로 전환하면서 자기의 내면을 명확하게, 무엇보다 '한눈에' 종합적으로 볼 수 있는 길이 열린다.

그래서 스토리텔링의 이미지화는 스토리텔링을 통해 자기 자신을 종합적으로 반성하게 한다. 이는 이미지의 기능을 더 적극적으로 자기 변화에 활용할 수 있음을 암시한다. 마찬가지로 학습에서도 종합적으로 판단하고 이해해야 할 내용을 스토리텔링으로 공부하면 스토리텔링의 이미지 작용 때문에 더 쉽게 학습할 수 있다.

7. 스토리텔링에 담긴
누군가의 목소리

서술자의 목소리

스토리텔링은 '이야기(스토리)'를 '나누는(텔링)'하는 것이라 누차 말했다. 그러므로 자연히 이야기를 말해주는 사람과 이야기를 듣는 사람이 있어야 한다. 소설에서는 이야기해주는 사람을 '서술자'라 부른다. 영화에서 서술자는 카메라가 담당하지만 때로는 영화 텍스트 안에 서술자가 있는 경우도 있다. 그러나 대부분의 스토리텔링 상황에서는 이야기를 하는 사람과 듣는 사람이 노출되지 않는다.

직접 이야기를 하지는 않지만, 우리는 이야기하는 사람의 목소리를 느낄 수 있다. 목소리를 들을 수 없는데도 불구하고 이야기의 형식에 따라 목소리의 톤이나 어조, 어감 등을 어렴풋이 느끼게 된다.

영국인 리처드 F. 버턴이 「아라비안 나이트」를 번역하여 소개했는데, 가장 원본과 가깝게 번역한 것으로 알려져 있다. 버턴 판 「아라비안 나이트」의 첫 부분은 다음과 같이 시작한다.

> 우리보다 먼저 세상을 떠난 사람들의 행위나 말은 현세 사람들의 좋은 거울이 되고, 평판 좋은 본보기가 되는 법이다. 그러므로 다른 사람들이 겪은 온갖 사건을 남김없이 보고 그렇게 함으로써 교훈을 얻을 수 있고, 또 옛날 사람들의 연대기를 자세히 읽고 그 사람들에게 일어났던 온갖 이야기를 남김없이 앎으로써 그것을 스스로의 교훈으로 삼아 행동을 삼갈 수도 있는 것이다. 그러므로 옛 역사를 만들어 현세의 교훈으로 삼게 하신 신을 찬양할 것일지어다!
>
> 아득한 옛날, 인도와 중국의 섬들을 다스리는 사산 왕조의 왕 중 왕인 대왕이 많은 군사와 노비를 거느리고 살고 있었다. 왕은 단 두 왕자를 남기고 세상을 떠났는데, …(후략)…

이 이야기를 이야기하고 있는 사람은 이야기의 교훈적 기능을 강조하고 있다. 뭔가 가르침을 남기기 위해 이야기한다는 자신의 주장을 앞세

왔다. 이후에 전개할 이야기들은 환상적이고 풍속적인 것임에도 그런 전제를 미리 해 두고 있다. 어쩌면 내용이 통속적이었기 때문에 오히려 그런 엄숙한 전제가 필요했는지도 모른다. 어쨌든 우리는 이야기하는 사람의 입장이나 태도, 목소리의 분위기를 인용한 글에서 대충 느낄 수 있다.

다음은 「아라비안 나이트」를 어린이용으로 편집한 책의 첫 부분이다.

> 옛날 페르시아에 카심과 알리바바 형제가 살고 있었습니다. 형 카심은 부자였고, 동생 알리바바는 가난했지요. 알리바바는 나무를 시장에 내다 팔며 살아야 했습니다.

위의 어투는 어른이 어린이들에게 구연하는 느낌을 갖게 한다. '~했습니다, ~했지요.' 식의 어법을 보면 알 수 있다. 이야기도 간략하게 정리하여 전달한다. 어린이용이기 때문이다.

위의 두 인용문을 비교해보면 스토리텔링의 언어는 이야기의 목적에 따라 달라짐을 간파할 수 있다.

자기 문제의 해답 찾기

앞의 버턴 판의 번역본 인용문에서 서술자(이야기하는 사람)는 스토리텔링에 대한 자기 생각을 펼쳤다. 옛 사람들의 행적이 현세 사람들에게 본보기가 되고, 그들이 겪은 사건은 교훈을 주며, 옛 사람들의 연대기와 이야기들은 윤리적 잣대가 된다고 말한다. 스토리텔링에 숨어 있는 이야기하는 사람의 관점이나 의식은 이처럼 대체로 도덕적이고 윤리적이다.

이야기를 애써 만드는 사람이라면 아무렇게나 이야기를 전하려고 하지 않는다. 이야기를 통해서 뭔가 자신의 목적을 관철해야 하기 때문이다. 스토리텔링 자체가 삶에 대한 여러 해석과 관심을 드러내는 것이므로 이야기하는 사람의 태도나 목소리는 자연스럽게 반성하고 성찰하는 모습을 지니게 된다.

작가는 자신이 경험한 것을 바탕으로 자기 이야기를 하게 되지만, 이야기를 구성하고 전개하는 과정에서 스스로 또 다른 자기 자신의 문제를 발견한다. 자신의 문제에 대한 해답을 저절로 찾게 되기도 한다. 이야기가 지닌 역사성과 사회성은 이야기 스스로 모든 답을 찾아낼 수 있는 힘을 축적해 두었다. 그러므로 학생들이 스토리텔링을 만드는 일은 자기 자신의 문제점과 그 문제점에 대한 해답을 찾는 지름길이다.

이미지와 언어

종합적으로 자신의 주변을 보게 하는 이미지(심상) 기능과 자기 행동이나 경험을 반성하고 성찰하게 하는 언어의 기능은 서로 조화를 이루면 훌륭한 인생 길잡이 역할을 할 수 있다.

　무엇보다 중요한 것은 자신을 객관적으로 보게 한다는 점이다. 그냥 친구들에게 편하게 말을 하면 자기 변명을 많이 늘어놓게 된다. 선생님에게 쓰는 반성문, 심지어 혼자서 보기 위해 쓰는 일기문조차 우리는 남에게 보이기 위해 쓴다. 자기 위안을 많이 넣고, 반성할 내용은 형식적인 문장으로 포장한다.

　그러나 글로 스토리텔링을 창작해 만들면, 자기의 내면을 허구적 인물로 꾸미게 되고, 사건들의 원인, 결과를 객관적인 눈으로 볼 수 있다. 다른 사람의 시각 역시 개관적인 눈으로 그릴 수 있다. 이야기를 끌어가는 언어와 이미지는 그런 결과를 성찰할 수 있는 도구이다. 그래서 스토리텔링은 자기 발견의 훌륭한 거울이 된다고 한 것이다.

8. 스토리텔링은 '나'를 찾는 최고의 도구

나에게서 시작하라

김려령 작가의 소설 「완득이」는 이미 영화로 만들기 전에도 많은 청소년들로부터 사랑을 받았던 작품이다. 다음은 작품의 초반부 일부이다.

> 나를 아는 몇몇 사람들은 나를 싸움꾼이라고 한다. 분명히 말하지만 나는 싸움꾼이 아니다. 누가 나를 아는 게 싫어서 눈에 팍 띄는 싸움질은 되도록 피했다. 단지 아버지를 난쟁이라고 놀린 놈들만 두들겨 팼다. 아버지

를 사랑한다는 낯간지러운 이유로 팬 건 아니다. 쪽팔리고 열 받아서 팼다. 진짜 난쟁이인 아버지를 놀렸든, 그 핑계로 나를 놀렸든.

"무슨 놈의 학교가 아무나 야자야. 될 놈들만 따로 시키던가. 아, 피곤하네. 대충 하고 잘 사람은 자라. 종례 필요 없으니까 시간 되면 알아서들 가고."

똥주는 머리를 긁으며 교실을 나갔다.

나도 똥주와 약간의 시간 차를 두고 교실을 나왔다. …(중략)…

아버지는 마치 의상 박스와 말하는 것처럼 박스를 툭툭치며 말했다. 아버지는, '너는 나처럼 살지 마라'라고 말하고 싶었을 게다. 그러니 '소설을 열심히 써라'라는 말도 덧붙이고 싶었으리라. 99

초반부에서는 주인공 완득이의 장애물과 목표에 대한 정보가 제공되었다. 이 부분은 추후 완득이에게 발생하는 여러 사건들을 이해하는 기반이 된다. 눈여겨볼 것은 서술자의 자기 고백이다. 서술자는 스토리텔링의 출발을 자기 이야기에서 시작한다.

1인칭 서술이어서 그런 것은 아니다. 3인칭 서술도 마찬가지다. 주인공의 정보를 알려주는 일은 스토리텔링의 발단 부분에서 해결해야 한다. 서술자 완득이는 주인공 완득이를 객관적으로 보면서 싸움꾼이라고 고백한다. 이런 표현 방법은 자기발견을 통한 성찰을 담아내기에 알맞다.

이제 여러분이 스토리텔링을 만들 때 기술적으로 기억해야 할 첫째는 바로 '자기에게서 시작하라'는 것이다. 물론 솔직해야 한다.

고정관념에서 벗어나라

　스토리텔링을 통해 사기를 발견하려면 근본적으로 자신을 숨기고 있는 고정관념의 틀에서 벗어나야 한다. 「완득이」의 선생님 똥주는 제멋대로이다. 학생들의 자율학습에도 그다지 관심이 없다. 이 사람이 무슨 교사인가 싶다.

　그러나 이야기가 진행되자, 제자에 대한 깊은 사랑을 안은 교사임이 밝혀진다. 더욱이 편법으로 부자가 된 아버지에 대한 비판 의식으로 시골학교에 부임했다는 사실도 밝혀진다. 또 사회의 소수이자 약자인 사람들에 대한 인간애도 지니고 있다. 이를 통해 우리가 지닌 교사들에 대한 고정관념을 깨뜨린다.

　인물에 대해서도 환경에 대해서도 사건에 대해서도, 자꾸 새로운 시각으로 보려고 하는 노력은 젊은이들에게 특별히 요구되는 사항이다.

체계적으로 생각하라

　스토리텔링의 주제는 작품 전체를 종합해야 알 수 있다. 부분적인 인물 대사나 사건 처리만 놓고 섣불리 판단하면 단편적이고 일회적인 시각에 머물게 된다. 스토리텔링을 창작하는 입장에서도 인물과 사건과 배경, 스토리를 전달하는 서술자의 입장을 종합적, 체계적으로 고려해야 한다.

인물의 성격에 따라 인물의 행동이 달라지고, 인물의 행동에 따라 사건의 방향이 결정된다. 사건의 결합은 전체적인 갈등을 드러내며, 갈등은 주제 결정의 재료가 된다. 이처럼 스토리텔링에서는 모든 요소들이 서로 결합되어 있다. 이 결합의 체계가 생각을 흘러가게 한다. 그러므로 자신의 문제를 스토리텔링으로 만들어 보면 자신의 문제를 종합적, 체계적으로 생각해볼 수 있는 기회를 갖게 될 것이다.

논리적으로 판단하라

앞에서 스토리텔링의 이야기 결합 구조를 '플롯'이라 한다고 했다. 또 플롯은 인과관계라는 논리가 중요하다고 했다. 모든 일에는 원인과 결과가 있다. 어떤 일은 그 원인을 우리가 알지 못할 수 있다. 흔히 우리가 우연히 일어났다고 하는 일들이다. 우연히 일어났기 때문에 원인 따위가 있을리 없다. 그러나 원인이 없는 것이 아니라 우리가 알지 못할 뿐이다. 그렇게 생각하면 우리의 삶에서 모든 사건은 인과관계를 가진다.

일단 스토리텔링에서는 우연은 없다고 생각하라. 모든 일에는 원인과 결과가 있다고 보고, 사건을 구성할 때 그 인과관계를 논리적으로 만들어 보아야 한다. 그렇게 하다 보면, 자신이 알지 못하던 원리나 원인을 알아차리게 되는 경우도 있다. 그것이 바로 우리가 삶에서 찾는 삶의 원리

에 대한 발견이다. 스토리텔링에서는 모든 사건의 발생과 전개, 결말을
논리적으로 생각하자.

'왜?'라고 물어야 결말을 얻을 수 있다

스토리텔링의 궁극적 목적은 자신이 하고 싶은 말을 던지는 것이라고
했다. 그것이 '주제'다. 주제는 자신이 정말 관심을 갖거나 궁금해 하는
문제들이다. 그런 문제에 대한 자기의식, 즉 문제의식이 있을 때, 특히 자
기 자신에게 문제의식을 가질 때, 우리는 발전할 수 있다.

주제는 '왜?' 라고 물어야 답이 나온다. 자신이 관심을 갖는 모든 문제
들에 대해서 '왜?' 라고 묻고 그에 대한 자기 답을 찾아본다. 그것이 스토
리텔링의 결말을 구성한다. 그리고 그 '왜?'라는 자기 질문에 대한 자기
답이 자기 문제의 해결책이기도 하다.

1 자신이 좋아하는 소설이나 영화, 만화, 드라마 중 하나를 선택해 보자. 그런 다음, 자신이 그 작품을 좋아하게 된 이유를 찾아보자. 특히 주인공과 자신을 대비해보고 얼마나 닮았는지, 아니면 얼마나 반대인지 생각해보자.

2 '내가 가장 슬펐을 때'라는 제목으로 수필을 써 보자. 될 수 있는 대로 스토리텔링이 들어가도록 하라. 만약 실제 경험에서 슬픈 일이 떠오르지 않으면 만약이라는 가정으로 상황을 만들어 보라.

3 자신이 꾼 꿈 중 가장 기억에 남는 것을 이야기로 꾸며보자.

4부
꿈을 이루는 공부 습관, 스토리텔링 공부법

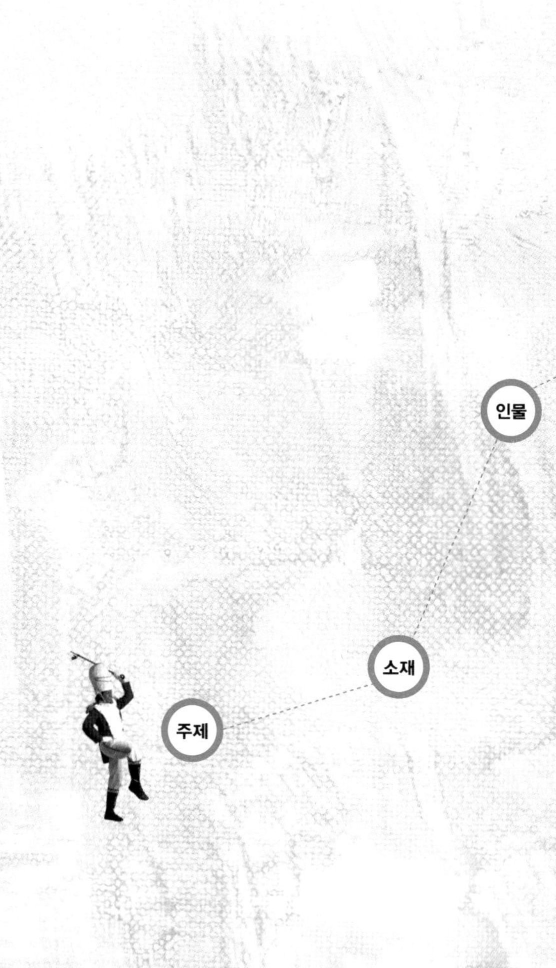

인물
소재
주제

1. 스토리텔링과 공부법, 두 마리 토끼를 잡아라

「뿌리 깊은 나무」

텔레비전 드라마 「뿌리 깊은 나무」의 시청률이 꽤 높았다고 한다. 세종의 「훈민정음」 반포에 얽힌 권력 다툼의 이야기를 흥미롭게 그려내었기 때문이다. 물론 '밀본'이라는 조직이나 '가리온' 같은 인물은 실제로 존재하지 않았다. 그럼에도 불구하고 당시의 상황을 긴박하면서도 흥미롭게 상상해서 재미를 더하였다. 그렇다면 드라마 「뿌리 깊은 나무」는 우리나라 역사, 특히 훈민정음 창제에 대한 학습에 얼마나 도움이 될까? 이 드라마를 교재로 삼아 역사 공부를 한다면 진실을 공부하는 것일까,

허구를 공부하는 것일까?

　다음 두 글을 비교해보자.

　(b) 지금까지 우리들은 한글이 세종대왕의 명령을 받은 집현전 학자들이 만들었다고 배웠어요. 그런데 역사 스페셜에서는 집현전 학자들이 한글을 만들지 않았다고 주장했어요.

　집현전 학자들이 아니라면 과연 누가 한글을 만들었을까요? 놀랍게도 세종 혼자서 10여 년에 걸쳐 만들었다는 거예요.

　세종은 한쪽 눈이 짓무를 때까지 쉬지 않고 연구를 계속했으며, 신하들 중 누구도 이 사실을 몰랐다는 주장이지요.

…(중략)…

　이 주장은 매우 흥미롭고 설득력이 있지만 역사적 진실은 그 누구도 알 수 없어요. 기록에 남아 있는 사실이 적기 때문이지요. 여러분들이 한번 관심을 갖고 진실을 파헤쳐보면 재미있지 않을까요? (송영심, 실록 밖으로 나온 세종의 비밀일기, 가나출판사, 2008, 144~145쪽.)

　(c) 사실 훈민정음 창제에 대해서는 전하는 기록이 거의 없다. 세종 최대의 업적이면서 우리 역사에서 매우 중요한 사건임에도 불구하고 언제부터 만들기 시작했는지, 구체적인 창제 동기가 무엇인지, 어떤 과정을 거쳐 만들어졌는지 전해지지 않는다. 심지어 세종 단독 작품인지 집현전 학자들과

의 공동 작업인지에 대해서도 논쟁이 계속되고 있다. 엄청난 반대를 예상한 세종이 비밀리에 작업한 일이기에 그럴 것이다. (네이버 백과사전)

글 (b)는 역사적 사실을 전달하되, 스토리텔링을 가미하였다. 세종이 쓴 비밀일기가 있다는 가정을 세우고, 그 일기 내용을 통해 역사적 사실을 알게 하였다. 반면에 글 (c)는 무미하게 역사적 사실을 사실 그대로 기술하였다. 여기에는 스토리텔링이 포함되어 있지 않다. 두 글을 비교해볼 때 어느 쪽이 더 마음으로 받아들일 수 있을까? 대부분 (b)라고 대답할 것이다.

그렇다면 (a) 소설, 또는 드라마 「뿌리 깊은 나무」, (b) 「실록 밖으로 나온 세종의 비밀일기」, (c) 백과사전의 셋을 비교하면 어떨까? 허구 요소는 (a)가 가장 많다. 사실 부분은 (c)가 가장 많다. 더 흥미롭게, 더 감동적으로 접근할 수 있는 텍스트는 (a) > (b) > (c)순이다.

허구화가 많은 순서와 흥미도가 높은 순서, 또는 집중적으로 접근할 수 있는 순서 등은 동일하다. 스토리텔링이 들어 있는 텍스트가 더 재미있는 것은 당연하다. 그런데 허구적 스토리텔링이 많이 들어 있을 때 학습 자료로서의 가치는 높지 않을 듯하다. 학습은 사실이 중요하기 때문이다.

그런데 세 글을 비교해보면 실제로 글 (c)에서 학생들이 배울 내용은 별로 없다. 아마 (a)가 역사적 사실과는 별개로 훨씬 많은 생각거리를 제공할 것이다. 여기서 허구적 스토리텔링이 교육 자료로서 과연 자격이 있는지에 대해 생각해볼 필요가 생긴다.

허구적 스토리텔링, 그리고 진실과 사실

우리는 앞에서 허구가 갖는 진실에 대해 알아보았다. 허구란 거짓을 말하는 것이 아니라 진실을 드러내기 위한 장치이다. 스토리텔링의 내용에 사실과 부합하지 않는 부분이 있더라도 학생들이 그 내용을 잘 판단하고 주체성 있게 판단한다면 학습에 많은 도움이 될 것이다.

드라마 「뿌리 깊은 나무」는 훈민정음의 창제와 반포 과정에 대해 많은 역사적 사실을 알려주거나, 숨은 진실을 암시하고 있다. 드라마의 인물과 사건을 무조건 사실로 받아들이는 진짜 바보 시청자가 아니라면, 교과서에서 읽었던 것보다 훨씬 생생하게 당시의 상황을 생각할 수 있다. 상상력을 바르게 작동시킨다는 것이 전제된다면 말이다.

드라마는 훈민정음의 발음과 표기의 관계에 대한 세종의 고뇌 과정, 당시 집현전의 역할, 훈민정음이 일반 백성에게 미친 영향 등을 새롭게 추정하거나 판단해볼 수 있는 근거를 제공했다. 다만 드라마는 드라마일 뿐이므로 숱한 허구적 요소들과 미흡한 재현의 문제는 비판적으로 걸러야 한다. 결국 허구적 스토리텔링을 비판적으로 읽을 수 있다면, 학습에 많은 도움을 받을 수 있다.

스토리텔링의 교육적 활용

스토리텔링을 교육이나 학습에 활용하는 방법은 크게 세 가지 방향에서 생각해볼 수 있다.

첫째, 이미 우리가 잘 아는 기존의 스토리텔링을 공부에 적용하는 방법

둘째, 선생님들께서 적합한 스토리텔링을 만들어 공부하도록 도와주는 방법

셋째, 자신이 스토리텔링을 만들어 스스로 학습에 적용하는 방법

둘째 방법은 선생님들의 몫이므로 여기서는 첫째와 셋째 방법을 중심으로 알아보자.

이솝 우화는 인간의 본성에 대한 놀라운 발견을 담고 있다. 예를 들어, '포도를 먹고 싶은 여우가 아무리 애를 써도 포도열매가 높이 있어 먹을 수 없자, 저 포도는 시어서 못 먹는 거야라며 떠났다'라는 우화는 우리가 잘 알고 있는 스토리텔링이다. 이 이야기에서 이솝은 자기 변명에

익숙한 인간의 속성 한 자락을 집어내어 우리에게 반성할 여지를 만들어준다. 이런 기존의 스토리텔링을 이용해서 삶의 방법, 윤리, 인간의 관계, 욕망의 문제 등에 대해 생각해볼 수 있다. 기존의 스토리텔링이란 신화, 전설, 민담 등의 설화와 동화, 우화, 경전 등에 있는 이야기들도 포함된다. 또는 사자성어에

얽힌 고사, 책에 적힌 역사 이야기들도 마찬가지다.

오랫동안 우리에게 전해지는 이야기들은 생명력이 길다. 그만큼 우리에게 무엇인가 주는 것이 있다. 사람의 입으로 입으로 전해진 이야기들은 그럴 만한 가치가 있기 때문이다. 따라서 기존의 스토리텔링을 잘 수집하고 정리하는 작업이 필요하다. 이를 수집하고 정리해 두면 여러 방면의 공부에 활용할 수 있다.

셋째는 자신들이 스스로 스토리텔링을 만드는 작업을 해보는 것이다. 이는 그다지 새로운 방법은 아니다. 인류가 오래 전부터 써온 방법이다. 특히 글자가 있기 전에는 무엇인가를 기록해서 오래 기억할 수 없었기 때문에 오래 기억하기 위한 방법으로 이야기를 만들었다고 한다.

무애 양주동이 쓴 「문주반생기」라는 수필집을 보면, 일본 유학생 시절에 춘원 이광수와 같은 방에서 하숙할 때 두 사람이 기억력 경쟁을 한 일화가 있다. 스무 개 정도의 사물을 아무렇게나 읽어주고 그것을 얼마나 많이 외우느냐로 경쟁을 했는데, 당시 최고의 천재라 불리던 이광수에게 양주동이 이겼다고 한다. 그때 양주동이 쓴 방법은 상대방이 아무렇게나 부르는 사물들을 의인화해서 스토리텔링을 만드는 것이었다. 물론 순간적으로 스토리텔링을 만들어 내는 양주동의 천재성도 놀랄 만하다.

다음 예는 약학을 공부하는 대학생들이 시험 준비를 위해 외운 것이다. 워낙 어려운 내용이니까, 세부적인 사항은 알려고 하지 말고 어떤 식으로 암기를 하는지만 참고하자.

일부만 설명하자면, 'KIO_3'를 '킹왕짱'으로 바꾸고, 화학적 용어인 '표정'을 얼굴 표정으로, '$Na_2S_2O_3$'를 '나서서'로 바꾸었다. 이런 식으로 이야기를 만들면 외우기도 편해지고 기억도 그냥 외우는 것보다는 오래 간직한다.

<h1 style="text-align:center">2. 우리 두뇌는 기억을
어떻게 저장할까?</h1>

단기 기억 저장소와 장기 기억 저장소

그냥 나열해서 외우는 것보다 앞의 예와 같이 스토리텔링을 만들어서 문장으로 외우면 과연 기억이 더 오래갈까? 오래 가는지는 확실히 알 수 없어도 잘 외워지는 것은 사실이다. 굳이 왜 그런지 알 필요도 없이 그냥 체험적으로 믿으면 그만이다. 그런 방법이 학습에 도움이 된다고 믿으면 그냥 그 방법을 쓰면 된다. 사실 왜 그런지 정확하게 알기도 어렵다.

여기에서는 인지과학의 도움을 받아 그 과정을 추측해보기로 한다.

인지과학에서 밝혀낸 몇 가지 사실들을 정리해보자. 사람의 머릿속에는 단기 기억 저장소(Short-Term Memory)와 장기 기억 저장소(Long-Term Memory)가 있다. 이 둘의 관계는 컴퓨터의 구조에 비유해보면 쉽게 이해할 수 있다. 컴퓨터에는 단기 기억 저장소인 램과 장기 기억 저장소인 하드가 있다. 아마 인류는 자기도 모르게 사람의 두뇌 구조를 컴퓨터에 적용해서 만들었을지도 모른다.

램 메모리는 전기가 끊어지면 저장이 되지 않고, 하드 메모리는 삭제하지 않는 한 영원히 저장된다. 사람의 기억 저장 장치도 마찬가지여서, 단기 기억 저장소(STM)는 일정한 시간이 지나면 기억이 사라지고 장기 기억 저장소(LTM) 는 한번 입력된 정보는 영원히 저장한다.

우리에게 학습할 내용이 있으면 컴퓨터가 그렇게 하듯이 먼저 단기 기억 저장소에 가지고 있다가 암기를 해서 장기 기억 저장소에 입력시킨다. 단기 기억 저장소의 메모리는 사라지고 장기 기억 저장소에는 그 메모리가 영원히 입력된다. 컴퓨터가 습득한 정보를 램이 하드에 입력시키면 영원히 저장되는 것과 같다. 물론 램은 그 정보를 저장하고 있지 않다.

기억을 저장하는 세 가지 방법

만약 남이 컴퓨터에 입력하는 비밀번호를 한눈에 보고 외운다면 그것은 단기 기억 저장소에 입력시킨 것이다. 그 정보는 금세 잊어 버릴 것이다. 단기 기억 저장소가 한 번에 입력할 수 있는 메모리의 양은 단어나 숫자로 치면 7개 정도라고 한다. 인지과학자들이 숫자 7의 마법이라고 부르는 것이다. 7개를 넘어가면 외우지 못한다고 한다. 아마 내 비밀번호를 남이 엿보게 하지 않으려면 영어와 숫자의 조합으로 8자 이상을 만들어야 할 것 같다. 실험 결과 사람들은 보통 영어 단어는 5개까지, 이진법 수(0,1로만 나열된)는 9개까지 기억했다.

그런데 논리로 결합할 수 있으면 숫자나 단어도 9개까지 외울 수 있다고 한다. 예를 들면 나열된 영어 알파벳을 외울 때, 'FBI', 'SCI', 'AIDS' 같이 알파벳들을 결합시키면 더 많이 외울 수 있다. 이 결합은 마음대로 만드는 것이 아니라 익숙해서 논리적으로 파악되는 정보 처리이다.

단기 기억 저장소에서 장기 기억 저장소로 입력시켜서 영원히 기억으로 간직하려면 어떻게 해야 할까? 암송, 코드화, 이미지(심상)라는 세 방법이 있다.

암송은 노래 부르듯 반복해서 외운다는 뜻이다. 가장 일반적인 입력 방법이다. 학생들이 수학 공식이나 원소표를 외우기 위해 계속 반복하여 중얼거리는 것이 암송이다. 아예 노래로 만들어 외울 수도 있다. 「사운드 오브 뮤직」의 '도레미송'은 노래로 외우게 하는 전형적 사례이다.

코드화란 기호로 만들어 입력시킨다는 뜻이다. 신호등의 붉은 색은 정지하라는 의미의 기호이다. 금지의 코드가 붉은색이다. 때로는 문장을 만들 수도 있다. 예를 들어 앞에서 소개한 것처럼 높은 음자리 5음 E, G, B, D, F를 암기하기 위해 'Every Good Boy Does Fine'이라는 문장을 외우면, 알파벳 하나하나를 외우는 것보다 훨씬 쉽게 외울 수 있다. 이순신이란 이름을 외울 때 이쑤시개를 입력해 두면 이쑤시개를 볼 때마다 이순신이 떠오르게 된다.

이미지(심상)는 마음속에 만들어진 영상을 뜻한다. 입력해야 할 정보를 영상으로 전환하여 입력시키면 입력이 잘 되고 오래 기억된다. 세 가지 방법 중에서 가장 기억이 잘 되는 방법은 이미지를 이용하는 것이다. 만약 두 사물을 짝지어 외워야 한다면 두 사물을 연결 짓는 영상을 만들어 입력시키면 된다. 예를 들어 기차와 모자를 짝지어 외워야 한다면 기차가 기관차의 위에 모자를 씌우고 철로를 달리는 모습을 상상하면 된다. 아무래도 영상을 잘 만들 수 있는 단어나 항목이 기억에 용의할 것이다. 영상을 잘 만들 수 있는 것을 '심상가가 크다' 고 말한다.

- **심상가가 큰 단어 – 고구마, 너구리, 옷, 호텔, …**
- **심상가가 작은 단어 – 노력, 의지, 본질, 상황, …**

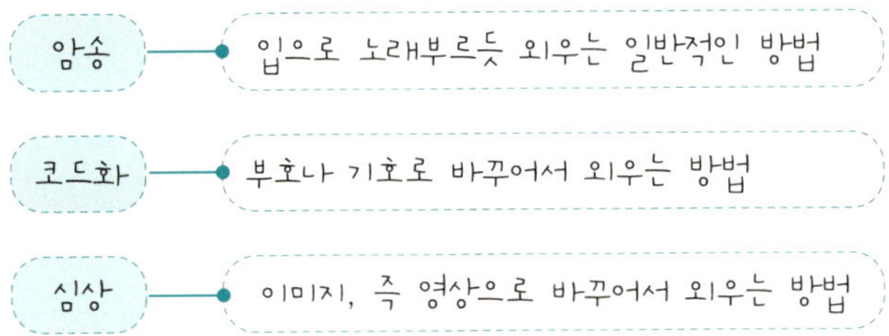

기억의 꺼냄

장기 기억 저장소에 일단 저장되면 영원히 없어지지 않는다고 했는데, 우리는 왜 기억을 못하는 것일까? 정오각형의 넓이를 내는 공식을 분명히 외웠는데, 시험을 치면 기억이 나지 않는다. 자신이 외웠으면 입력된 것인데, 정작 써야 할 때는 기억이 나지 않는 것이다.

기억을 입력하면 영원히 저장하지만, 저장만 해 두면 아무 소용이 없다. 인출을 할 수 있어야 한다. 은행에 돈을 아무리 많이 저축해 두어도 인출해 찾아 쓸 수 없으면 아무 쓸모가 없듯이, 장기 기억 저장소에서 기억을 인출할 수 있어야 한다.

기억의 꺼냄(인출)이란, 입력할 때와 역순으로 일단 단기 기억 저장소로 가지고 나와서 필요에 따라 사용하는 것을 말한다. 단기 기억 저장소는 다른 기억들이 들어오면 이전에 인출한 것들을 밀어내 버린다. 5~9개만 유지할 수 있기 때문이다. 우리가 기억을 하지 못하는 것은 이 인출을 못하기 때문이다.

인출이 잘되지 않는 이유는 여러 가지가 있다. 가장 많은 경우는 간섭을 받는 경우다. 입력하거나 인출할 때 다른 정보 때문에 간섭을 받으면 제대로 인출할 수 없다. 영어 단어를 외우면서 컴퓨터 게임을 생각하고 있으면, 컴퓨터 게임의 기억이 간섭하여 영어 단어가 제대로 저장되거나 인출되지 못하게 한다. 때로는 메모리가 붕괴되거나 상실되어 기억을 잃을 수 있는데, 이런 경우보다 간섭으로 인한 경우가 훨씬 많다.

간섭에는 '전진적 간섭'과 '후진적 간섭'이 있다. 전진적 간섭은 새로운 것을 외우면 이미 기억된 것 때문에 새 것이 단기 기억 저장소에 들어오지 못하는 경우이다. 후진적 간섭은 새로 무엇인가를 기억하면 그게 간섭하여 이전에 기억한 것을 잊게 만드는 경우이다. 어느 과학자는 사람들에게 정치 뉴스와 스포츠 뉴스를 네 개씩 들려주고 1분 후에 얼마나 기억하는지를 실험했다. 한 번은 정치 뉴스만 계속 들려준 다음, 스포츠 뉴스를 계속 들려주었다. 또 한 번은 정치 뉴스와 스포츠 뉴스를 교대로 들려주었다. 실험 결과, 교대로 들려준 케이스에서는 기억력이 떨어졌다. 정치 뉴스와 스포츠 뉴스가 서로 간섭을 했기 때문이다.

서로 간섭할 수 있는 과목들은 같은 날이나 같은 시간대에 공부하지 않는 것이 좋다. 다른 시간대에 공부하면 서로 간섭이 적게 일어나 훨씬 잘 기억한다. 공부를 할 때 다른 작업을 같이 하는 것 역시 바람직하지 않다. 공부의 순서를 잘 정하는 일은 간섭을 줄인다는 점에서 중요한 전략이 된다.

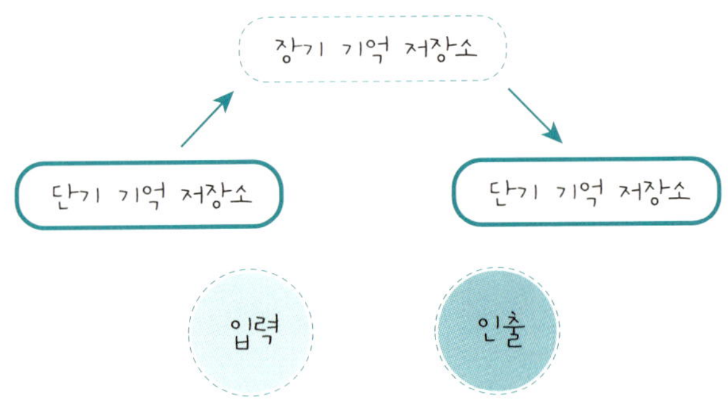

3. 기억력을 높이는 스토리텔링 프로그래밍

기억력의 증진하려면

그렇다면 어떻게 기억을 잘할 수 있을까? 기억을 방해하는 원인들에 대한 대책을 세우면 될 것이다. 앞에서 살펴본 내용을 바탕으로 기억의 장애 요인들을 정리해보면 다음과 같다.

1. 단기 기억 저장소는 정보 처리 능력에 한계가 있기 때문에 많은 양을 기억하지 못한다.

2. 장기 기억 저장소에 입력된 정보는 붕괴, 상실되는 경우가 있다.

3. 대부분 경우 장기 기억 저장소에서 정보끼리의 간섭 때문에 인출하는 데
에 실패한다.

대부분의 사람들은 기억 저장 방법 3가지 중 암기로만 외우려고 하는
데, 코드화를 이용하거나 이미지를 만들어 기억하는 것이 훨씬 효율적
이다. 이러한 문제들을 고려해서 과학자들이 찾아낸 기억력 증진법들이
있는데 과연 모두 다 효과가 있는지는 확실하지 않지만 소개하자면 다
음과 같다.

첫째, 기억의 입력 단계에서 입력을 더 조직적으로 하는 것이다. 단기
기억 저장소의 처리 능력을 향상시키기 위한 방법으로 결합 학습을 앞
에서 예로 들었다. 단기 기억 저장소에서 묶인 단어들은 더 많이 기억할
수 있었다. 'IBM, AIG'처럼 묶어 두면 함께 외워지기 때문이다. 이를 '결
집 입력'이라고 하는데, 이들은 서로 일정한 논리로 연결되어 있다. 서로
묶인 정보들은 관계를 짓고 있어서, 이 관계가 깨지면 소용이 없다. 이를
테면 'IBM'을 'IMB'로 바꾸면 외워지지 않는다.

묶인 정보들은 그들을 묶는 세부적인 특징들을 중심으로 기억하게
된다. 미국의 어린아이가 글자를 익힐 때 'p'와 'b'를 잘 구별하지 못하곤
해서 p 옆에 방점을 하나 찍었더니 훨씬 잘 구분하더라는 실험 결과가
있다.

| b p | b p. |

사물이 가진 부분들의 관계를 지워 버리면 사람들의 형태 인식 능력이 급격히 감소한다. 예를 들어 컵을 그린 그림을 보여준 다음, 컵의 손잡이와 컵 사이를 지워 버리면 무엇을 그린 것인지 파악하기 어렵다. 우리는 한 사물이 가지고 있는 부분과 부분의 결합으로 인식한다.

둘째, 반복적으로 혹은 간헐적으로 인출하는 것이다. 장기 기억 저장소에 한 번 입력된 정보는 없어지지 않는다고 했는데, 기억 장애는 이 자료가 없어진 것이 아니라 어디에 있는지 못 찾는 경우에 해당한다. 컴퓨터에서 오랫동안 쓰지 않던 프로그램을 불러내어 데이터를 이용하고자 할 때 시간이 많이 걸리는 이치와 같다. 이를 해결하는 방법은 반복하는 것이다. 반복 학습이 공부에 도움이 된다는 것은 누구나 아는 사실이지만, 단순한 반복보다는 체계적으로, 또는 간헐적으로 정보를 인출함으로써 인출 작업에 익숙해져야 한다.

셋째, 간섭을 최소화해야 한다. 간섭을 최소화하기 위해서는 입력할 때 더 강하게 넣으면 될 것이다. 가장 좋은 방법은 심상(이미지)을 이용하는 것이다. 심상 입력이 효과적인 이유는 입력 채널이 한 개 더 있다는 것이다. 만약 호랑이라는 단어를 외울 때 호랑이 모습을 머릿속에 그려 넣으면, 호랑이라는 단어가 생각나지 않더라도 호랑이 이미자가 입력되어 있기 때문에 호랑이 사진만 보면 기억해낼 수 있다. 얼룩말을 동물원에서 한 번도 본 적이 없어도 우리는 얼룩말의 심상을 기억하고 있다. '얼룩말'이라는 언어 기호와 얼룩말 영상은 서로 독립된 부호이다. 그래서 따로 입력되어 있는데, 하나를 인출하면 자동으로 다른 하나의 인출이 가능해진다. 서로 관계를 맺고 있기 때문이다.

장기 기억 저장소에서 정보를 꺼내는 데에도 기억의 간섭을 최소화하려는 노력이 필요하다. 단기 기억 저장소는 많은 정보를 기억하게 하면 처음 입력된 것과 맨 나중에 입력된 것을 더 잘 기억한다고 한다. 이를 초두 효과, 최신 효과라고도 하는데, 중간에 입력된 기억들이 빨리 소실되는 것은 간섭이 많았기 때문일 것이다.

학 습 기 법

앞에서 기억의 입력, 인출을 용이하게 하기 위해 결합, 반복, 심상의 방법적 가능성을 설명했다. 인지과학에서 연구한 내용은 훨씬 많고 복잡하지만 가장 기본적인 내용만 소개했다. 학습 능력을 높이기 위해서 이러한 방법들을 동원해서 기억력 증진 프로그램을 만들 수 있으면 좋을 것이다. 만약 우리가 정보를 인출하는 데에 어려움을 겪고 있다면, 단편적인 지식을 인출하려고 할 것이 아니라 프로그램을 만들어 정보들을 결합시켜 놓으면 인출하는 데에 편리할 것이기 때문이다. 예를 몇 가지만 들어 보자.

핵심 단어법 또는 열쇠 낱말법이라는 학습 기법은 많이 들어보았을 것이다. 핵심이 되는 단어 하나를 통해 다른 단어들을 연결 지어 외우는 방법이다. 한자 수(水)를 알면 이 단어를 핵심으로 삼아 물과 관련 있는 다른 단어들을 외우기 쉽다. 강(江), 하(河, 하천), 해(海, 바다), 호(湖, 호수)… 한자는 상형문자여서 물이라는 심상이 늘 따라 다닌다. 마찬가지로 영어 공부에서 핵심 되는 단어 하나를 알면 그와 연결되는 다른 단어들도 심상을 통해 뜻을 파악할 수 있다.

필자는 어려서부터 'ㅓ'와 'ㅡ'의 발음을 구별하지 못했다. '성환'이란 사촌 동생을 늘 '승환'이라 불렀다. 잘 못 발음을 할 때마다. 어머님은 '어머니의 어'를 발음해보라고 하셨다. 어머니는 'ㅓ'를 가진 단어의 발음에 열쇠 구실을 한다. 이런 방법을 열쇠 낱말법이라 부른다. 단순한 예를 들었지만 훨씬 다양하게 학습에 적용할 수 있는 방법이다.

영어 학습에서 're'에 되돌린다는 의미가 있음을 안다면, 'react', 'repay', 'replace' 등의 단어는 절로 뜻을 알게 된다. 이러한 경우도 이에 해당할 수 있다. 그러나 앳킨슨(Atkinson, R. C.)이라는 학자가 핵심 단어법을 주창했을 때에는 기억해야 할 학습 내용과 유사한 발음이나 같은 발음을 이용해서 학습 효과를 높이는 것을 의미했다.

장소법은 오래 전부터 활용된 방법이다. 기록에는 고대 그리스에도 이 방법이 쓰였다고 한다. 장소법은 공간을 기준으로 자신이 기억해야 할 내용을 입력시키고 그에 맞추어 인출시키는 전략이다. 만약 여러 항목들을 기억해야 할 경우, 자신이 잘 알고 있는 건물(자기가 사는 아파트, 학교,

주민센터 등)을 상상하고 각각의 항목을 그 건물의 어떤 특정한 장소와 연결 짓는 심상을 만들면 된다. 그 다음, 마음속으로 그 건물을 이리저리 왔다 갔다 하면서 현관에서 한 항목, 거실 소파에서 한 항목, 부엌 식탁에서 다른 한 항목 등등을 기억해낸다.

신체 부위 결합법이라는 것도 있다. 신체 부위마다 번호를 매겨서 그 순서대로 외우는 것이다. 예를 들어 이마는 1번 코는 2번, 입술은 3번, 이런 방식으로 번호를 매긴 다음 외워야 할 것을 그 부위와 연관 지어 이미지를 만드는 것이다. 태양에서 가까운 순서로 혹성의 이름을 외워야 한다면, 수성은 1번이므로 이마와 연결을 만들고, 2번은 금성과 코를, 3번은 지구이므로 지구와 입술을 연결한다. '이수성 씨는 금요일에 코 수술을 했는데, 지금은 입술을 손대고 있다.'라는 식으로 말을 만들어서 기억을 돕는다.

태양에 가까운 혹성을 외우기 위해, "수업은 금지되었지만 화목하게 토론하며 천천히 해결책을 명확하게 만들자" 라 만든 문장이 알려져 있다. '수업'은 수성, '금지'는 금성과 지구, '화목하게'는 화성과 목성, '토론'은 토성, '천천히'는 천왕성, '해결책'은 해왕성, '명확하게'는 명왕성을 인출시키는 부호이다. 이 방법은 핵심 단어법에 해당될 수 있지만, 위처럼 신체 부위 결합법을 쓸 수도 있다.

이 밖에도 마인드맵의 원리를 이용할 수도 있고, 다양한 이미지 트레이닝 방법을 동원하기도 한다. 그러나 이런 모든 방법은 결국 우리의 기억력을 높이기 위해 어떤 프로그래밍이 필요함을 보여준다.

기억력 향상을 위한 프로그래밍

지금까지 기억력 증진에 도움이 될 만한 몇 가지 방법을 알아보았다. 이 방법들의 공통점은 하나를 단순하게 외우는 것이 아니라, 짝을 짓거나 연상을 하거나 관련된 무엇인가를 만들어서 조직화한다는 점이다. 이런 방법이 효과를 보는 이유는 정보를 쉽게 인출하도록 돕기 때문이다.

그렇다면 더 정교하게 프로그램을 만들어 정보를 입력하거나 인출하면 훨씬 낫지 않을까? 지금까지 학자들이 연구해낸 방법들은 상당히 많다. 그것을 자세하게 소개하기는 어려우므로 간단히 중요한 특징들만 뽑아보기로 하자. 가장 학자들의 실험에서 많이 연구된 것은 '심상'을 통한 방법이다. 단순하게 기계적으로 기억을 재생시킬 때보다 단어 간에 심상 연결을 하거나(모자를 쓴 기관차처럼) 생생한 심상을 이용하여 기억을 재생시킬 때 거의 3배 가까이 기억 재생률이 높다는 실험 결과가 있었다.

언어 문자보다 이미지는 훨씬 빠르게 작용하고 오래 기억하게 한다. 우리는 어느 소화제의 이름보다 '부채표'와 같은 상품의 로고를 더 잘 기억한다. 다른 나라에 여행 중일 때 도시의 중앙에 크게 세워진 간판이 우리나라 기업의 홍보물이라면 무척 반갑다. 우리 기업이 이런 외진 곳에까지 진출했구나 하는 자부심을 느낀다. 그 나라 문자를 읽을 수 없더라도 그 기업의 로고가 있으면 바로 우리나라 기업임을 알아차릴 수 있다.

또 다른 학자의 실험 결과를 보면, 단순한 문자로 기억하기보다는 억지로라도 심상을 만들어 기억하면 63% 정도 더 잘 기억할 수 있는 효과를 얻고, 사물을 보지 않고 기억하는 것보다는 사물을 보고 기억하면

85%, 잘 만들어진 시각적 심상을 통해 기억하면 90% 더 효과적이라 한다. 산에 있는 풀과 꽃의 이름을 그냥 외우면 힘들지만 실제로 그 풀과 꽃을 보면서 외우면 2배 가까이 잘 기억하게 된다는 것이다.

그런데 우리가 학습해야 할 내용들은 단순한 사물의 이름이나 숫자의 기억이 아니다. 외워야 할 내용들이 복잡한 공식이나 상황일 수 있다. 또 어떤 내용은 암기를 넘어 이해하고 판단해야 할 경우도 있다.

따라서 '펭귄을 외우기 위해 뽀로로를 떠올리면 된다'라는 식의 단순한 심상(이미지) 활용은 현실적으로 큰 도움이 되지 않는다. "수업은 금지되었지만 화목하게 토론하며 천천히 해결책을 명확하게 만들자"라는 문장이 혹성의 순서를 외우는 데 효과적이지만 우리가 학습할 내용은 이처럼 단순하지만은 않다.

그러면 더 복잡하고 다양한 학습의 내용을 처리하기 위한 방법은 무엇일까? 반복 학습과 간헐적 인출, 구조적인 이해, 이미지의 조직화 등을 해결할 수 있는 방법이 바로 스토리텔링이다. 스토리텔링 자체가 정보의 프로그래밍이다.

4. 스토리텔링으로 획득하는 네 가지
_ 기억, 감동, 정보, 삶

스토리텔링과 기억

스토리텔링과 기억은 상관관계가 있는 것일까? 최혜실 교수는 「스토리텔링, 그 매혹의 과학」이라는 책에서 스토리텔링의 역할을 다섯 가지로 정리했다. 첫째 본능적 즐거움, 둘째 기억 저장 장치, 셋째 정보 전달의 도구, 넷째 보편적 삶의 시뮬레이션, 다섯째 문제 해결의 매뉴얼이다.

먼저 눈에 띄는 것이 '기억 저장 장치'라는 말이다. 최 교수는 "문자가 없었던 아득한 옛날, 이야기는 망각으로 도망치는 지식을 필사적으로 잡아놓기 위해 인류가 개발한 기억 저장 장치이다."라고 말한다. 물론 문자가 없었을 적에는 노래나 이야기로 기억을 잡아 두고자 했을 것이다. 이때는 노래나 이야기가 모두 반복 어구를 많이 사용했다. 반복하지 않으면 잊어 버리기 때문이다.

그러면 문자를 사용하는 지금, 이야기의 기억 저장 장치로서의 기능은 사라진 것일까? 문자로 모든 기억의 망각을 대신할 수 있다면, 학습은 왜 필요할까? 지금은 문자의 시대를 거쳐 정보 통신의 시대이다. 그럼에도 여전히 스토리텔링은 기억 저장 장치의 보조 역할을 충실히 하고 있다. 다른 사람과 주고받는 감정의 나눔, 사회생활에서 해서는 안 될 실수들, 눈에 보이지 않는 욕망의 싸움 등등 문자로 기록할 수 없는 많은 정보들을 우리는 다루어야 한다. 그런 문제들을 잘 기억할 수 있는 방법이 스토리텔링이다.

기억 저장 장치 외에 나머지 네 역할에 대해서도 생각해보자. 먼저 본능적 즐거움이다. 스토리텔링은 본능적으로 즐거움을 느끼게 한다. 스토리텔링을 창작하는 쪽도 수용하는 쪽도 다 즐겁다. 재미있기 때문이다. 스토리텔링이 어떤 재미를 느끼게 하느냐는 문제 역시 어렵지만, 우리가 단순하게 친구들과 대화를 나누면서 느끼는 그런 재미를 생각해도 좋겠다. 그런데 학자들의 연구에 따르면 우리의 뇌는 즐거운 일일수록 기억하기 좋아한다고 한다.

공포의 자극적 기억은 강렬하지만 무의식의 영역에 가두어 버리고, 의식의 영역에서는 즐거운 감정과 슬픈 감정에 대한 기억은 오래 보존된다고 한다. 따라서 재미있고 감동적인 느낌과 함께 학습된 내용은 기억의 활성화에 앞장서게 된다. 그러므로 우리가 본능적으로 느끼는 즐거움을 위해 만들어진 스토리텔링도 기억의 활성화에 큰 도움을 줄 수 있다.

정보 전달의 도구라는 역할은 두 말할 것 없이 기억과 직접 연결된다. 최 교수는 북두칠성의 전설을 예로 들고 있다. 서양에서는 별자리에 관한 설화가 무척 많다. 별자리는 천문, 지리, 일기, 사냥 등 생존에 중요한 이정표였다. 별자리와 관련한 정보들은 바로 생활에 직결되는 가치 있는 메모리였다. 별자리 스토리텔링은 그러한 정보 보존과 파급의 역할을 수행했던 것이다. 스토리텔링은 예나 지금이나 정보를 공유하고, 보존하고, 전달하는 데 중요한 기능을 맡고 있다.

삶의 시뮬레이션 기능은 이야기 자체가 가지는 고유한 것이다. 시뮬레이션이란, 가상 체험을 말한다. 스토리텔링은 이야기를 통해 우리에게 가상 체험의 기회를 준다. 스토리텔링에서는 자유로운 상상력을 맘껏 펼칠 수 있기 때문에 시간과 공간을 확장시켜준다. 스토리텔링의 세계에서는 시간, 공간을 초월하는 다양한 역사적 체험, 환상적 체험을 맛볼 수 있다. 그런 측면들을 잘 활용하면 역사, 물리, 생물, 사회 등 다양한 영역의 학습에 도움이 된다.

마지막으로 문제 해결의 매뉴얼 기능이다. 문제 해결은 학습의 궁극적인 목표이다. 주도적으로 자기의 문제를 해결하는 것이 바람직한 삶의 길이고, 우리가 공부를 하는 목적이기도 하다. 이러한 점에서 스토리텔링을 통해 문제 해결의 방법을 찾을 수 있다는 것은 매우 중요한 측면이다.

스토리텔링과 감동

앞에서 스토리텔링의 여러 기능을 통해 스토리텔링이 기억이나 학습과 밀접한 관계가 있음을 알아보았다. 스토리텔링은 근본적으로 기억이나 정보 습득과 떼려야 뗄 수 없는 관계에 있다. 그러나 스토리텔링을 아무렇게나 이용해서는 원하는 효과를 얻을 수 없다.

최 교수가 구분한 다섯 가지 기능을 다시 생각해보기로 하자. 둘째 기억 저장 도구와 셋째 정보 전달 도구는 사실 비슷한 기능이다. 스토리텔링 자체가 이야기를 통해 기억을 저장하는 동시에 다른 사람에게 알려주는 행위이므로 메모리의 저장과 전달은 동시에 이루어진다. 또 삶의 시뮬레이션과 문제 해결의 도구도 서로 관련이 있는 기능이다. 삶의 여러 모습을 허구로 체험하는 이유는 우리의 삶에서 나타나는 문제를 해결하여 더 나은 삶을 추구하기 위한 것이기 때문이다. 그렇게 보면 첫째 즐거움 추구와 함께 크게 세 개의 기능으로 나누어 볼 수도 있을 것이다.

즐거움을 추구하고 나눈다는 기능을 더 생각해보자. 즐거움이 발생하는 요인은 호기심 충족이나 흥미로움, 꿈 같은 이상적 삶의 가상 체험 등이다. 그런데 그런 것들이 주는 즐거움의 궁극적인 도달점은 감동이다. 감동이란 마음이 움직인다는 뜻이다. 마음이 움직이려면 공감이 이루어져야 한다.

스토리텔링이 재미가 없다면 아무런 가치가 없다. 어떤 사실이나 교훈을 얻으려면 굳이 스토리텔링을 만들지 않아도 된다. 역사책이나 공자, 맹자 같은 윤리책, 철학책을 읽으면 될 것이다. 스토리텔링은 그런 책들과 다른 방식으로 우리로 하여금 정보에 접근하게 한다. 그 첫 조건이 재미있음, 즐거움이다. 그런데 그 즐거움이 표피적이고 일시적인 무의미한 것이 아니라 정말 삶에 도움이 되려면, 마음에서 우러나오는 깊은 감동을 주는 것이어야 한다.

스토리텔링과 정보, 삶

스토리텔링에 관한 대부분의 책들은 흔히 이야기의 힘을 증명하는 사례로 「아라비안 나이트」를 든다.

> 페르시아에 사푸리아르왕은 왕비가 불륜을 저지르는 모습을 목격하고, 아내를 처형한 뒤 여자에 대한 증오심을 갖게 되었다. 그후 왕은 날마다 처녀와 결혼을 하고 하룻밤 후에 죽인다. 그래서 나라의 모든 처녀들이 공포에 떨게 되었고 대부분 숨어 지내거나 다른 나라로 도망가 버렸다. 그때 세헤라자드라는 한 대신의 딸이 자청하여 왕비가 되었다. 세헤라자드는 결혼한 첫날 밤 왕에게 이야기를 들려주었다. 다음에 이어질 이야기가 궁금해 왕은 세헤라자드를 죽이지 못한다. 왕은 계속 이야기를 하라고 명령한다. 만약 이야기를 하지 못하면 죽을 판이다. 세헤라자드는 동생의 도움을 받아 새 이야기를 왕에게 들려준다. 그렇게 1001일의 밤마다 이야기하기는 계속되었다.

여기까지는 우리가 알고 있는 내용이다. 이야기의 재미가 주는 힘이 대단한 권력이라는 것임을 잘 보여주는 사례다. 그런데 세헤라자드가 왕에게 해준 이야기는 어떤 것일까?

「아라비안 나이트」는 이야기 모음집이다. 세헤라자드가 왕에게 해 준 이야기는 페르시아 지역의 설화들을 모은 것으로 보인다. 페르시아^(지금 이란)지역의 설화집을 중심으로 거기에 인근 지역의 설화들을 모은 것으로 추측하고 있다. 이야기들은 다양한데, 마술램프가 나오고 양탄자가 하늘을 나르는 판타지에서부터 마신들의 음모에 대처하는 지혜로움에 이르기까지 어떤 이야기들은 우리에게 익숙하고, 어떤 이야기들은 낯설기도 하다.

그런데 전체적으로 「아라비안 나이트」의 주요한 포인트는 '세헤라자드를 살린 이야기의 힘이 세다' 뿐만 아니라 '세헤라자드의 이야기가 왕을 변화시켰다'는 점이다. 세헤라자드의 스토리텔링을 통해 왕은 자신의 증오심에 대해 반성하게 되고, 사람의 가치를 새롭게 깨닫는다. 왕으로서

통치를 위해 알아야 할 많은 사항들에 대해서도 알게 된다. 스토리텔링이 왕을 교육시킨 것이다.

세헤라자드의 이야기들은 그 지역에 대한 많은 지리적 정보를 담고 있고, 왕이 기억해야 할 시시콜콜한 정보들을 서로 관계가 맺어지도록 꾸몄다. 나아가 모험, 동경, 사랑, 우정, 지혜 등 우리가 살면서 알아야 할 숱한 문제들을 마음에 심어주기도 한다. 그렇게 이야기는 궁극적으로 삶을 변화시키는 것이다.

5. 스토리텔링에
The End는 없다

「알리바바와 사십인의 도둑」

앞에서 스토리텔링이 우리에게 줄 수 있는 것들이 많음을 확인해보았다. 이제 특별히 교육이나 학습에 초점을 맞추어, 기억을 잘 할 수 있게 하는 도구, 많은 정보들을 습득할 수 있는 채널로 활용할 수 있음을 알아보도록 하자. 먼저 기억의 저장과 쓰임새 틀과 연관 지어 보기 위해 1부와 2부에서 살펴본 내용 중 학습이나 기억, 정보 처리와 관계되는 부분만 정리할 것이다.

다음은 「알리바바와 사십인의 도둑」의 마지막 부분이다.

> 마르자나의 칼이 심장에 꽂히는 순간 손님은 "억!"하고 짧은 비명을 질렀다. 그와 동시에 그는 뒤로 벌렁 나자빠졌는데, 그때는 이미 혼이 없는 몸이 되어 있었다. 정말이지 마르자나는 너무나도 정확히 손님의 심장 깊숙이 칼을 찔러 넣었던 것이다. 알리바바와 알리바바의 아들은 그 순간 그 너무나도 뜻밖의 사태에 경악에 찬 비명을 질렀다. 그런데도 마르나자는 눈 하나 깜박하지 않고 피투성이가 된 단검을 뽑아 비단 천으로 닦고 있었다.

"오! 알라 이외에 신 없고 주권 없도다! 손님을 모셔놓고 이런 끔찍한 일을 저지르다니, 대체 이게 무슨 짓이냐?"

알리바바 부자는 분노에 찬 목소리로 이렇게 소리치며 마르자나의 손에서 칼을 빼앗으려고 했다. 그들 부자는 마르자나가 미친 것이라고 생각했던 것이다. 그러한 그들에게 마르자나는 더없이 차분한 목소리로 말했다.

"오, 주인님들, 주인님들의 목숨을 노리는 도적 두목을 치도록 하기 위하여 이 연약한 처녀에게 칼을 내리신 알라를 칭송합시다. 이 사나이로 말씀드릴 것 같으면 한 달 전에 기름 장수로 변장을 하고 왔던 도적의 두목이랍니다. 친절하신 주인님이 환대의 뜻으로 제의했던 신성한 소금을 거부했던 이 사나이가 도둑의 두목인지 아닌지 우선 확인부터 해보십시오."

이렇게 말하고 난 그녀는 쓰러져 있는 시체의 가짜 수염을 뜯어내고, 소매 밑에 감추고 있던 단도를 찾아냈다. 그러나 그 무엇보다 그의 신분을 밝히는 데 결정적인 단서가 되었던 것은 그의 품에 간직하고 있던 피로 쓴 글이었다. 거기에는 다음과 같이 씌어 있었던 것이다.

"알라께 맹세코, 나는 서른 아홉 명의 내 부하들의 목숨을 앗아간 알리바바와 그의 일족을 멸종시키고 말리라!" (하일지 엮음, 「아라비안 나이트」 중에서)

「알리바바와 사십인의 도둑」은 「아라비안 나이트」에 실린 것으로 알려져 있지만 사실은 아라비아어로 된 원전에는 들어 있지 않다고 한다. 우리가 잘 알고 있는 내용이지만 그 스토리는 단순하지 않다. 위 인용문은 마지막 대목인데, 현명한 하녀 마르자나의 기지 덕에 도둑의 위해에서 벗어나 모든 문제가 해결되는 부분이다. 마르자나는 알리바바의 아들과 결혼함으로써 해피엔딩의 정석을 보여준다.

「알리바바와 사십인의 도둑」을 예로 삼아 스토리텔링의 성격을 정리해보자.

소재의 확장성

스토리텔링의 소재에는 제한이 없다. 스토리텔링은 잡식성이다. 이 세상의 모든 것, 우리가 생각할 수 있는 모든 것이 이야기의 소재가 될 수 있다. 「아라비안 나이트」에는 긴 이야기 180개에 짧은 이야기 100여 개가 들어 있다. 그 시대에 그렇게 많은 이야기를 한 권의 책에 실을 수 있다는 것은 소재의 다양성을 보여준다. 소재 중에는 요술 램프, 마신, 하늘을 나는 양탄자와 같이 환상에서 나온 것도 있고, 이국적인 것, 일상적인 것들이 섞여 있다.

「알리바바와 사십인의 도둑」만 하더라도 욕심 많은 형과 착한 아우의 갈등, 도둑들의 금화를 도둑질하기, 형의 탐욕, 주문 외우기와 주문 잊기, 충성스러운 하녀, 위장과 위장의 탄로, 하녀의 신분 상승 결혼 등 아주 많은 이야기 재료들이 동원되었다. 그래서 여러 설화들을 모아서 하나의 이야기로 결합한 작품으로 추정한다고 했다.

스토리텔링의 소재는 무한 확장이 가능하다. 이것이 학습에 스토리텔링을 적용할 수 있는 장점이다. 생물을 공부하기 위해 씨앗이 열매로 성장하는 과정을 이야기로 꾸민다고 가정해보자. 그 과정을 단순히 외우려 하는 것보다는 스토리텔링으로 꾸며서 전후의 상황을 의인법으로 그려내면 이해하는 데에 훨씬 효과적일 것이다. 이 경우 다양한 종류 식물들이 성장하는 다양한 형태를 스토리텔링으로 확장시켜 나갈 수 있다. 그런 식으로 하나의 구조를 가진 스토리텔링만 만들어도 다원적 학습으로 확장시킬 수 있다.

인물과 다른 요소의 결합

「알리바바와 사십인의 도둑」에서는 이야기의 중심 인물이 처음에 알리바바였다가 욕심 많은 형 카심으로, 지혜로운 하녀 마르자나로 넘어

간다. 인물들은 각각 자신들이 벌이는 사건, 그 사건의 배경 등 다른 요소들과 결합하여 하나의 이야기 덩어리를 이룬다. 알리바바는 우연히 도둑들의 은신처를 목격하고 금화를 꺼내가는 행운을 얻음으로써 착한 사람이 받는 보상을 이야기한다. 카심은 탐욕의 대가로 죽음을 당한다. 도둑떼들 역시 인과응보의 결말을 맞는다. 이런 식으로 각 요소들의 결합은 한 덩어리의 사건을 맺고 각각 의미를 갖게 한다.

단기 기억 저장소에서 단편적으로 기억할 수 있는 단어나 문자가 5~7개인데, 이들을 결합할 수 있으면 기억할 수 있는 숫자가 9개로 늘어난다는 실험 결과를 소개한 바 있다. 인물과 배경과 사건의 결합은 누가 왜 그런 일을 했는지를 설명하는 구조를 지니기 때문에 설득력을 강하게 지닌다. 그러므로 스토리텔링의 이야기 재료를 확장시켜 나가면서 적절하게 요소들을 결합시키는 장점을 학습에 활용하면 기억력의 한계 극복에 도움이 될 것이다.

6. 공부의 공력을 높여주는 스토리텔링

시간과 공간의 개방성

　모든 스토리텔링은 시간과 공간이 만나는 곳에서 사건을 만든다. 흔히 시간과 공간이 만나는 곳을 현실이라고 부른다. 이야기는 시간의 흐름을 전제로 삼는다. 시간이 흐르지 않으면 사건의 전개는 불가능하다. 사건의 발생은 인물의 행동으로 인해 어떤 변화가 생겼음을 뜻한다. 아무 변화가 없으면 사건이 생겼다고 말할 수 없다. 시간의 흐름에 따라 전개되는 사건의 진행은 원인과 결과를 만든다. 먼저 일어난 사건이 원인이 되고 뒤에 일어나는 사건은 결과가 된다고 했다.

그래서 사건은 '왜 이런 일이 일어나는가', 또는 '이런 일은 어떤 결과를 초래할 것인가'를 설명한다. 한편 사건의 발생 원인과 결과는 조건에 따라 달라진다. 같은 원인이라도 환경이나 조건이 달라지면 결과는 달라진다. 실험실에서 같은 원인을 제공해도 실험의 조건이 달라지면 실험 결과가 달라지듯이 우리의 삶도 마찬가지다. 아니 우리의 삶에서는 실험실에서는 예견할 수 없는 엉뚱하고 놀라운 일들이 자주 벌어진다. 그러한 삶의 조건은 공간 배경이 만든다.

결국 시간과 공간이 만나는 현실은 우리 삶의 원인과 결과를 보여주는 현장이면서, 우리가 어떤 조건에서 살고 있는지를 보여주는 거울이다. 스토리텔링은 시간과 공간을 자유롭게 조정하고 변화시키면서 이야기를 전개시킬 수 있다. 스토리텔링 안의 시간과 공간은 늘 열려 있기 때문이다.

이 점을 잘 이용하면 스토리텔링으로 학습하는 데 큰 효과를 얻을 수 있다. 시간의 변화에 따라 조건이 달라지는 문제들은 물리학, 생물학 등에서 활용할 수 있고, 역사와 사회의 제반 문제에 대한 이해를 하는 데에도 시간과 공간을 중심으로 스토리텔링을 해보면 바로 이해할 수 있게 된다.

기억 증진법에서도 장소 중심으로 기억하는 법이 있다고 앞에서 설명한 바 있다. 마찬가지로 시간 중심으로도 기억을 입력시키고 인출시킬 수 있다. 아침부터 밤까지 자신이 하는 일의 순서를 정한 다음에 거기에 맞추어 기억해야 할 내용을 스토리를 붙여 입력시키면, 나중에 그 순서에 맞게 또는 역순으로 인출할 수 있다.

정보의 집짓기

스토리텔링은 건축물과 같다. 집을 지으려면 설계도가 있어야 하고, 그에 맞추어 재료를 구입해야 하며, 설계도에 맞추어 재료를 조합해야 한다. 설계도는 구조를 만든다. 아무렇게나 벽돌, 시멘트, 나무, 모래, 유리를 쌓아 두면 집이 되지 않는다. 구조를 갖도록 필요한 재료들을 연결해야 한다. 그러면 쓸모 있는 공간이 생긴다.

마찬가지로 스토리텔링도 집짓기와 같다. 그런데 그 재료들이 기억해야 할 내용들이라면, 그 놈들을 집짓기처럼 구조가 생기도록 잘 연결하게 된다. 그래서 스토리텔링으로 기억하면 구조적으로 이해하면서, 동시에 상상력을 기르면서, 필요한 기억들을 구성하게 된다.

플롯의 인과적 논리성

포스터는 '왕이 죽었다. 왕비가 죽었다.'는 플롯이 아니라고 하고, '왕이 죽었다. 그 슬픔 때문에 왕비가 죽었다.'는 플롯이라고 정의한 바 있다. 지금 플롯을 그렇게 단순하게 보지 않지만, 포스터의 플롯 정의에는 중요한 포인트가 있다. 인과관계가 바로 그것이다. 두 예문의 차이점은 단순 나열인지, 논리적 나열인지에 달려 있다. '그 슬픔 때문에'가 들어가면서 앞의 사건은 원인이 되고 뒤의 사건은 결과가 된다. 이렇게 인과적 논리로 엮어가는 것이 플롯이다.

역사를 공부하든 수학을 공부하든, 모든 학습에서 인과적 논리로 생각하는 것은 무척 중요하다. 더욱이 기억의 입력과 인출에서는 인과적 관계를 갖도록 정보들을 관계 맺는 것이 종합적으로, 또 오래 기억할 수 있는 관건이 된다.

플롯의 반복 효과

2부에서 예로 들었듯이 「대장금」은 반복 구조를 지녔다. 반복함으로써 수용자들이 이야기 내용을 잊어 버리지 않을 뿐만 아니라, 사건의 진행을 예상하고 이야기에 친근감을 갖는다. 앞에서 기억력을 높이는 가장 좋은 방법은 인출을 반복하는 작업이라고 했다. 자주 주기적으로 기억해내는 일은 우리에게 자연스럽게 느껴진다. 반복 인출이 자동화되기 때문이다. 따라서 스토리텔링의 반복적 구조를 활용하면 학습에 도움을 받을 수 있다.

정보의 간헐적 이용

스토리텔링에서는 했던 이야기를 다시 할 수 있다. 중요하고 필요한 정보는 간헐적으로 수용자들에게 보여준다. 텔레비전 드라마는 그게 지나쳐서 짜증스러울 때도 있다. 감정을 자극하는 중요한 동기가 있으면 수시로 주인공이 회상하는 형식으로 되풀이한다. 시청자 입장에서 짜증 나서 "또 회상이야?"하고 소리를 지르기도 하지만, 드라마를 연출하는 입장에서는 그래야 할 이유가 있다. 일부 기억력이 부족하거나 나이가 많은 시청자 중에는 앞의 사건들을 잘 잊어먹는다. 또 회상을 시킴으로써 감정의 느낌을 다시 불러내는 효과도 있다.

예상할 수 없게 때때로 뜨거운 물이 올라오는 온천을 '간헐천'이라 부른다. 이렇게 주기적이지 않지만 때때로 다시 나타나는 현상을 '간헐적'이라고 한다. 기억력 증진법 중에도 간헐 효과라는 것이 있다. 앞서 소개한 바 있는 인지과학자 화이트는 자신의 책에 다음과 같은 경험을 소개하였다.

자신의 어머니가 치매에 걸렸다. 어머니를 모시고 집에서 한 시간 동안 차를 타고 가야 하는 치매센터에 매일 갔다. 아침에 차를 타고 출발하면 어머니가 자신에 물었다고 한다. "우리 어디 가니?"하고 물으면 그는 "어머니, 학교(치매센터를 어머니에게는 학교라고 말했다)에 간다고 했잖아요."라고 답했다. 그리고 5분 정도 지나면 치매에 걸린 어머니는 또 물었다. "우리 어디에 가니?", "학교에 간다고 했잖아요.". 그리고 다시 5분이 지나면 또 물었다. 이렇게 같은 질문과 대답을 다섯 차례 정도 반복하여 주고받다 보면 심리학자인 자신도 짜증이 났다는 것이다. 그리고 치매 센터에 도착할 때까지 이 질문과 답변은 계속되었다. 어느 날 화이트가 이렇게 해보았다고 한다. 자신이 어머니에게 먼저 물어보는 것이다. "어머니 우리 어디 가요?”, “네가 학교에 간다고 했잖니?” 5분쯤 있다가 어머니가 묻기 전에 먼저 물었다. “우리 어디 가고 있어요?”, “아, 학교에 간다고 했잖니.” 이렇게 몇 번을 반복하니 이번에는 어머니가 짜증을 내셨다. 그러나 그러고 나면 도착할 때까지 우리 어디에 가냐고 더 이상 묻지 않았다고 한다. 이 사례를 화이트는 간헐 효과로 설명했다.

반복적이 아니라도 간헐적으로 인출하는 것이 기억을 유지하는 좋은 방법이라는 것이다. 꼭 기억해야 할 내용을 스토리텔링으로 만들되, 간헐적으로 기억해야 할 그 내용이 나타나도록(주인공의 대사이든, 서술자의 서술이든) 하는 방법을 사용하면 된다.

심상 만들기

스토리텔링이 기억 증진이나 학습에 도움을 줄 수 있는 가장 강력한 무기는 심상을 만든다는 점이다. 단기 기억 저장소에서 장기 기억 저장소로 입력하는 세 가지 방법 중 하나가 심상(이미지)을 이용하는 것임은 앞에서 소개했다. 그런데 세 방법 중 심상이용법이 가장 오래 기억에 남을 뿐만 아니라 인출을 쉽게 이루어지게 함을 과학자들은 발견하였다.

시각적 접촉은 그 자체로 기능하는 것이 아니라, 사람이 시각을 이용해서 받아들인 정보를 자기 관점으로 재가공하여 작동시킨다. ‘토끼와 오리’ 그림은 착시를 드러내는 유명한 사례이다. 하나의 그림을 보고 토끼, 오리 중 어느 것으로 인식하는지는 보는 사람의 관점에 달려 있다.

이를 테면 귀를 중시하는지, 입을 중시하
는지에 따라 다르게 볼 수도 있고, 왼쪽을
먼저 보는지, 오른쪽을 먼저 보는지에 따
라 토끼와 오리로 나누어질 수 있다.

　때로는 이미지 자체가 이야기를 안고
있을 수도 있다. 대부분의 명화는 한 장의
그림으로 역사를 이야기한다고 한다. 밀
레의 「만종」은 당시의 농노 제도, 농민의
삶을 숨기고 있다. 그만큼 이미지는 여러
사물과의 관계를 한눈에 볼 수 있게 한다.

　또 심상을 이용하면 통합적으로 정보
를 처리할 수 있음도 앞에서 설명하였다.
다음은 우리가 잘 아는 어느 기업의 로고
이다.

　이 이미지는 회사 이름을 시각화했다. 언어적 정보인 회사 이름을 드
러내면서도 태양이 웃는 모습을 형상함으로써 기업의 밝고 미래지향적
인 느낌을 살려내는 한편 고객들에게 친근한 인상을 심어준다. 심상을
이용하였기 때문에 글자만으로 전달할 수 없는 포괄적인 내용을 담아낼
수 있다. 그만큼 회사의 이미지를 고객에게 심는데 효과적이다. 어느 외
국의 평가회사가 이 로고의 가치를 1조원으로 매겼다고 한다.

　스토리텔링을 이용하면 전체적인 맥락을 영상으로 보듯이 연결 지을 수 있다. 글자로 적어서 「알리바바와 사십인의 도둑」 이야기를 처리하면 사건 하나하나마다 병렬적으로 서술해야 하지만, 우리는 스토리텔링을 들으면 동영상을 보듯이 상황을 떠올릴 수 있다.

스토리텔링의 이런 기능은 기억을 종합적 구조로 프로그래밍을 할 수 있는 가능성을 열어준다. 학습해야 할 내용을 시각적으로 받아들일 수 있고 기억의 인출도 조직적으로 할 수 있다.

문제의식과 주제

스토리텔링의 궁극적 목적은 말하고자 하는 바를 가지고 대화하는 것이다. 그 말하고자 하는 바를 주제라고 하는데, 주제는 자신의 문제의식에서 나온다.

우리가 문제로 삼는 것, 관심을 가지는 것이야말로 기억의 핵심 대상이다. 우리는 기억하고 싶은 것만 기억하는 습성이 있다. 스토리텔링을 자꾸 창작하면서 문제의식을 확산하는 것은 우리의 관심 영역을 늘이는 것이고 그만큼 기억의 폭도 커질 것이다.

7. 나만의 스토리텔링 만들기 하나, 구성 연습

이제 지금까지 공부한 것을 바탕으로 스토리텔링 만들기 연습을 해 보자. 연습은 다섯 단계로 할 것을 제안한다.

첫째, 스토리텔링 구성 연습이다. 일단 스토리텔링의 형태를 만들어 보는 게 필요하다. 자신이 최근에 겪은 일을 토대로 육하원칙에 맞추어 이야기를 완성해본다.

둘째, 상상력 연습이 필요하다. 신문 기사를 하나 선택해서 신문 기사에 적힌 내용을 바탕으로 이야기를 더 만들어 본다.

셋째, 하고 싶은 이야기를 주제로 구성하기다. 평소에 하고 싶은 이야기나, 또는 만들어 보고 싶었던 것, 게임의 스토리 등을 재료로 삼아 자신에게 재미있는 이야기를 만든다.

넷째, 학습에 필요한 스토리텔링 만들기 연습이다. 학습에 도움이 될 수 있는 스토리텔링의 방법을 제시한다.

다섯째, 자기 발견을 위한 스토리텔링을 창작해본다.

다시 쓰기

소설 「완득이」(영화도 괜찮음)를 읽고 중요한 내용을 간추려 짧은 스토리텔링을 만들어 보라. 줄거리를 요약하는 형태가 될 것인데, 줄거리보다는 가능하면 내용이 더 풍부하게 많이 들어가도록 '다시 쓰기'를 해보자.

이 연습에서 중요한 포인트는 전체적인 스토리텔링 형식이 갖추어지도록 완성해보는 작업이다. 스토리텔링을 한번도 써 본 적이 없는 학생들에게는 형식을 갖춘 글을 써봄으로써 몸으로 느껴보는 것이 필요하다.

또 다시 쓰기

위 〈연습 1-1〉에 완성된 내용을 두고, 완득이 대신 자신을 주인공으로 바꿔서 다시 써 보자.

「완득이」의 줄거리를 보고 몇 가지만 바꿔보는 연습이다. 완득이라는 이름을 자기 이름이나 별명, 아이디로 바꿔 보자. 인물의 성격이나 환경도 자신과 맞게 새로 써 보라. 사건을 새로 쓸 수 있으면 그것도 고쳐보라. '다시 쓰기'를 '또 다시 쓰기' 하는 것이다.

육하원칙 채우기

최근 부모님이나 선생님을 속인 일 또는 거짓말 한 일에 대해 스토리텔링을 써 보자. 단 육하원칙에 맞게 쓰도록 한다.

이 연습의 포인트는 육하원칙을 하나도 놓치지 않고 다 채워서 사건을 구성해보는 것이다. 가능하면 솔직하게 이야기를 만들되, 특히 '왜'를 빠뜨리지 않도록 한다.

8. 나만의 스토리텔링 만들기 둘, 상상력 연습

의인화

북극에 사는 동물을 하나 정한 후 의인화하여 주인공을 설정하자. 주인공이 태어나서 성장하는 과정을 이야기로 만들어 보라.

모든 학습은 학습의 목표, 학습 장애, 장애 극복 노력, 계기, 학습을 위한 여러 노력, 학습 결과 등으로 진행된다. 체육, 미술, 기술 등 어느 과목이든 그 시간에 습득하려는 목표가 있다. 그러나 학습의 목표는 잘 달성되지 않는다. 그 이유는 바로 장애가 있기 때문이다.

학습의 진행 과정은 스토리텔링의 구조와 같다. '플롯'에 대한 설명을 다시 읽어보기 바란다. 「홍길동전」과 우리 이야기 구조는 주인공의 목표, 목표를 달성하기 위한 노력, 목표에 대한 장애, 장애와의 싸움, 성공 또는 실패라는 결과로 구성되었다. 모든 이야기가 동일하다. 스토리텔링의 구조와 학습의 구조가 동일한 이유는 무엇일까? 사람이 노력하여 얻고자 하는 과정은 다 같은 것이다.

그런 측면에서 북극곰이든 펭귄이든, 동물을 하나 정한 후 주인공으로 삼고, 그 주인공의 목표, 노력, 장애, 싸움, 결말의 순서로 이야기를 구성해보라. 그러려면 북극의 환경에 대해서도, 북극의 동물에 대해서도, 동물의 행동에 대한 일반 원리에 대해서도 공부를 해야 할 것이다.

갈 등

위 〈연습 2-1〉에 완성된 내용을 두고, 주인공이 목표 달성을 성공했다면 반대로 실패한 것으로, 실패했다면 반대로 성공한 것으로 다시 고쳐 써 보라.

결말이 달라지려면 그렇게 될 수밖에 없는 이유도 달라져야 할 것이다. 무엇이 결말을 바꾸게 만들 것인지를 생각해보자. 갈등의 양상을 여러모로 생각해보고, 갈등을 어떻게 대처하면 좋은 상황을 만들 수 있을 것인지를 생각해야 한다.

삼국지

「삼국지연의」의 첫 번째 장 중 '도원결의'하는 장면을 현대적으로 표현해보고 세 인물 중 CEO에 가장 적합한 인물을 정해 인물 성격을 묘사해보라.

「개미와 배짱이」 이야기는 저축의 중요성을 일깨우는 스토리텔링으로서 경제 교육에 많이 활용된다. 그러나 요즘 한류 열풍과 함께 가수나 연예인들이 고수익을 올리고 나라 경제에도 이바지하자 일만 하는 개미보다 즐길 줄 아는 배짱이를 더 중시하여 기존 스토리텔링을 뒤엎기도 한다. 마찬가지로 「흥부전」에서도 소극적인 흥부보다 적극적인 놀부가 더 현대적 인물이라 해석하기도 한다.

어떤 교수는 삼국지 경영학이라고 해서 「삼국지」의 등장인물들을 기업 경영인으로 비유하여 경영인 유형을 설명하기도 했다. 삼국지의 세 주인공이 만나서 새로운 일을 도모하는 과정을 현대적인 상황으로 상상하여 그려보자. 세 인물의 성격을 비교해보고 가장 기업의 경영인으로 적합한 인물이 누구인지 실제로 묘사를 해보자.

이 연습의 포인트는 상상력을 발휘하여 고전을 현대화하는 동시에 인물의 성격을 구체화하는 작업까지 해보는 데에 있다.

9. 나만의 스토리텔링 만들기 셋, 주제 만들기 연습

컴퓨터 게임인 「스타크래프트」를 한 뒤, 자신이 게임을 한 과정을, 자신을 주인공으로 삼아 이야기로 적어 보라. 「스타크래프트」를 할 줄 모르면 다른 게임이라도 좋다.

게임을 하다 보면 자신을 잃어 버린다. 게임에 몰입할수록 현실을 잊는다. 게임 자체도 스토리텔링이지만, 게임을 하는 자신의 모습도 스토리텔링이 될 수 있다. 어느 종족을 선택할 것인지, 병력을 키울지 일꾼을 키울 것인지, 적진 탐색을 먼저 할 것인지, 적이 오기를 기다릴 것인지 등 게임을 하면서 자신도 모르게 많은 전략을 사용한다. 이 과정을 전부 스토리텔링으로 만들어 보자. 그러다 보면 자신으로 되돌아오게 될 것이다. 왜 그런 전략을 짰는지, 왜 그렇게 선택했는지 등 자기의 내면을 들여다보는 것이 핵심이다.

친구에게 전하기

자신이 최근에 한 공부 중에 가장 어려웠던 부분을 이야기로 만들어 보자. 자신이 공부하는 과정 자체를 스토리텔링의 주요 사건으로 삼은 후 이야기를 만들어서 친구에게 어떻게 공부했는지를 보내는 형식으로 편지를 작성해보자.

자신이 공부하거나 외운 내용을 이야기가 있는 문장으로 꾸며보자. 혹성의 순서를 외우기 위해 "수업이 금지되었으나 화목하게 토론하며 천천히 해결할 문제를 명확하게 하자"는 문장은 앞에서 소개했다. 이런 것처럼 말이 되든 안 되든 자기가 공부한 내용 중 어려웠던 것을 이런 식으로 만들어 보자. 잘 안 되면 자기가 공부하는 과정을 스스로를 주인공으로 삼아 이야기로 꾸며 보자. 이 내용들을 친구에게 보내는 편지문 형식으로 작성하는 것이다.

공상을 상상으로

평소 자기가 즐겨하는 공상을 이야기로 꾸며서 작성해보자. 잘 안 되면 최근에 꾼 꿈을 이야기로 꾸며서 재 창조해보라.

사람은 누구나 공상을 즐긴다. 예를 들어 로또복권에 당첨되어 친구들과 여행을 하며 희귀한 경험을 하거나, 자신이 좋아하지만 말도 걸어본 적 없는 여학생과 우연히 나란히 버스에 앉게 되어 사랑을 나눌 수 있게 되는 식의 공상을 즐기곤 한다. 이를 구체화시켜서 실제 일어난 일처럼 꾸며 이야기로 만들어 보자. 중요한 것은 결말이다. 왜 그런 결말이 일어나는지를 자신이 만들어야 한다. 만약 공상이 떠오르지 않으면 최근에 꾼 꿈을 재료로 삼아서 다시 스토리텔링으로 꾸미는 것이다. 역시 결말이 중요하다.

「1박 2일」

연습 4-1

각 지역의 특산물이나 각 지역의 기억해야 할 인물(위인, 지사, 명사 등),

각 지역의 역사적 사건, 각 지역의 유산, 유적 등을 KBS 예능 프로그

램 「1박 2일」의 대본 형식으로 정리해보자.

특정한 지역에 관한 학습할 내용을 1박 2일의 포맷으로 스토리텔링을 만들어 보는 것이다. 각 예능인마다 특정한 지역이나 산물에 관한 경험을 하도록 포맷을 만들어도 좋다.

「딴짓의 재발견」

「딴짓의 재발견」(니콜라 비트코프스키, 양진성 옮김, 애플북스, 2011.)을 읽고, 가장 흥미로운 일화를 하나 찾아서, 해당 과학자의 발견 과정을 상상으로 스토리텔링으로 꾸며 보라.

「딴짓의 재발견」은 엉뚱한 일을 벌이거나 불우한 환경에 있었던 과학자들이 새로운 발명, 발견을 하는 흥미로운 이야기들을 모은 책이다. 미라 연구로 전 재산을 날려버린 니콜라 파브리드 페레스, 개구리 수프를 만들다가 개구리 넓적다리의 떨림을 보고 환생 신드롬을 불러 일으킨 루이지 갈바니, 실명하면서까지 영화의 선구자가 된 조셉 플래트 등등 흥미로운 이야기들로 구성되어 있다.

이 책을 읽으면서 과학에 대한 여러 상식을 쌓을 수 있지만, 그보다는 과학자들의 성과가 열리는 과정을 이해하는 것이 더 중요하다. 아무 과학자나 정해서 그 사람이 눈부신 성과를 얻을 때까지의 과정을 스토리텔링으로 만들어 보면 쉽게 이해가 될 것이다.

원소 주기율표를 외우는 방법을 만들어 보자. 가능하면 스토리를 만들어서 시도해보자. 원소 주기율표가 어려우면 다른 것을 시도해보자. 원소를 시각적인 사물로 대체해서 외우는 방법이 있으면 더 좋을 것이다.

시각적 입력이 잘 기억된다는 것은 누차 강조했다. 실험 결과를 하나만 더 소개하자. 리드가 쓴 「인지심리학」(Stephen K. Reed, 박권생 옮김, 인지심리학 : 이론과 적용, 시그마프레스, 2000.)이란 책을 보면 다음과 같은 실험 결과가 보고되어 있다. 실험대상자들에게 1,000개의 단어와 1,000장의 평범한 그림, 1,000장의 생생한 그림(개가 입에 담뱃대를 물고 있는 것과 같은)을 관찰하게 한 후 이틀 후에 제시되었던 것을 찾게 하였더니, 생생한 그림 880장, 평범한 그림 770장, 단어의 경우 615개를 기억하고 있었다. 심상가 높은 그림의 활용도를 잘 보여주는 실험이다.

외우기 어려운 것일수록 스토리텔링을 통해 심상가(그림의 생생함)를 높이고 외우려는 대상과 사물을 짝 짓게 하는 것이 도움이 된다.

11. 나만의 스토리텔링 만들기 다섯, 자기 찾기 연습

주인공 되기 연습

최근 자신이 겪은 억울한 일, 황당한 일, 어이없는 일을 기억해 내고, 그 일의 모든 과정을 기술해보라. 그 다음 자기를 주인공으로 삼아, 그 때 발생한 모든 일의 원인이 '나 때문에'가 되도록 문장을 바꾸어서 기술해보라.

우리는 자신에게 일어난 모든 일을 남의 탓이나 상황 탓으로 돌리는 습관에 길들여있다. 학교에 지각을 하고도 '왜 늦었니?' 하고 물으면 '엄마가 깨워주지 않아서요.'식으로 남의 탓을 한다. 또는 '차가 막혀서요.'라고 상황 탓을 한다.

모든 상황을 '자기 때문에'로 바꾸어 생각하는 연습을 하면, 스스로 자기 삶에 책임을 지는 주인이 될 수 있다. 내 삶의 주인공은 나여야 하는데, 우리는 자꾸 남의 탓을 하면서 제 삶의 주인공이 되기를 포기하고 있다. 이러한 자신의 모습을 찾아보기 위해 이 연습을 한다. 어떤 억울한 일도, 불가항력적인 일도 무조건 '나 때문에'로 고쳐서 문장을 적어보자. 분명히 느끼는 점이 있을 것이다.

감정 마주보기

활동 5-2

최근 자기에게 일어난 일 중 가장 즐거웠던 일과 가장 괴로웠던 일을 하나씩 이야기로 만들어 보자.

이 연습의 포인트는 자기가 숨겨놓은 감정을 스스로 대면해보는 것이다. 따라서 가장 즐거웠던 일도 가장 괴로웠던 일도 마음 깊이 숨겨놓은 것일수록 좋다. '성적이 올라서 기분이 좋았다'식으로는 이야기를 만들 수 없을 것이다. 남이 알지 못하는, 또는 비상식적인 일이라도 은근히 자기가 즐겼음을 발견할 때가 있다. 그렇게 억지로 정해 놓은 것이 아니라, 정말 자기 마음 깊이에서 찾아보는 것이 중요하다. 사건이 잘 떠오르지 않으면 허구로 창작을 하는 것이 좋다. 왜 즐거웠는지, 왜 괴로웠는지가 명확해지도록 스스로 사건을 구성해서 스토리텔링을 만들어 보자.

꿈

자기가 원하는 삶은 어떤 것일까? 진정한 자신의 목표는 무엇일까? 이것을 찾아 두는 것은 앞으로 자기 인생의 길을 정하고 이정표를 만드는 데에 무척 중요하다. 목표와 실천은 우리가 인간답게 살기 위해 꼭 가져야 할 덕목이다. 아무리 실천하려해도 목표가 분명하지 않으면 실천할 수 없다.

자신의 진정한 꿈을 찾아보자. 그냥 가수가 되는 것, CEO가 되는 것이라 하지 말고, 자기의 원하는 모습을 그려서 이야기로 꾸며보자. 영화

나 만화, 게임, 소설 등에서 보았던 어떤 등장인물의 모습을 떠올려도 좋
다. 어떤 내용이든 자신을 주인공으로 삼아, 가장 원하는 자기 모습을 이
야기로 만들어 보라.

1 소설을 영화로 만든 작품을 몇 개 골라서 소설과 영화를 다 본 다음, 소설이 더 잘 기억되는지 실험해보자. 영화화된 적이 없는 같은 작가의 소설을 읽어서 어느 쪽이 더 잘 기억되는지 비교해보면 좋다. 예를 들면 김려령 작가가 쓴 소설 「완득이」와 「우아한 거짓말」을 읽고 영화 「완득이」를 본 다음 어떻게 다른지 비교해보는 것이다.

2 소설 형식으로 쓴 철학책이나 역사책이 있다. 소설 형식으로 읽었을 때 철학이나 역사 내용의 학습이 더 잘 된다고 생각하는가? 직접 읽어보고 비교해보자.

3 친구들과 누가 기억을 잘하는지 내기를 해보라. 단어들을 나열하여 외우기로 하되, 단어들을 스토리텔링이 되든, 안 되든 문장으로 꾸며서 외워 보자. 그런 다음, 얼마나 효과가 있는지 확인해보자.

스토리텔링과 함께 한 즐거운 여행,
이제 여러 분의 스토리텔링으로 만드세요!!

정상으로 점핑하는 도움닫기,
'나'의 스토리텔링을 쌓아라!

'정말 스토리텔링이 나를 1등으로 만들어줄까?' 그런 생각을 하는 학생이 있다면 이렇게 말해주고 싶어요. "꿈 깨라!"

'그렇다면 스토리텔링은 아무 소용이 없는 것인가?' 이런 생각을 하는 학생이 있다면 이렇게 말해주고 싶어요. "너에게만은 정말 필요하다."

높이뛰기를 하려면 도움닫기를 잘해야 합니다. 멀리뛰기에도 도움닫기가 가장 중요한 기술이지요. 창던지기, 원판던지기 등 모든 운동에서 도움닫기는 필수적입니다. 스토리텔링 그 자체로 1등이 되지는 않습니다. 스토리텔링은 점핑을 위한 도움닫기와 같습니다.

스토리텔링을 만들어보는 작업, 그것은 높은 곳으로 짐핑하기 위한 도움닫기를 쌓는 일입니다. 차근차근, 하나씩, 조금씩, 스토리텔링을 연습하다 보면, 어느새 자기도 모르게 높은 곳에 도달해 있을 것입니다. 그것을 믿는 것이 중요합니다.

이 책이 충분하게 여러분의 도움닫기가 되어줄 것인지 모르겠습니다. 아마 부족한 점이 많을 것입니다. 다만 이 책을 통해 여러분들이 스토리텔링의 새로운 세계를 느꼈으면 충분하겠습니다. 문제는 이 책이 여러분을 변화시켜줄 수 없다는 점입니다. 자신을 변화시키고 점핑시키는 것은 자기 자신이니까요.

자기 자신을 믿고 실천하기 바랍니다. 스토리텔링을 잘 창작하는 방법은 '잘하려고' 하지 않는 것입니다. 욕심 내지 말라는 뜻입니다. 자신이 할 수 있는 만큼만 하면 됩니다. 그 대신 자신의 능력 범위 안에서 최선을 다해야 합니다. 그 다음 자신이 만든 스토리텔링을 부모님이든 선생님이든 누군가 지도해줄 분에게 보여드리고 조언을 받아야 합니다. 그래야 객관적으로 평가받을 수 있고, 자기를 확인할 수 있습니다. 그런 과정을 꾸준히, 조금씩 해 나가면 반드시 발전이 있을 것입니다.

여러분의 폭발적인 점핑, 여러분의 인격적인 업그레이드를 기대하면서 붓을 놓습니다.

지은이 조정래

이 책은 학부모 서포터즈가 함께 만든 책입니다!

학부모 서포터즈는 〈행복한출판그룹〉의 학부모 기획단으로, 학부모의 생각과 아이디어를 단행본에 반영하고 있습니다. 아이들에게는 단행본이 나오는 과정에서 엄마, 아빠의 역할을 보여줄 수 있습니다.

〈행복한출판그룹〉의 학부모 서포터즈는 다음과 같은 활동을 합니다.

❶ 〈행복한출판그룹〉 출판사에서 출간되는 단행본의 제목과 관련된 투표(문자 및 e-mail)에 참여하여 의견을 줄 수 있습니다.

❷ 〈행복한출판그룹〉 출판사에서 진행하는 도서를 먼저 읽어보고, 도서에 대한 의견을 줄 수 있습니다.

〈행복한출판그룹〉 출판사에는 "행복한나무", "행복한어린이", "라이프인", 〈행복한미래〉가 함께 합니다.

이번 책이 나오는 과정에서 학부모 서포터즈는 직접 이 책의 제목을 만들었습니다. 그 중에서 윤진희 님이 『스토리텔링 교과서』라는 의견을 주셨는데, 〈행복한미래〉 기획진과 100% 일치하는 제목입니다. 제목에 대한 좋은 의견을 준 김미숙 님, 김은진 님, 박미경 님, 송지현 님, 윤진희 님, 이지현 님, 임혜영 님께 진심으로 감사드립니다.

〈행복한출판그룹〉 학부모 서포터즈

• 김미라 님 (양준원, 양현준)	• 김미숙 님 (조애리, 조동휘)
• 김은진 님 (강초영, 강초현, 강초원)	• 나은영 님 (최지수, 최재우, 최재웅)
• 박기복 님 (신성철)	• 박민경 님 (심우진, 심우근)
• 송지현 님 (김태연, 김민하)	• 오주영 님 (김혜연, 김다연)
• 윤진희 님 (최민기, 최연지)	• 이승연 님 (고동혁, 고유진)
• 이인경 님 (김용훈, 김용재)	• 이지현 님 (김지율)
• 임혜영 님 (이해승, 이예찬)	• 전진희 님 (장예원, 장예지)
• 정인숙 님 (조수아, 조은휘, 조혜성, 조은진)	

1등 스펙을 이기는 힘,
스토리텔링으로 앞서갈 준비가 되셨나요?

이 도서의 국립중앙도서관 출판시 도서목록(CIP)은
e-CIP홈페이지(http://www.nl.go.kr/cip.php)에서 이용하실 수 있습니다.
(CIP제어번호 : CIP 2009002132)

팽이야 볕에서 놀자

팽이야 볕에서 놀자

원곡院谷 오남식吳南湜 시집

팽이야 볕에서 놀자

범우

원곡院谷 오남식吳南湜 시집

오로지 감사하는 마음

일제치하 암울했던 30년대 초반, 이 세상에 태어나 지금까지 흘려보낸 나의 삶은 위기의식의 소용돌이 속에 몸부림치며 겪은 수난의 고비가 여간 많았다. 하여, 나름으로 생각하면 모진 시련을 겪었기에 삶이 세련되어 약간은 보람도 느끼지 않았을까 싶기도 해서 딴에는 자위하며 노년을 보내건만, 이렇다 하게 이룩한 것 하나 없이 어느덧 산수傘壽를 맞이하게 되었으니 주책없이 나이만 주워 먹은 노동老童이 된 것, 못내 아쉽고 부끄럽기만 하다.

그러나 30개 성상 웃고 울었던 공직에서 봉직하고 정년한 후, 이렇게 문학이라도 사랑하며 노후를 보내고 있음은 증조부의 은덕임을 통감한다. 내 영혼에 대한 고마움과 말 없이 뒷바라지하는 아내와 자식들 그리고 주변에서 따뜻한 사랑으로 항상 보살펴주는 친지들에게 오

로지 감사한다는 마음가짐에서 부끄러움도 무릅쓰고 졸
작 시집 《팽이야 볕에서 놀자》를 세상에 내어놓는다.

정작 이 시집이 세상에 나아가 따뜻한 태양의 볕을 볼
지…… 그것은 차치하고 내가 보낸 지난 세월, 이 일 저
일을 곰곰이 생각하면 나는 지금 비록 주머니는 가난해
서 궁색할지언정 백만장자도 부럽지 않은 행복감에 젖
는다. 하여, 나에게 주어진 남은 시간이 많지 않음도 알
고 지내기에 육신은 하염없이 쇠잔해질지라도 영혼만은
녹슬지 않도록, 돋보기 신세를 지지만, 가능한 한 글을
읽고 쓰다 내 인생 갈무리하리라 다짐하는 바이다.

기축년 봄철,
화순 천운산 아래 생가에서

院谷 吳南湜 오남식

영원永遠으로 이어지는 순수純粹하고 무구無垢한 시인詩人의 노래

원곡院谷 오남식吳南湜은 성품이 인자하고 조용하며 깔끔하여 맛깔스럽게 수필을 쓰는 분(수필 등단에 이어 이태 만에 시부문에서 재차 등단)으로 수년 전에 상재한 수필집《오뚝이 인생人生의 비망록備忘錄》이란 저서로 나는 감명한 바 있었다. 다소 문화비판적 경향이 있으며 사회윤리 의식이 투명하다는 점은 짐작하였는데, 간간이 써온 시들을 모아 또 시집을 낸다 하니 놀랍기도 하고 한편으로는 창작의욕을 활활 태울 수 있는 노익장의 정열에 감동할 수밖에 없었다.

시나 소설이나 수필 등은 장르를 넘나드는 것이 옛날부터 있어왔다. 이제 오남식 수필가를 시인詩人이라 부르지 않을 수 없게 되었다. 원곡의 소탈한 멋스러움을 나는 좋아하는데 우리는 문인들의 모임이나 한맥韓脈문학사에서 간혹 만날 적에 나이에 구애됨 없이 의견을 피

력하면 마치 화살이 과녁에 꽂히듯 공감하는 일이 많아 스스러움 없이 파안대소하곤 했다.

그만큼 오시인은 나를 편하게 해주어 고맙게 생각하는 처지이다. 그분이 만년에 처녀시집을 상재한다는 것이 놀라운 일이지만, 한편 그분 삶의 궤적을 살펴보면 당연한 결과이기도 하다.

오시인은 쉼 없는 열정으로 삶을 태워왔으며 옹골찬 그의 기질이 오늘 또 하나의 아름다운 시집 《팽이야 볕에서 놀자》로 사랑의 자취를 확인시키고 있다.

나는 오남식 시인의 작품 한 편 한 편에 아리게 스며 있는 참 모습을 볼 수 있었고 올연한 자세로 문학정신을 꽃피워왔으며 그 꽃에 봄비 같은 정서가 흘러 더욱 깊은 충격을 받았다. 오시인의 오늘이 찬란할 수 있는 것은 그런 연유에서 비롯되었으며 이 시집이 가지는 의미는 더할 나위 없는 보람인 것이다. 모든 예술이 지향하는 바는 지고의 아름다움이다. 오시인의 작품에서 보여주는 순수성과 흙냄새 물씬 나는 그의 문학풍토는 아직도 기름진 속성 그대로 내어놓고 있다.

인생의 허무를 느끼면서도 연민의 정을 버리지 못하고 전전긍긍하며 가까운 사람들에게 뜨거운 정을 나누려는 안간힘이 차라리 우리를 애달프게 하지만 오시인의 본성인 걸 어쩌랴. 아직도 맑은 영혼을 갖추고 살아가는 표본적 인간상이 아닐까 여겨진다.

시인은 천분天分으로 뜨거운 사랑을 가진 사람이 아니면 안되고 노력으로 사랑하고자 애쓰는 사람이 되지 않으면 안된다고 한다. 오남식 시인은 사랑하고 있다. 사랑할 줄 안다. 인생을, 자연을, 그것이 그의 작품에 고스란히 녹아 있다. 시는 순진하지 않고서는 시의 싹이 움트지 않는다. 천진스러움의 토양에서 시가 발아되며 꽃이 피어나는 것이다.

작품을 감상해보자.

때리면
누구나 아픈데
너는 어이 하여
호되게 맞으면서 신명이 나
빙글빙글 돌며 잘도 노는고

아마도
때리는 어린 고사리손이
귀여워서 가여워서
차가운 얼음판 위에서도
추위를 견디고
아픔을 참으며
오늘도 빙글빙글
정답게 놀아주는구나

팽이야
너를 때리는 힘도
맞아줄 기력도 쇠잔하지만
나와 같이 신나게 빙글빙글 돌자

세월아 세월아, 너도 함께 놀자

– '팽이야 볕에서 놀자' 전문

"시란 무엇인가?"라고 묻는다면 한마디로 "인생이다"라고 말할 수 있으며 그 대표적인 작품이 '팽이야 볕에서 놀자'라면 지나친 말이 될까! 이 시는 나에게 엄청난 충격을 주었다.

때리면/ 누구나 아픈데/ 너는 어이 하여/
호되게 맞으면서 신명이 나/ 빙글빙글 돌며 잘도 노는고

이 아름다운 시에서 팽이에 대하여 연민을 느끼게 하고 있다. '맞으면 아픈데'에서 고통을 뛰어넘어 신명으로 치환시키는 짧은 시구가 우리들 삶의 단면을 그대로 옮겨놓고 있다. 그렇다고 아프다 해서 엄살을 부리지도 않고 "빙글빙글 돌면서 잘도 노는고"라고 중얼거린다. 이 능청스러움이 마치 눈물을 흘리면서 웃고 있는 일그러진 모습에서 스스로를 발견하게 하고 있다. 오남식 시

인은 말한다.

> 아마도/ 때리는 어린 고사리손이/
> 귀여워서 가여워서/차가운 얼음판 위에서도/
> 추위를 견디고/ 아픔을 참으며/
> 오늘도 빙글빙글/ 정답게 놀아주는구나

아이들의 고사리손을 추위에 호호 불면서 놀이에 열중하는 모습을 팽이는 생각한다고 오시인은 고마움의 마음을 팽이에게 전하고 있다.

> 팽이야
> 너를 때리는 힘도/ 맞아줄 기력도 쇠잔하지만/
> 나와 같이 신나게 빙글빙글 돌자
> 세월아 세월아, 너도 함께 놀자

이 시의 끝 두 행은 복받치는 비애를 쏟아 붓는다. 시인은 울먹이고 있다. 차라리 절규하고 있다고 하겠다.

시는 아름다워야 하는데, 이렇게 가슴 저미게 공감·공명할 수 있는 아름다운 시가 좋은 시라고 말할 수 있다.

간절한 사랑의 아픈 한 폭 그림이며 멋진 인생의 교향곡이다. 구김살 없는 시어들이 생동하는 천진스러움이 돋보이고 들꽃향기가 은은하게 번지고 있음을 독자의 후각은 감지할 수 있을 것이다. 이러한 명시는 절실하게 살아오지 않고서는 탄생할 수 없으리라. 그만큼 시의 완성미를 갖추기란 쉽지 않다. 살아온 세월의 질곡에서만이 이룰 수 있다고 본다.

인류의 시원에서부터 오늘에 이르기까지 수많은 시인들이 명멸했다. 그러나 그들의 작품이 얼마만큼 후대에까지 남아 인구人口에 회자膾炙되고 있는가. 시를 많이 쓴다고 좋은 것도, 시를 잘 쓴다고 반드시 훌륭하다고 볼 수만도 없다.

시란 쓰는 것이 아니고 씌어지는 것이라고 말한다. 어쩔 수 없이 견디다 못해 쓰지 않고는 못 배기는—마치 분화구에서 화산이 폭발하여 시뻘건 용암이 흘러내리듯이 시가 씌어져야 한다고 한다. 그만큼 가슴 속에서 괴

고 괴어서 발효가 된 영혼의 노래가 진정 좋은 시라 할
수 있을 것이다. 오시인은 그렇게 시를 써왔다고 나는
생각한다.
　작품 '목화밭 추억'을 감상하자.

　　　　울굴밭 목화 따다
　　　　누님 시집보낼 때
　　　　솜이불 만들려고
　　　　분주하신 어머니 모습

　　　　고향 찾을 때마다
　　　　아련히 떠올라
　　　　눈시울이 뜨거운데
　　　　늦가을 찬 바람은
　　　　다가오는 엄동설한
　　　　알려주건만

　　　　정겨운 어머니 모습
　　　　어데서 찾아뵐까

알려주는 이 없어
황혼의 뒷골목에서
홀로 서성거린다

　이 시는 오시인이 태어나 성장한 고향, 정다운 시골풍
경이 눈에 선연하게 그려진다. 서정이 흐르는 고운 시다.
　누님과 어머니, 두 여인의 관계를 고향을 배경으로 그
린 시인의 추억이다. 인생의 끝자락에서 피어오르는 회
한과 자괴심이 조심스레 깔려 있으며 쓸쓸한 노년이 자
연에 순명하는 모습을 미학적으로 승화시키고 있다.

육이오 국란國亂의 상처
아물지 않은 바람찬 봄날
날 찾아온 철없고 연약한 여인

무능한 배필 만나
종손宗孫 며느리 되어
－중략－

복 많은 당신 말 없는 내 사랑

이제는 그저 건강만 지켜주오

바라는 것 그것뿐이라오

작품 '여보 당신'의 첫 연과 끝 연이다.

오시인이 아내에게 어려운 살림살이와 모질고 쓰라린 역경을 불평 없이 참고 견디어주어 오늘이 있음에 무한한 감사의 정을 표출하는 이 시는 부부의 순애보純愛譜이다.

다음 작품은 고령의 아들이 몽매에도 잊지를 못하고 호곡하는 시 '사모곡思母曲' 1, 2를 감상하자.

대체로 시인은 어머니에 대한 시 한두 편은 있다. 그것은 바로 어머니는 시의 고향이기 때문이다. 오남식 시인도 예외일 수가 없다. 절절이 회한이고 아쉽고 그리운 정이 담뿍 담긴 시…… 진실이기에 순수하고 맑은 영혼의 숨결이 면면히 흐르고 있다.

'사모곡思母曲 2'에서 '이 불효자 울며불며 기도하고/ 명복을 기원합니다'라고 말끝을 흐리고 있다.

이 세상 언어가 아무리 아름답기로 어찌 어머니에 대

한 사모의 정을 적절하게 표현할 수 있을까!

생각나게 하옵소서

가까운 천운산 발 아래
구름이 머무는 산골
이름도 좋은 고장 원고을
솔향기 그윽하고 흙냄새 고소하다
-중략-
산 좋고 물 맑은 인심
노래하던 옛 시인
어디 간들 잊으랴
천운산아, 보살펴다오
이 밭머리 저 논두렁 끝까지

성정 바르고 믿음 흐르도록
생각나게 하옵소서
본디의 원고을로
다시 태어나게 하소서

누구나 고향이 있고 고향에 대한 향수가 있으며 고향의 추억들이 포도송이처럼 주절주절 열려 나그네에게는 마음의 안식처로 엄마의 따스한 품 속 같지만 오시인에게도 크게 다를 바 없다. 그가 사랑하는 고향, 화순和順은 밝고 맑은 영혼 속에 늘 머무르는 서정의 보고이기 때문이다.

산 좋고 물 맑은 인심/ 노래하던 옛 시인/
어디 간들 잊으랴/ 천운산아, 보살펴다오/
이 밭머리 저 논두렁 끝까지

고향의 아름다운 풍경이 수채화처럼 그려진다.

본디의 원고을로/ 다시 태어나게 하소서

라고 변해가는 고향의 모습을 애달파 하며 기도하고 있다. 옛정이 그립지만, 그러나 옛날은 흘러가버렸다. 이 외로운 외침이 쓸쓸하게 한다. 무상이로다. 무엇이 그

자리에 늘 머무르던가, 오남식 시인은 깊은 한숨을 몰아
쉰다.

향수鄕愁의 시 '푸르름 속의 고향', '마음의 고향', '고
향산천' 등 고운 시들을 감상하면서 시인은 정서가 마르
지 않게 축축하게 마음을 적셔주는 서정의 들녘으로 우
리를 데려가고 있다.

지금까지 대체로 본 서정시 외에 풍자성 작품도 있다.
'무식이 상식', '착각하며', '꼴뚜기들', '마이동풍馬耳東風'
같은 시는 우리를 슬프게 하고 있다.

샘물은 일 년에 한 번쯤 치는데 그래서 새 샘물이 솟
아나게 하듯이 오시인은 아름답고 맑은 영혼을 끊임없
이 퍼 올리는 두레박 같은 창작을 계속하고 있는 것이
다. 오남식 시인의 부단히 천작하는 노력을 나는 매우
아름답게 생각한다.

그리고 긴긴 세월 미소를 잃지 않으신 오시인의 부인
월산月山 김옥희金玉姬 여사의 사랑이 아침이슬같이 영롱
하게 원곡院谷 오시인의 가슴에 빛나고 있음을 간과할
수 없다. 오남식 시인의 귀한 시집 《팽이야 볕에서 놀

자》 상재를 뜨겁게 심축드리고 계속하여 열화 같은 열정
으로, 창조적 활력으로, 제2시집 탄생을 기대한다.

이창년
(시인, 한국문인협회 이사)

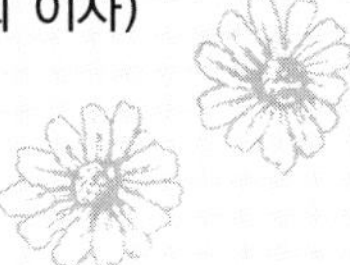

목차

6부 상실의 늪에서

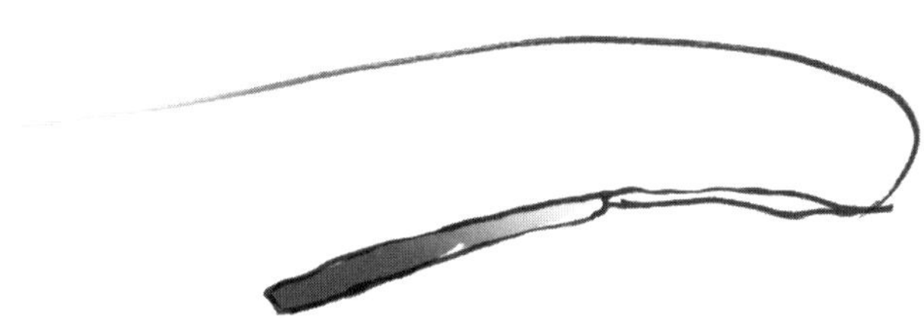

1부
팽이야 볕에서 놀자

꽃바람 불어_팽이야 볕에서 놀자_까치집_안개 속 세상_그리움_눈이 내리네
함부로_꼴뚜기들_무식이 상식_보자 하니_착각하며
마이동풍_오만불손_배부른 냉장고_노래방_말 없는 사람

97 cen.
Main entrance
of the Monastery
Mongolia

꽃바람 불어

세상이 아름답구나
저녁노을에 비낀
세상은 더욱 아름답구나

활활 타는 노을 속으로
남루 걸치고 걸어가는 저 나그네
꽃바람 불어
흰 머리칼 나부끼네

은은한 난초향기
간단없이 번지는데

사랑하는 사람아,
뜨거운 나의 피
아직도 꽃보다 뜨겁다네

팽이야 볕에서 놀자

때리면
누구나 아픈데
너는 어이 하여
호되게 맞으면서 신명이 나
빙글빙글 돌며 잘도 노는고

아마도
때리는 어린 고사리손이
귀여워서 가여워서
차가운 얼음판 위에서도
추위를 견디고
아픔을 참으며
오늘도 빙글빙글
정답게 놀아주는구나

팽이야
너를 때리는 힘도
맞아줄 기력도 쇠잔하지만

나와 같이 신나게 빙글빙글 돌자
세월아 세월아, 너도 함께 놀자

까치집

아침에 동창을 여니
나뭇가지에
휘청휘청 매달린 까치집 두 채
큰집 작은집 형제간의 둥지일까
손님맞이 사랑채일까

까치들
정답게 들락날락
온 마을 내려다 보이는 확 트인 자리
간간이 나뭇가지에 나란히 앉아
오순도순 은밀하게 무슨 이야기 하는지

오늘따라 유난히 예뻐 보이는데
오늘따라 별나게 정겨워 보이는데
나는 왜
오늘따라 자꾸 작아만지는가

안개 속 세상

하얗게 피어오르는
안개 속의 세상

눈 감으나
눈을 뜨나
세상은 안개 속

잘났다는 사람이나
못났다는 사람이나
부질없기는 매한가지

시간이
재촉한다고 가던가
세월이
붙잡는다고 머물던가

그리움

따스한 봄날
산들바람에 실려 오는 그리움
추억의 갈피 속에 숨겨둔 사랑
뒤적이며
어설프게 마음 실은 책 한 권 보내고

오늘따라
왜 외로움이 나부낄까
오늘따라
왜 서러움이 복받칠까

도심의 찌든 공해
마음은 불시에 천리를 달려
해맑은 고향의 간절한 추억들이
나를 한숨 짓게 하네
나를 서글프게 하네

눈이 내리네

소리 없이 눈이 내리네
높낮이 가리지 않고
귀천을 따지지 않고
하얀 마음으로 눈이 내리네

소리 없이 눈이 내리네
고독한 사랑이나
행복한 사랑이나
따뜻한 큰 사랑으로 눈이 내리네

소리 없이 눈이 내리네
곱디 고운 정겨움이 아름답게
가슴에 스미도록 소곤소곤 내리네
반짝이는 눈빛으로
내리고 또 내리네

함부로

어제는 그놈이
함부로 입놀림하더니

오늘은 이놈이
함부로 입놀림하는데

내일은 또 어느 놈이
함부로 입놀림할꼬

함부로 하는 입놀림으로
세상사 더욱 어지럽구나

꼴뚜기들

어물전 망신
꼴뚜기들이
저절로 터진
입놀림은 자유인지라

값어치 없이
함부로 뇌까리는
말재간 그것 때문에

설마 하던
어물전 주인
복장 터진 한숨으로
먼 하늘 바라보네

고마운 세월
아까운 시간을
어이
덧없이 보낼쏘냐

무식이 상식

기러기들 날아가는
아름다운 그 모습
배워서 질서 지키나

학벌 좋다 과시하는
이른바 유식인들
학벌 없는 이웃 동지
무식하다 깔보지만

배움 없는 동지의 천성
덕망 예의마저 모르는
어설픈 배움은 병이라

서투른 유식이야말로
매서운 무식일 뿐
무식이 상식이로다

보자 하니

보자보자 하니
정말 너무들 하네

오늘도
불쌍한 올챙이들
오직 이利를 추구하고
한없이 욕慾만을 부려

의義와 예禮에서
우러나는 보물은 몰라

눈에만
보이는 거품 찾느라
맑은 강물을
꾸정꾸정거리네

착각하며

늘 사랑할 수 있고
풍요로움 속에 언제나
젊어만 있을 것으로
착각하며 사는 것이 인생인가.

헌 옷이 있었기에 새 옷이 있거늘
천지간에 제 분수 모르고
헌 옷 천대하는
안타까운 철부지들
늘 곁에서 누가 도움줄 것으로
철이 없으니 무사태평이다.

새 옷이라 하여
그대로 새 옷으로만 남아 있을까.
언젠가는 헌 옷 되는 노릇이
자연의 순리요 철칙인데
직장도 한없이 다니며
늘 건강할 것으로

부모는 마냥 생존할 것으로
착각하며 살아간다.

착각은 자유이니 마음껏 누리라.
그러나 철부지들이여, 보라.
저 당나귀들 외나무다리 위에서
천지복판 아는지 모르는지
서로 제 뿔만 자랑하고 있구나.

마이동풍馬耳東風

말귀 알아듣지 못한
사람들이
주변에 하도 많아
연민의 정 금할 수 없어
아쉽고 안타까워

내 딴엔
이랬으면 하고 말 붙여도
귀담아 듣지 않고
내 뜻 긍정도 부정도 않네

어설픈 자존심과 열등의식
만남도 회피하며
마이동풍이라

오늘도 어제처럼
내일도 그저 오늘처럼
제멋대로 산다는 그 타성

내 입만 다물라 하니
오직 안타까울 뿐일세

오만불손

오거나 말거나 가거나 말거나
무어라 나무랄 수도 없으나

더러는 보고도 싫어지는 게
사람의 심정, 딱하고 아쉬워도
그 고집불통 낸들 어찌 하리

잘살면 얼마나 잘사는지
어떻게 사는 것이 잘사는 것이랴
눈에 보이는 가치만 노리는
어리석은 삶 가엾기 그지 없다

인간사에 소중한 가치
보이지 않은 데 있음도 깨달아
주변 배려하는 심성의 지혜
가졌으면 좋으련만
오만불손 언제쯤 버릴는지
조용히 지켜보는 이 답답함

어느 누가 알아주려나

배부른 냉장고

수없는
먹을거리 이것저것
몸 속에 가득히 안으며
하루에도 여러 차례
받아두고 꺼내주고 있네

성의껏
불철주야 봉사하니
문명의 이기라며
주부들은 애지중지
깨끗하게 닦아도 주고

그러나
괴로움도 있으니
넣어둔 먹을거리 중에는
무한정 꺼낼 줄 모르고
놔두니 배가 너무도 아파

무엇을
믿고 그러는지
주부의 그 심사
이해가 되지 않아
몹시 괴롭고 안타깝다네

노래방

옛날 우리집
사랑방은
어른들의 노래방

할아버지 시조가락
뜻을 몰라
아리송하면서도
마냥 노래방이 덩달아 좋아

시조가락 흉내 내며
흥얼거린 소년시절
그 추억 아롱아롱

길게 뽑은 가락의 음향音香
노래방에 가득할 때
무병장수 태평성대
빌고 빌었으려니

마을어른 옛날 노래방
이 몸 노동老童 되니
못내 그리워라

말 없는 사람

타고 난 천성인가
말 없는 그 사람
그러려니 하면서도
답답한 일 많지만
차라리 말 없는 인연
행복이라 생각하네.

허나, 속내를 알 수 없어
눈치 살피는 신세
의사소통 갈팡질팡
주변 배려 힘들어
두루 오해만 연발이라.

마냥 나 홀로
이렁저렁 주절대려니
그도 나는 고역인데
말 없는 그 사람
아는지 모르는지

속 하나 없이
웃고만 있네그려.

2부
귀염둥이 매실

Wat Chao Phaya
Ayudhaya Thailand
98 Oh

오미자

올망졸망 빨간 열매
시원한 가을바람에 움츠린 듯
산골짝에 숨어 있는 오미자야

여름철 무더위를
너는 어떻게 견디면서
다섯 가지 맛을 지니고 성숙했나

쓴 맛 단 맛 매운 맛 짠 맛 신 맛
잎사귀까지 보약으로
사람에게 덕을 베푸니

희비 쌍곡선 두 가지
어설픈 맛만 지니고
이 세상 태어나 이리저리 헤매 도는
우리 인간들은 초라하기 그지 없고
장한 네 능력이
부럽기만 하다, 오미자야

아침행차

아침을 열며
자욱한 안개 헤집고
달리는 고속도로
천 리 길 고향길

귀향의 기쁨 안고
남으로 남으로
흘러가는 차량물결
풍요롭건만

어느 세월에
북으로 북으로도
자동차 물결
흘러갈 수 있으려나

자욱한 안개만이
실향민의 애절한 향수
달래주는 듯

서서히 벗겨져 가네

흙사랑

잘난 놈
못난 놈 가림 없이
언제나 품에 안아주고
큰 놈 작은 놈 종자구분 없이
기르며 번식시킨
정겨운 양육능력

깨끗한 눈
빗물 받아주면서
더러운 오물까지 마다 않고
받아주는 넓은 아량

자신은 오염으로
심한 고통 겪으며
세월아 네월아 정화하는
훌륭한 정화작용

마냥 짓밟혀도 끄떡 않고

지혜랍시고 뿌려대는
독한 화학약품까지 먹어도
근본 잃지 않고 버티는
거룩한 사랑, 인내, 용기

그 누가
저만 잘났다 하여
흙에다 함부로
침을 뱉는고

귀염둥이 매실

어머니 할머니
얼이 서린 산자락 목화밭에
이십 년 전에 심어둔
매화나무 이백 그루

무능한 주인 만나
약, 영양제, 거름도 모르며
안쓰럽게 자라
나약한 몰골인데

제 구실 마냥 서둘러
무엇이 그다지도 급하였기에
잎도 나오기 전
차가운 눈서리 맞아가며
소곤소곤 피어난 매화

그윽한 꽃향기
초봄에 진동하더니

여름철 무더위 견디며
토실토실한 매실열매

누구나 건강하게 살고파
만지며 따내어 안아만 가니
매실이여, 너만은
우리네 집 귀염둥이여라

호박

고향 생가生家 터전에다
지난 초봄 심어둔
작은 씨앗 그놈
무더운 삼복더위, 비바람
당차게 이겨내고
풍만하면서도 아름답게
어느새 굳세게 자랐구나.

덩치 큰 알몸
넘치는 곡선미 황홀한 황금색
황제어의皇帝御衣 자랑하며
천 리 길도 멀다 않고
서울까지 왔구나.

고층둥지 응접실 텔레비전 옆자리
점잖게 차지하고
집주인 된 양 거만 떨며
언제나 저만 바라보고

고향 그리라 훈계까지 하며
곱게 늙어보라 큰소리치고
나를 깔보는구나.

감자

송아지 불알같이 생긴 놈
일년초 땅 속 열매
하지夏至때 수확한다 하여
하지감자라 부르는가

이른 봄
시골 생가生家 터전에다
생기 돋은 숫눈
고르고 쪼개어
씨감자 심었는데

봄 여름
햇빛, 비바람, 땅맛
넉넉히 먹고
풍성하게 자라나

장마철
오기 전에 캐기 위해

흘려본 값진 땀방울
나 홀로 즐거워

넉넉한
농심農心의 흐뭇한 정감
감자 먹을 때
제대로 알아지누나

감나무 잎

얇지도 두껍지도 않고
작지도 크지도 않아
알맞은 감나무 잎사귀

빛깔도 무던한 초록색
보기에도 풍요로워
그 번들번들 윤기자랑

무더운 여름 한철이면
아름답고 싱싱한 자태로
아무나 반겨만 주는
우리집 감나무

내 어린 시절이나
늘그막인 지금이나
그 모습 그대로인데
인심은 속절없이
왜 변해만 가는가

은행잎

어쩌면
그렇게도 한 빛깔로
한결같은 노란 색이냐

따뜻한 느낌으로
다가오는 은행단풍

찬 서리 못 견디고
왕창 노란 색이 되어
땅에 떨어지면

아직 추위 버티는
잡초이불 되어주니

은행나무 주변의 지상은
온통 평화롭고 따뜻하구나

밝은 달밤

무더운 여름
계절 딸려 보내고
서늘바람에 온 몸 내맡겨
황금 들녘 오묘한 섭리
무르익는 오곡백과에서
인생을 배우는데

아침 일찍부터
놋그릇 닦으신 어머니
조상숭배 으뜸일로
차례 준비할 때
나도 뒷동산 알밤 주워
명절차례 정성에
한몫을 한 추억이 새롭다.

어머니 바느질에
초롱불은 졸고
추석 보름 달 밝은 밤

온 마을 처녀들
강강술래 신나게 노는데

공연히 한몫 끼어
훼방 놓으면
우리집 진돗개도 덩달아
좋아서 내 편 들었다.

마냥 그리워

따로따로 살아가는
가족 2, 3세 보고파
쓸쓸한 밥상머리
허전한 노부부 주름진 얼굴인데
서로 수저 들고 바라만 본다

3, 4대 층층이
엉켜 살던 옛날
훈훈한 집안살이
위계질서, 아름다운 가풍
어느 누가 싫다 했나
핵가족이 웬 말인고

세풍 따라 사는 인생
그러려니 하면서도
우리 가정 옛적 그 모습이
마냥 그리워……

흐르는 개울물

사시사철
은빛 반짝이며
흐르는 개울물

어제도 그제처럼
유유자적 저절로
흘러만 갔는데

어이 하여
오늘에 돌연
흐름을 멈췄는지

장한 그 모습
못 보는 이내 심사
어느 누가 알아줄꼬

잔디밭 관리

잔디밭에 제멋대로 생겨난 잡초
뽑기에 나선 아낙네 네 사람
무슨 사연 그리도 많아
주거니 받거니 얘기 나누며
온종일 호미질로 땀을 짜는데

악착같이 잔디밭에 끼여
무성하게 자라서
반가워하는 이 아무도 없는데
어디서 어떻게 찾아오는지
매년 봄 여름이면
여간 나를 괴롭게 하지 않았지

예전까지는 아침저녁 시원한 때
고소한 흙냄새, 풀향기, 다디 단 공기
섞어 마시며 잡초와 전쟁으로
땀 흘리고 보람찬 시간
세월 따라 즐기며 보냈다만

이제는 노쇠한 탓, 역부족이라
잡초와 대적, 땀 흘리고 즐기던
그 노릇도 못하고
화살같이 지나간 세월
하염없이 그립기만 하누나

목화밭 추억

웃굴밭 목화 따다
누님 시집보낼 때
솜이불 만들려고
분주하신 어머니 모습

고향 찾을 때마다
아련히 떠올라
눈시울이 뜨거운데
늦가을 찬 바람은
다가오는 엄동설한
알려주건만

정겨운 어머니 모습
어데서 찾아뵐까
알려주는 이 없어
황혼의 뒷골목에서
홀로 서성거린다

돋보기

소파에 앉은 할아비
돋보기로 글자를 훑고

돋보기 너머
할미는 뜨개질하고

무엇을 더 배우려 읽고
누구 위한 뜨개질인가

잔소리 늘어놓으면
서럽게 눈물 흘리고

사랑점수 따고파
뜨개질 올올이 꿰는데

돋보기의 고마움 언제까지
알고 지낼지 궁금할 뿐

골동품

골동품 냄새
물씬 풍기는 등신
젊은 향기 넘치는 분위기에
용감히 끼여 있네

잔소리 쓴 소리
일을 삼아
주책없다 꺼리는데
눈치 없고 코치도 없이
고참행세 하네

꾀죄죄한 골동품이여,
좋은 일에 의젓이 앉아
다소곳이 입 다물고
분위기는 살려야 하네

하지만 젊은이여,
골통품의

잔소리 쓴 소리도
버리면 아니 되는
보약인 줄 알아야 하네

유구유언 有口有言

사람이기 때문에
말을 해야 하고
말은 들어야 하는데

참말을 해야 할 인사들이
왜 입을 다물며
참말을 들어야 할 사람들은
왜 듣지 않으려 하는가.

참말 있는 곳에
행복이 찾아들거늘
참말 듣기 힘든 우리 세상
두렵기만 하다.

나라 살림 집안 살림
모두 다 참말로 의논해야
지상낙원 이룩될지니

너도나도 우리 모두
참말 그것만을 부지런히
유구유언有口有言으로
즐거운 삶 누리자꾸나.

푸르름 속의 고향

푸르름에 휩싸인
두메산골 내 고향
옛날의 초가집들
정갈스런 그 모습
볼 수는 없어도

푸르른 두메 산천은
언제나 변함없이
나를 반겨주건만

어쩐지 인심은
옛날 같지 않아
허전하고 적적해

물질의 풍요 속에
오히려 가난해진 정서
그저 애처로울 뿐
훈훈했던 옛날의 정

그립고 그립다

달력

언제나 연말 되면
의젓이 나타나
한 해 동안 우리 행동거지
상세히 교시하는 삶의 길잡이

일 년 열두 달
평일, 주말, 국경일
세세한 지침으로 알려주기에

그 지침 따라
그날그날 바쁘게 살다 보면
어느새 또 다시 연말 되어

새해 달력 위력 앞엔
어느 누구라도 어김없이
무릎 꿇고 큰절 하며
한 해 소원성취 기원하누나.

3부
여보 당신

명예퇴직_바람소리_잔소리_부부고집_부부사랑_여보 당신_구혼여행
새벽안개_허전한 세월_연금타령_노래인 듯 울음인 듯_나 홀로 운다
보면 볼수록_괄시들 마소_아픔은 인생_떠나고 싶다_시곗소리 1

Thien Mu Pagoda
Hue - Vietnam
99. Ohr.

명예퇴직

들기 좋은 말 명예퇴직
일터 빼앗는 명분으로
법정法定한 남은 임기 제쳐놓고
명예라는 감투 씌워
그것 몇 푼 덤이라
감지덕지 자의 반 타의 반
직장에서 물러난 젊은이들

얼마쯤 지내고 보니
실업자 된 그 심사
세상인심 무정함에
뼈저려 한숨 짓는데

일터 잃은 젊은이 고충
외로워 우는 고독
가족생활의 어려움
어느 누가 위로할꼬.

바람소리

오늘도 요란하게
서로 시샘하는 바람소리
깨지고 갈라지는 소음에 지쳐
철든 고참들은 속절없이
원점으로 찾아가는데

버티고 있는 초가삼간
문풍지 소리에 애잔한 참새들
애처로운 노래 불러도
아랑곳하지 않고

시도 때도 없이 돌풍 장단 맞춰
한강 낙동강은 유유히 흐르건만
영산강 섬진강 흐름길 막는 바람
이다지도 멈출 줄 모르는지

언제나 훈훈한 순풍 불어
우리 모두에게 정다운 바람소리

반가운 소식 되어
지역감정 갈등 없이
좋은 세상 펼쳐지려나.

잔소리

어설픈 수준이라 할지라도
인생 말년 황혼기에
글을 읽고 쓰는 문인文人이란
이 내 존재가치야

유소년 시절에
증조曾祖께서 주신 사랑
그 많은 잔소리 쓴 소리 열매
먹고 자랐기 때문임을
이제 비로소 알 만도 해

나 또한 후예들에게
사랑으로 들려주고픈 잔소리
온갖 사연들 많고 많건만

스트레스 받는다는 핑계로
내 잔소리에 귀 기울이지 않으니
말문을 닫고 지내는 심사

서글프고 안타까울 뿐

부부고집

말고집 쇠고집이
우연인지 필연인지
짝으로 맺은 인연

쓰리고 매서웠던 세월
고독 속에 찬 바람 타고
반백 년 흐르고 흘러
어느덧 금혼식金婚式 지나

자식노릇 부모노릇
제 구실 제 때 제대로 못해
하도 많은 아쉬움 남았는데

남은 나이 사뭇 적은
고희古稀요, 희수喜壽라서
하고픈 노릇 없지 않지만
이제는 모두 마음뿐

언제라도 원점으로
되돌아갈 그날 그때까지
아쉬움 보듬고
외로움이나
마음껏 사랑하리라

부부사랑

천생연분 반백 년 넘은 세월
살아온 부부사이
두터웠던 동반자 사랑
이제는 흐지부지되어가나

서로 사랑하는 것 같기도 하고
미워하는 것 같기도 하여
더러는 추억 속에 헤매고
여간 고독하고 서글프지 않아

어쩔 수 없이 마지 못해
사랑하는 척하며
보내는 세월인지라
아쉬움인들 없을까만

이제는 피차 말라빠진 몰골이요
서러운 등신인데
노동老童의 원래 부부사랑

변함이야 있으리

여보 당신

육이오 국란國亂의 상처
아물지 않은 바람찬 봄날
날 찾아온 철없고 연약한 여인

무능한 배필 만나
종손宗孫 며느리 되어
말 많은 세상에 주어진 역할
말없이 다하며
이리 가고 저리 가고
서울생활 빈번한 이사移徙
구차한 살림살이 꾸려왔네

어설픈 공직公職 삼십 년 세월
모질고 쓰라린 역경 속에서도
바가지 긁지 않고 묵묵히 지켜보며
참아준 그 덕으로
정년까지 이르도록 봉직했기에

지금은 우리 엄청 부자 아닐까요
복 많은 당신 말 없는 내 사랑
이제는 그저 건강만 지켜주오
바라는 건 그것뿐이라오

구혼여행舊婚旅行

첫눈 수북이 쌓인 날
아들이 보내온 탈것에
몸담은 주책없는 노부부
마냥 즐거운 기분으로
푸른 한강물 거슬러
찾아든 워커힐 호텔

반 세기 전 어려운 시절
말도 듣지 못한 신혼여행
고희古稀, 희수喜壽 때맞춰 배려한
아들에게 고마워하면서

밀월의 구혼여행 쑥스러워
차라리 그 비용 봉투면
더 좋았으련만 넉살 부리며
호사스런 호텔 창문 열어젖히고
바라보는 한강변 풍광風光
숨소리도 없는데

맑은 물 조용히
꿈틀대는 아름다운 한강물
만발한 가로등 야화夜花도 좋아
황홀한 야경夜景에 잠은 설쳐도
신선놀음의 조망眺望이라

온 몸 세포마저 들떴으니
구혼여행 여한餘恨인들 있으랴
지상낙원 따로 있나
마음 풀고 앉은 자리 낙원이라
세상사 온갖 시름 잊어보았네.

새벽안개

뿌연 새벽안개
온 천지 자욱한데
눈에 불을 켜고
달리고자 꿈틀대는
문명의 이기

요란한 소리 내며
꼬리에 꼬리를 물고
목적지 향해
조심조심 기면서도
잠시잠깐 참아주면

밝고 눈부신 햇살이
신나게 달릴 수 있도록
여명의 천지로
눈뜨게 하겠기에
희망을 가득 안고
더듬더듬 기며 갈지라도

마냥 즐겁기만 하다.

허전한 세월

누구나 이기체리 좋아
경쟁해야 하는 삶
언제나 복잡해서
바쁘다는 핑계로
보고픈 자녀들마저
만나기조차
어려운 요즘세상

어버이 노심老心
하도 적적하고
몹시도 허전하기에

흔하디 흔한 핸드폰
그것으로 음성이라도
자주 들려준다면
덜 허전하련만
오늘도 무소식이다
여전히 무소식이다

무소식이 희소식이라나.

연금타령

오랜 세월 고락으로
가꾸어온 과실나무

달마다 그날에
꼬박꼬박
따다 먹는 과실이라

적건 많건
그 맛이야 한결같아
어찌 변할쏜가

감지덕지
나에게는
원점으로 갈 때까지

틀림없는 효자로다
동고동락하자꾸나

노래인 듯 울음인 듯

밤낮 가림 없이
달리며 내지르는
요란한 문명의 이기利器소리

즐겨 부르는 노래인가
슬퍼 우는 울음인가

노래건 울음이건
그러려니 들어주마
매캐한 매연이나
내뿜지 말아다오

심각한 대기오염
푸른 하늘 별빛마저
못 보는 도시인
너나 가엾게 여겨다오
문명의 이기야

나 홀로 운다

잘못된 언동 행실
내 눈에 보였는데
못 본 체할 수가 없어
저 잘되라 소망하며
나무라주었건만

저 미워라 하는 줄로
지레짐작, 경거망동
오만불손, 불평불만
함부로 터트리는
어리석은 철부지들

세상물정 너무 몰라
안타까운 이내 심정
그토록 소중한 인연으로
버릴 수 없는 정 때문에
철들기 바라며
오늘도 그저 입 다물고

나 홀로 운다.

보면 볼수록

지난날 그대 모습
눈이 오나 비가 오나
보면 볼수록 아름답고
멋이 넘쳐흘렀다.

내 마음 언제나
선 자리에 맴돌아
천지간에 둘도 없는
그대만이 그리워.

높푸른 가을하늘
교하 들녘 홀로 거닐며
만나고 싶은 이내 마음
전할 길 없어
외로움만 쌓이는데

송악산 바라보고
달려가는 경의선 열차

경적만을 울리며
멀어지는 그리움
내 깊은 속내를 아는지
힘차게 잘도 달린다.

괄시들 마소

삼라만상 모두가
아름다움 아니던가
그대여, 나를 두고
너무 괄시들 마소.

아는 것 가진 것 없이
어느 순간에
황혼길에 들어선
하찮은 인생이라도

미美와 추醜는 아직 분별하며
명리名利에 탐욕 없어
못난 짓 하지 않고
이웃이 잘되면 찬양하는
고운 심성 그것만은
변함없이 살았으니
육신肉身은 비록 가다 서다
할지언정 마음은 지금

청춘이 구만리九萬里라

남은 나이 적다 하여
너무 괄시들 마소
천상천하天上天下 유아독존唯我獨尊이라네.

아픔은 인생

늙어가는지라
삭신이 아프니 괴롭다
괴롭지만 참아가는 거다

더러는 울컥울컥
생의 저편 생각도 해본다
주변의 친지들
원점으로 돌아갔다는 소식
종종 듣고 살아가야 한다

세월 따라 앞서거니 뒤서거니
가는 길은 누구나 정해진 길
앞서 간들 좀 뒤에 간들
그것은 별 문제다
어차피 가야 하는 인생길

지금 어떻게 무엇을 하며
살아가고 있느냐

오로지 그것만이
문제라면 문제로다

떠나고 싶다

어디론가
떠나고 싶다
정다운 친구와 같이

아니면
볼 만한 책 한두 권쯤
몸에 지니고
달랑 혼자서 정처 없이
걸음이 내키는 대로

높푸른 가을하늘 이고 지고
떠나가는 흰 구름 바라보며
흐르는 물줄기 따라
잠시 떠나 푹 쉬고 싶다

가다 보면
명상의 샘터
사시장철 포근하던 거기

내 요람의 숨결
있으련만……

시곗소리 1

바람도 고이 잠든
차가운 엄동설한
적막하고 어두운 침실에서

홀로 잠 못 이루고
이 생각 저 생각 때문에
몸부림만 치는데

벽에 걸린 그 놈은
무엇이 그리도 신이 나는지
자정 지나 새벽임을
고성으로 알려주노니

잠이야 잤건 말았건
벌떡 일어나 동창 열고
거룩하신 햇님 영접하며
부질없는 생각일랑
유감없이 고쳐보리라

4부
마음의 고향

갠지스강변의 화장터
Varanasi, India 98, Oh.S.W

우공牛公

등바대가 넓고
바위같이 입이 없다
무쇠팔이 달렸다
놋주발 뚜껑 만한 손으로
뒷산 검불 불같이 베고
논밭 갈고 뿌리는 사내는
마음 아파도 울지 않는다
생김새는 억센 갈대
속맴은 초동각시
짐승사랑, 사람사랑에
해 지고 뜨는 줄 모른다
문명 기계에 밀려서
일자리를 잃었어도
푸른 하늘을 보고
황소같이 씩 웃는다
삼태기로 산을 옮기는
우공牛公처럼 살아간다

마음의 고향

누군가 고향으로
가란다고 가겠느냐
어느 누가 고향에서
오란다고 오겠느냐

언제나 마음 속 깊이
자리잡은 두메산골
솔향기 그윽한
그리운 내 고향

어머니 생각 울컥 나면
고향이 생각나고
고향을 생각하면
정겨운 어머니 모습
아련히 떠오른다

오늘도 못다 이룬 사연
서럽게 뒤적일 뿐

내 허전한 마음
애처로이 매만지며
향수에 젖는다

눈에 보이는 것은

고향길은 넓기도 하고
구불텅한 것이 평지가 되었다
속도를 낼 수 있어 좋다

그러나 보이는 것은 낯설다
조상숭배인지
자기과시인지
분별이 잘 안되는
호화스러운 묘지들

자꾸만 산을 깎는다
제 살을 갉아먹는다
제 발밑도 남아나지 않을
입방아를 찧는다

잘 가꿔 후손에게
고스란히 넘겨줘야 할
그 땅을 먹어 치운다

법보다 안 무서운 법이
활개를 치는 세상
언제까지 용을 못 쓰며
살아야 하나

고향산천

천운산* 동남방 자락
개천물 흐르고 흘러
섬진강 이루고
천운산 서북방 자락
영산강 이뤘는데

천운산 속 무연탄
그것으로 하여
화和와 순順의 광업소
그 이름 떨치며
근 백 년 흐른 세월

이제는 수지타산 따져
폐광 직전이라
아쉬움 남기는데

고향산천 망가진
그 많은 흉터

어느 누가 지울는지

*천운산 : 고향 마을의 뒷산.

사모곡 思母曲 1

엄하신 시부모 시조부모
위로 모신 종갓집
큰며느리 되시어
시동생 육 남매 혼인시켜
따로 내시고

오 남매 자식 낳아
금이야 옥이야 기르시며
한 해 열두 달 내내 모신 기제사
정성 들여 조상숭배 하셨는데

모진 세상 억지 가난 끌어안고
꾸려온 큰집 살림
없는 것도 있는 듯이
적은 것도 두루 나누시며
궂은일은 혼자 도맡아
고생을 낙으로 삼으신
어머니의 한 많은 일생

자식효도 한번 못 받으시고
이승을 하직하신 어머니
그 거룩하신 참사랑
늙어서야 깨달아 개탄하며
눈물 삼키며 비나이다
하늘나라에 계신 어머니
이 못난 불효자 용서하소서

사모곡思母曲 2

전깃불도 없던 시절
호롱불에 바느질하신 모습
전기밥솥, 냉장고, 세탁기도 없이
대가족 큰 살림 다스리신 어머니

새끼들 먹이고 입히고 재우며
온갖 고충 참아내시고
웃어른 조심조심
알량한 양가집 체면 때문에
오일장 구경 한번 못하신 어머니

집 안에서 누에 치고
전답에서 오곡백과 잘도 길러내어
가정풍요 이뤄내신 어머니

어느덧 고희 지나
좀 편안하실까 했건만
무정한 세월 따라 이승을

홀연히 하직하신 어머니

그 거룩하신 은혜와 사랑
못난 이 자식 늙어서야
뼈저리게 사무쳐 눈물 흘리고
저승에서나 편히 지내시길
이 불효자 울며 빌고 기도하며
명복을 기원합니다, 어머니

내 살던 고향은

화和와 순順의 원고을 태생 시골내기
천운산天雲山 바라보며 유소년기 보내고
빛고을 무등산無等山 아래 청년기 십여 년에
성년 되고 어버이 되었던가.

사람새끼 명분 삼아 찾아든 서울
미아와 구로에서 셋방살이 시작하고
은평이라 뫼바윗골 백련산 밑자락에
내 집 마련하고 10여 년 살아
웃고 울고 하는 사이 오 남매 길러

양천이라 목동 신시가지
근 10여 년 살다 공직 정년 후
옮겨간 곳 일산 신도시
정발산 벗을 삼아 막내마저 이우고
또다시 옮긴 고장 교하 신도시

인접이 개성이라 송악산 바람

시원도 하여 노후 즐기는데
분명한 건 서울 깍쟁이 되지 못하고
전라도 시골뜨기 변함인들 있겠나.

이래저래 나의 인생 변두리 인생
객지생활 60여 년 내가 살고 있는 곳
말이 좋아 서울이지
4대문 밖에서만 살았으니
진실하게 말한다면
나는 맞춤형 경기도 인생이로다.

산수傘壽 맞는 건강미

언제나 고만고만
청아한 여인상에
곱고도 야무진 매무새

어느덧, 세월 따라
산수傘壽라 하지만
누가 믿기나 하리오

날씬한 김영자 여사
알맞은 경량급인지라
마냥 산이 좋아 열애중인데
동에서 번쩍 서에서 번쩍
언제나 변함없는
한마음 그 모습 그 노래

황혼의 고운 부덕婦德 정겨운 빛
오래도록 늘 비추며
희희낙락 만수무강하시구려.

2008. 4. 13.
—선배 팔순잔치를 축하하며

생각나게 하옵소서

가까운 천운산 발 아래
구름이 머무는 산골
이름도 좋은 고장 원고을
솔향기 그윽하고 흙냄새 고소하다

골목 안에서
대숲 사근거리는 소리
귓속에 앵앵하더니
지금은
물질의 풍요 속에 운다
마음의 빈곤 속에 웃는다

산 좋고 물 맑은 인심
노래하던 옛 시인
어디 간들 잊으랴
천운산아, 보살펴다오
이 밭머리 저 논두렁 끝까지

성정 바르고 믿음 흐르도록
생각나게 하옵소서
본디의 원고을로
다시 태어나게 하소서

미움의 세월

혹독한 일제치하
국난의 와중에 태어나
서러운 가난 만나
모질게 살아왔다

해방의 감격 기쁨도 잠시
좌다 우다 심하게 다투고
육이오, 사일구, 오일육
소용돌이에 서성거리며
어려움만 삼키고

조국 근대화 위해
피땀으로 겪어온 시련
한 많은 미움의 세월
강물처럼 흐르는데

조국의 앞날에
줄기찬 영광의 번영을 위하여

마음 모아 기도하네

시제時祭 모신 날

옛날관행 따라
종가에서 정성으로
마련한 제물 진설했는데

묘전에 모인
종친들 주로 백발노년
앞으로 과연 제례예식 계승될지
걱정되고 허전해

조상숭배 시대 따라
제도 형식 바꾸어 '현충일' 처럼
나라에서 '숭조일' 을 제정하고
공휴일로 지정하여

동방예의지국답게
우리의 아름다운 미풍양속
하루라도 온 국민, 조상추모
장려함이 어떨지……

노동老童의 놀이

친한 사이
여가선용 구실 삼아
농담하며 즐기는
가다 서다
그 재미도 무던하고
치매예방, 두뇌운동
부담 없이 즐긴다면
짬짬이 가다 서다
놀이로 즐긴들
어떠한가

외로운 노동놀이
웃고 즐기는 눈요기요
손놀림 운동이니
경로우대 차원으로
곱게들 보아주렴

이장里長 공덕비

좋은 일 궂은일 밤낮 가림 없이
장장 4반 세기 마을 위한 봉사
모두가 꺼려한 이장 감투로
다 늙어진 촌로 하도 고맙고 가여워

철이 든 몇 사람이 주선하여
세우자 말자 주민들 갈등 속에
세워진 장한 이장 공덕비
마을위상은 높아졌는데

모두가 제 눈에 안경, 나도 밤나무
사돈네 팔촌 논을 사 배앓이 난 소인배
부질없는 말, 말 많은 세상 몹시 역겨워
흡사 이 나라 정치판 단면을 보는 듯

올바르고 아름다운 일에
격려하고 칭찬하며 감사하고
화목 이루는 그러한 모습

우리 언제쯤 볼 수 있으려나

부음訃音을 듣고

그렇게도 팔팔해서 고향 지키며
이런 저런 농사일 잘도 하던 사촌
돌연 부음 듣고 나니
충격이고 슬프기 그지 없네.
왜 형 허락도 없이 먼저 가는가.

어릴 때 뛰놀던 골목길과 뒷동산 바위,
개천가 언덕 풀향기 속에서
버들피리 불던 어릴 때 아련한 모습
육이오 사변으로 사경을 헤매야 했던
청소년기 추억 아롱지는구려.

어쩌면 그렇게도 춘삼월 금요일 골라잡아
희수에 영면했는가, 오 남매 자식에게
큰 부주 하고 좋은 선물 주고 가네.

몹시 부럽기도 하이, 부디 잘 가서 잘 있게.
머지 않은 날 그곳에서 다시 만나

옛날 어린 시절처럼 지내고 싶은
이 못난이 큰집 형
건강을 핑계 삼아 장례에 불참이라,
하염없이 고향의 선산모습 그리며
아우의 명복만을 빈다네.

2008. 3. 21.
—세브란스 안과병원에 입원중일 때 부음을 듣고

호랑누나를 추모하며

고루한 유교사상 덕으로
가시네라 하여 학교 못 다닌 일
천추에 원한 되어 평생 두고
장남이다 종손이다 사내다
애지중지 학교 다닌 동생 미워하고
부모 원망했던 호랑누나

서투르고 어설픈 정치인 배필로 만나
중년에는 지루한 가난과 싸우며
원한이 열매 되어 당신 자식 육 남매
무섭도록 가르쳐서
박사, 교수, 사장 되었기에 그 자랑
벗을 삼아 노후 마냥 즐기신 호랑누나

잠시잠깐 병원신세 지시더니
춥지도 덥지도 않은 계절
시월 상달 개천절 좋은 날 골라 잡고
훌쩍 천당으로 가셨구려

부럽습니다, 여전히 자식들에게
많은 복 주고 가신 호랑누나

이제는 천당에서 소원성취하시와
좋은 학교도 다니시어 마음껏 배워
불쌍하신 우리 부모 원망도
못난이 동생에 대한 미움도
훨훨 털어 한강에 버려주소서
명복을 비나이다, 우리 호랑누나

오뚝이의 경세몽 經世夢

태어난 곳 두메산골 대나무밭 밑이라서
순조롭게 출세했다만 때는 하수상한 일제치하
4대가 뭉쳐 살아야 하는 종가에 종손이 되어
식민지 치하에서 겨우 배운 암울한 초등교육
고향에서 허둥지둥 마치고 해방을 맞았건만

의식빈곤으로 상급학교 진학은 꿈도 못 꾸고
갈팡질팡 2년이나 허송세월 머뭇거리다
어렵사리 도심지 사범학교 진학했으나
무서운 6·25사변으로 휴교조치 당하고 귀향
잠깐 쉬었다 복학하여 중등학업 이수한 후
가난이란 사슬에 걸려 이리 뛰고 저리 뛰며
대학 졸업한 뒤 교사, 기자생활 2, 3년이여

서울시 공직 근속 30년 정년퇴직, 무직자 되어
고향 찾아 생가 다듬고 여생 보내려 뜻 세웠으나
내 고집도 시류는 거역할 수 없어 꿈 못 이루고
서울에 머무르는 신세.

수시로 고향 가다 오다

70대 고물단지, 어쩌다 글이라도 써 문단에 끼었기에

황혼 맞은 이 노동심老童心, 노상 어딘가 허전하던 터에

이제는 내 영혼, 글 쓰며 언제나 풍요롭게 즐기나니

이 어찌 못난이 오뚝이로서 큰 행복 아니리.

효도

짐승은 할 줄 모르는
거룩한 사람 행실로서
일상에 하는 일 중에
으뜸이 효도

인간근본 망각하고
효심 갖지 않은데
그냥 버리는 효행의식
차마 짐승이야 닮겠나

선진화라는 세상시류
탓으로 돌리기에는
너무 서글픈 일이라

언제 그 어느 누가
앞장서 효도 깨우치는
올바른 지도자 역할
제대로 해주려나

보배 같은 눈물

흘러가는
저 비구름아
앞에서 어느 누가
끌어주어 흘러가느냐
뒤에서 어느 누가
밀어주어 흘러오느냐

누구라도
시샘하는 이 없었는지
흘러가고 오고
유유창천 유유자적 꽃구름인데

삼라만상 즐겁도록
보배 같은 너의 눈물
때맞춰 흘려주니
마냥 고맙기 그지 없다

5부
오지 마라

눈 내리는 밤_오지 마라_노년의 택시기사_구도시의 은혜_경제야, 돌아다오
안아주고 싶어_시곗소리 2_잠 설치는 밤_난지도_애도_내려다 보자니_햇볕 한모금
안경이 무엇이관데_내 사랑 수저님_사랑하는 놈아_나는 못해도_보고 싶어라

NEPAL 파탄 지역의 사원들 있는
97.

눈 내리는 밤

소리 없이
눈 내리는 고요한 밤
거실의 괘종시계
적막을 깨고

잠 못 이루는
서글픈 욕망으로
사색에 잠겼다만

이 일 저 일
사소한 일들
공연히 마음 괴롭고

시류 푸념까지
머리를 어지럽혀
낙서마저 앗아가네

오지 마라

소띠 해 설 전날
눈이 퐁퐁 내리고
너무도 차가운 영하날씨

떨어져 사는 자식들에게
빙판길 무섭다며 오늘
오지 마라 오지들 마라
전화 해놓고

베란다 창문 열어젖힌 후
눈보라 맞으며 하염없이
하얀 세상 바라보던 아내

무엇인가 허전하고 아쉬운 듯
추위에 떠는 창문
앙칼지게 닫아두고
거실 안으로 들어서며
책 보고 앉아 있는 나

힐끗 한번 쳐다보고
평소처럼 뜨개질 시작하네

노년의 택시기사

지난 겨울철 몹시 추운 어느날
오 년 연하인 친구와 택시를 잡아 탔다.
반가운 인사로 맞는 백발 노년의 택시기사
우리도 늙어서인지 죽마고우처럼 반가워했다.

수고하십니다 인사하고 자리에 앉자 마자
넌지시 금년연세 몇이냐 물어보았다.
얼마 되지 않는다며 겨우 70 갓 넘었단다.
그러면서 묻지도 아니했는데 말했다.

택시기사도 변호사처럼 정년이 없다 자랑하며
손발이 움직일 때까지는 손님 모시면서
세상을 즐겁게 살겠다며 늙은이 손님 만나
기분 좋은 것처럼 혼자 너털웃음 지었다.

첫인상부터 너무 정겨워 대화하고파
내 나이는 몇으로 보이느냐 웃으며 물었다.
십 년 정도 적게 보아주어 기분이 좋았는데

백발 연하친구는 엉뚱하게 10년을 더 보았다.

백발 친구야 자연 그대로 의젓하게 사는데
아니 늙은 척 머리 염색한 못난이 몰라보고
형과 아우 자기 멋대로 뒤바꾸어버린
인상 좋은 노신사, 그때 그 택시기사 모습
오늘따라 왜 선하게 다가오는고.

구도시의 은혜

넓고 넓은 들판 가로지르며
경의선 열차 멀리서 달리는 고장
가까이 보이던 농토와 야산 헤집고
방대하게 펼쳐지는 교하 신도시

이곳에 주거생활 시작한 지
벌써 오 년이 지났어도 아직은
대표도시 건설 꼬리표 붙이고
교하 신도시란 깃발 아래
굴착기 등 제반 기계소음뿐이라
자연은 귀를 막고 눈물 흘린다

자연을 한사코 정복하려 드는
인간의지 때문에 문명이기들은
사람지시 따라 계속 땀을 짜지만
자연에 순응하려는 기본정신
저버릴 수 없는 우리들
구도시의 은혜 어찌 잊으랴

경제야, 돌아다오

경제야, 빙글빙글 돌아다오
신명이 나도록 돌아다오
팽이처럼 호되게 맞더라도
힘차게 돌고 돌아

만백성 환하게 웃겨다오
어느 누가 감히 너를
죽이고 살리고 하겠느냐

네 천성
팽이를 닮고 닮아
언제나 어디서나 때리면
때릴수록 빈부차별 말고
건실하고 풍요롭게 돌아다오
온 세상 빙글빙글……

안아주고 싶어

제 잘못
스스럼없이 뉘우치고

영혼은
풍요롭고 의연한 모습
오로지 겸손한 마음

고난의 질곡에서도
꿈을 잃지 않은 용기

오나 가나 어디서나 늘
세상을 아름답게 만들려는
고고한 그 덕성이여!

시곗소리 2

세월 먹고
때 맞추는
한결같은
시곗소리
시름시름

부질없는
시름일랑
담아내어
창밖으로
내던지고

몽롱하던
나의 영혼
신명나게
가다듬어
주는구나

잠 설치는 밤

스스로 만들어온 삶
누구에게나
고마운 생각으로
미소짓게 하였는지
아니면
서글프게 하였는지

햇빛도 고맙지만
비바람의 고마움도
알면서 살아왔는지
주변 보살피는 데
소홀함은 없었는지

뒤늦게야
곰곰이 생각하느라
잠 설치는 밤이여

난지도

아름답던
넓은 모래사장
시원한 바람 사이
땅콩밭 난지도
흔적도 없이
사라져버리고

서울시민
버린 쓰레기
산으로 둔갑하여
하늘공원 태어나고
월드컵 경기장
그것도 우람한데

한강만이
한결같은 역사를 안고
푸르디 푸른 넋으로
유유히 흐르는구나

애도 哀悼

당신께서 원점으로 가신 지
벌써 반 년이 훌쩍 지났네요
누구나 가지 않을 수 없다지만
너무도 홀연히 가신 누님이시여

그 무엇, 님의 콤플렉스로
당신의 사랑보다
미움 더 많이 받았기에
이 가슴 슬픔으로 미어졌건만

당신이 남기고 가신 빈 자리
너무나 넓고 허전하여
그토록 슬펐던 마음
이제 내 가슴에
사랑으로 자리잡았네요

험한 이승에서 지내실 때
품었던 미움들일랑 사랑으로

모두모두 잊어주시고
하나님 품 안에서 평강하소서
천당에 가 계신 님이시여

2008. 10. 3.
―별세하신 누님을 그리며

내려다 보자니

20층 아파트
높은 층에 사노라니
밖에 보이는 사물마다
아스라이 내려다 보게 되네

인생살이 흔하게
올려다 보게 되는 일 많아
시시비비하느라
마음 편한 날이 없었는데

행인지 불행인지
기왕 고층에 둥지 틀어
이제 세상사 이 일 저 일
모두 다 내려다 보자니
마냥 편안하게만 생각되어
즐기는 세월 보내는구나

햇볕 한모금

동창으로 밀려드는 아침햇살
그 따뜻함,
만질 수는 없어도
온 몸으로 느끼는데

어둠의 시간
보내고 낮시간에
가득히 안게 되는 햇볕
모든 생명의 원천이라.

들꽃도 풀벌레도
햇볕 한모금 헤아려
제 자리 지키며 충실하거니

사람들만이 무심한 건지
햇볕 한모금의 고마움
알면서도 모른 척하는 건지
햇볕마저 가리며 사네.

안경이 무엇이관데

언제부터 안경이 생겨
생필품이 되었는지 모르지만
남녀노소 차별 없이
안경신세 지는 이들이
날이 갈수록 늘어만 가는데

생긴 모습 빛깔 등
천차만별인 안경 제 각기
귀에 걸고 콧등에 걸고
삼라만상 살펴보는데
선악의 구분보다 주로
적은 것 크게만 보려 드니
어설프기 그지 없구나

그 중에도 지하철 안에서
돋보기안경도 모자란 듯
핸드폰으로 게임 열중하는
청소년 옆에 앉아

책 읽다 말고 졸고 있는
백발 할머니 그 모습
그렇게 아름다울 수가……

내 사랑 수저님

하루도 어김없이
목욕 세 차례 반드시 하고
오로지 이 생명 지탱을 위해

날씬한 도움이 한 쌍과 더불어
오늘도 내 입 안을 들락날락
먹을거리 챙겨주는
갸륵한 그 정성

이날 평생 고맙다
치하말 한번 안했는데
언제나 그 정성 한결같아
제 몸은 닳아 문드러질지라도

이 생명 다할 때까지
꾸준히 나만을 위하여
변함없이 봉사해줄 내 수저님

이제야 철들어 감사하노니
영원한 나의 동반자
내 사랑 수저님이여!

사랑하는 놈아

놈아, 철없이 미련한 놈아,
우리 위하여 베푼다더니
좌편 우편 여다 야다 끼리끼리 자신들 위한 싸움판
으로
혼란스럽고 꼴사나운 모습윤리 도덕 헌신짝처럼
버리고
무엇이나 법으로만 다스려 태평성대 꿈꾸는 미련
한 짓
제발 삼가고 정신차려다오.

놈아, 소갈머리 없는 놈아, 감투라 오래도록 쓰고
싶어
엉뚱한 일 꼬집어 생색내는 제 자랑일랑 제발 삼
가고
소처럼 되새김질은 못할망정 도대체 우리 위해 무
얼 했는지
양심에서 자기 행실 반추하고 진솔하게 부끄럼 좀
느껴보오.

놈아, 너무도 뻔뻔스러운 놈아, 염불에 정신 없고
잿밥에 탐욕인 줄 뉘 모를까
　거만 떨고 감쪽 같은 비밀이라 여겨
　속는 줄 알겠지만 자신은 속을지언정 속지 않은 민
심임을
　알아차려 사랑과 존경 올바로 받아보소.

나는 못해도

먹고 싶은데 먹지 못하고
입고 싶은데 입지 못하고
갖고 싶은데 갖지 못하고
가고 싶은데 가지 못하고
자고 싶은데 자지 못하고
보고 싶은데 보지 못하고
그러나 그렇지만
하고픈 일 나는 못하지만
주변에서 그 누구든
틀림없이 잘하고 있을지니
그와 더불어서 분명코
나 역시도 행복해지리라.

보고 싶어라

배울 줄도 알더라
키울 줄도 알더라
나눌 줄도 알더라
살필 줄도 알더라
버릴 줄도 알더라

겸손도 하더이다
상양도 하더이다
얌전도 하더이다
양보도 하더이다
반성도 하더이다
감사도 하더이다
존경도 하더이다
사랑도 하더이다

때문에 아름다워
너만이 그리워서
보고 싶어지더라

6부
상실의 늪에서

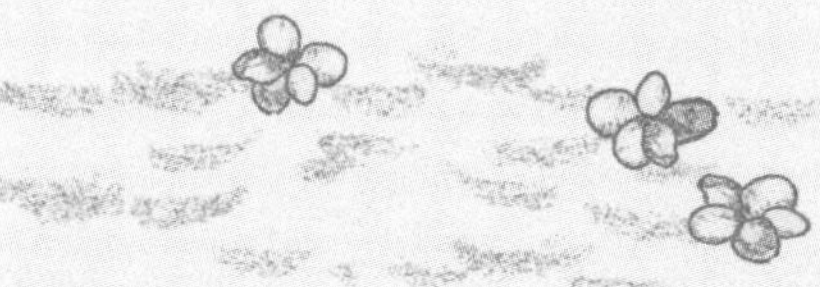

노동심_가치관_감나무 매실나무_거미집_국토사랑 누가 하나_늙는 재미
무명백수_무정한 세월아_상실의 늪에서_선진화_세월_안정도 고역이더라
조은인연_지지리 못난 짓_칭찬과 야단_TV는 미워_이기심_조문

太和门前铜狮
北京，中国
96. 吴 永雨

노동심老童心

젊어서는
살림살이 어려워
변두리만 맴돌며 허덕였네

세상이 밉고
인생이 야속했는데
어느새 나이가 들어
인생을 어렴풋이 알고부터
삶의 참가치가 보이기 시작했네

삼라만상이 아름다움이요
느끼는 게 오로지 향기뿐이네

이 내 노동심老童心
매사에 한결같은 심정
누구에게나 어디서나
감사하고 감사할 따름이네

가치관

좋은 일은
좋은 그대로
나쁜 일은 나쁜 그대로

제대로
보아주는 게
순리이고
올바른 가치관인데

사람 따라
지역 따라 계층 따라
뒤틀리게 보는 습성
하도 많아
소란한 세상

재주보다 덕망이 우선하는
바람직한 의식개혁
올바른 가치관

그것이 절실하건만.

감나무 매실나무

가시 없는 감나무들
모두가 앙상해서
살았는지 여부조차
분별이 어렵도록
처량한 몰골들인데

가시 많은 매실나무들
꽃샘추위 영하에도
아랑곳하지 않고
잎도 미처 피기 전에

가냘픈 가지마다
의젓하게 피어난
아름다운 매화향기
춘삼월 좋은 계절임을
알려주건만

내 마음 알아주던

정든 옛벗들은
어디서 무엇을 하고
사는지 알려주는
인걸은 왜 없는고

거미집

시골집 처마 밑 여기저기
설계도는 고사하고
외부에서 반입된 자재 하나 없이
제 몸에서 뽑아낸 실줄 하나로
허허로운 공간에 집을 짓는다.

거미의 놀라운 기술
건축 구조상 자동조치로
먹이까지 잡는 슬기

만물의 영장 자부한 사람을
몹시 귀찮게 하는 온갖 해충
잡아 없애는 갸륵한 정성도
고마운 은혜도 모르고

보기에 좀 흉하다 하여
거미집 함부로 쓸어내는 짓
서슴없이 감행하며

큰소리치고 사는 인간들
과연 지상에 만물의 영장이라
장담할 수 있으려나.

국토사랑 누가 하나

날씨 건조한 봄철
어느 주말 공휴일에
변두리 주택가 뒷동산
느닷없이 불에 타고 있었다.

구청 옥상 사이렌 소리 요란으로
소방차도 출동하고
많은 공무원이 동원되어
소화에 안간힘을 쓰는데

말없이 뒤따라
자원봉사에 나서는 주민은
주로 가난한 서민들
농기구랑 그 무엇인가 손에 들고
땀 흘리며 진화에 참가하더라

그러나 고대광실에서
살아가는 부유층 주민들은

내복바람으로 자기 집
높은 옥상에 올라 망원경으로
희희낙락 구경만 하더라

늙는 재미

세월은 가혹하게
흘러만 가고

사람은
제 아무리
억울해도
늙어만 가나니

세월 따라
갈 수밖에 없는
주어진 나의 여정
마지막 그날까지

책과 벗하면서
늙어가는 재미란
도대체 이승에
있는지 없는지

열정으로 그것이나
찾아보다 가리라

무명백수

친우 권유로
희수 바라보며
뒤늦게 늙어서야
문단에 끼인 무명백수

글을 쓴다는
그 재미 하나로
노후생활 즐기며
무정한 세월 보내는데

돋보기 걸치고
쓸쓸히 혼자 앉아
글 쓰는 이내 몰골
젊은이들이 보기엔
여간 처량하지 않으련만

그러나, 그렇지만
문학을 좋아하는데

어찌 노소구분 있으랴
고목에도 꽃은 피거늘
나 홀로 즐기고 사랑하련다.

무정한 세월아

무엇이 그다지도
조급하여 서둘러
너 혼자 앞만 보며
쓸쓸하게 속절없이
빠르게만 가느냐
무정한 세월아

앞에서 그 누가
빨리 오라 하더냐
뒤에서 어느 누가
빨리 가라 내쫓더냐
서서히 가지 않은
무정한 세월아

기왕에 나를 두고
너 혼자 가려거든
외로움 쌓인
내 서러움보따리나

먼저 가져가다오
무정한 세월아

상실의 늪에서

사륜구동 나의 애마愛馬 널 데리고 공직 30년 세월
호호 언 손 녹이며 일에 파묻혔다.
언제나 너를 부르면 생긋 웃으며 다가왔고
달동네로 행복을 업어 날랐지.

숨을 헐떡이며 달려온 외길 이제는 쉴 때가 되었다.
내 정년이 네 정년인데도 새벽마다 껄껄 웃으며
가슴 열고 성묫길도 열어주었다.

나는 무심해도 너는 다정했다
갈기 세우고 달려주는 나의 동반자 영원한 내 사랑아,
이제는 모든 것 다 잊고 함께 웃으며 귀향길 천리길
그 길이나 오가며 신나게 달려보자.

자유로自由路 타고 88로路 달려 도도히 흐르는 한
강수 바라보며
좌우 강변 번갈아 뒤로 두고 시원한 강바람 가슴에 안아
얼마쯤 달려 경부고속길 성큼 올라타는데

속도위반이다 차선위반이다 아내의 잔소리 귀에
담으며
경기도 땅 충청도 땅 어느새 지나 들어서는 호남고속길
넓은 들판 달려가니 빛고을 무등산은 나를 반겼는데,
깎이고 뭉개진 고향산천 몹시 낯설어 옛 모습 그립고
시멘트로 꾸며진 몰골들 정이 흐르지 않아 적적하구나.

잘산다니 잘사는 것인지 잘살면 얼마나 더 잘살고
어떻게 사는 게 잘사는 것인지 못살면 얼마나 더
못사는 건지
메마른 정서와 의식의 수준 그것이 못내 아쉬워도
산간벽촌 한적한 생가生家 마당에서 물씬 풍긴 구
수한 흙냄새
나만 맡기 아까워 상실의 늪에서 나 홀로 서성거리건만
애마는 내 마음 아는지 모르는지 편안히 쉬네.

선진화

그다지도 보고픈 모습
보기는 어렵고
눈에 거슬리는 모습
노상 보게만 되네

듣고 싶은 말이 많은데
듣기는 어렵고
귀에 거슬리는 말들만
노상 들으며 지내네

남의 불행이 제 행복인 양
즐기는 이 많아도
주변의 행복 더불어 즐기는
복스러운 이 흔치를 않네

너다 나다 경쟁은 치열해도
우리라는 의식으로
동반하면서

선진화하려는 노력은 적네

열린 마음으로 오손도손
감싸 안은 선진화
조국은 바라고 바라건만……

세월

그렇게도 푸른 빛
생동감 넘친 나무잎새들이
세월 따라 형형색색
메마른 후 단풍 되어
비바람에 밀려 땅에 떨어지면

미리 약속이나 한 것처럼
월동준비하느라
이리저리 몰려 다닌다

차가운 비바람이 미워선지
땅바닥 고랑이나
구석진 곳에만 모여
서로 체온 정답게 나누며
웅성웅성 요란스러운데

멀리서 볼라치면
눈부시게 아름다운 그 단풍잎

가까이서 한잎 두잎 살펴보면
상처도 많고 흉터도 많으니
가엾기도 하여라

안정도 고역이더라

사람 몸이 천 냥이라면
눈은 구백 냥이라는데
창밖의 하얀 눈은 제대로 보면서
아파 우는 왼눈은 보지도 못하고
먼 곳만 하염없이 바라보는
야속한 오른눈
왼눈에게는 있으나 마나
망막박리 큰 수술 받은 왼눈
몹시 아파 피눈물 흘리는데

옆에 있는 제 짝 눈 보지도 못하니
정녕 조물주의 설계미숙이리라
속내로 자위하면서
장시일 안정하면 시력회복된다는
주치의 지시 따라 안정해보건만
안정이 이렇듯 고역일 줄이야
성한 오른눈이 갸륵한 동지애로
우환중인 왼눈 제 짝이기에

불쌍히 여겨 언젠가는
보살펴주리라 고대하고
오늘도 안정으로 몸부림친다

조은인연 朝恩因緣

글로 맺어진 좋은 인연
노년이라 유무상통하고
정해진 일정 따라
아름다운 금수강산 방방곡곡
글감 찾아 두루 다니네.

일 년 두 차례
봄 가을 반갑게 만나
서로 정으로 안아보고 싶었네.

꽃피는 봄철이라
좇아오는 무더운 여름바람
두려워 안아주지 못했네.

단풍 지는 가을이라
좇아오는 엄동설한 찬 바람
걱정되어 안기지 않았네.

그러나 그렇지만
다음모임 기대하는
겸손한 서로서로 따뜻한 손짓
그것이 조은인연朝恩因緣*
변치 않은 참사랑이라네.

*朝恩因緣 : 공무원연금공단 시행 생활수기 공모
입상자 친목클럽 명칭.

지지리 못난 짓

함량미달이란
여론도 있었으나
사뭇 쓰고 싶어 한
벼슬도 아닌 명예감투

마음 모아 밀어주어
그 감투 쓰고 나더니
본정도 모르고
경우도 예의도 모른
오만불손한 자만

꼴사나운 말들만이
꼬리에 꼬리를 무는데
당자는 아는지 모르는지
계속되는 뻔뻔스런 자태

그 감투 제대로 쓰고
홍익인간 정신으로

모두를 위하여
나라와 인류문화 위하여
봉사할 수 있을지

칭찬과 야단

사람이고 짐승이고
칭찬이나 야단이나
들으며 자라야만
시련으로 세련되어
여물어지고 똘똘해져
더불어 조화롭게
잘 살아갈 수 있는
능력을 기르거늘

자기 자식 어느 누가
칭찬하면
희희낙락 좋아 웃고
잘못 지적 야단하면
기분 상해 분개하고
부질없이 울상이다

소심하고 미련한 건
어린애 아닌 어른

어른답게 심사숙고
무엇이 교육인지
상시 배려할지어다

TV는 미워

사랑은
눈으로 보며
나누는데

모두가
시도 때도 없이
TV 보는 시간 많아

우리 가족
대화기회 없어
싸늘한 분위기

어설픈 생각인지
그 요술단지
미워하고 원망하며

보내는 허송세월
그 세월이

아까워

이기심利己心

생김새는 의젓해서
풍요롭건만
마음은 가난하고
하는 짓은 옹졸해
책임도 의무도 몰라
긍긍하는 소심한 사람
오늘도 어제처럼
내일도 오늘처럼
자성의 기미 보이지 않고
갈팡질팡하려나
의지하고만 싶은 습성으로
마음 가득한 그 이기심
한없이 나를 슬프게 하네

조문弔問

어려운 사정 있었기에
문상問喪 못해 미안한 마음
금할 수 없었는데

상가 상주측
서운한 전갈 듣게 되니
죄인 된 듯 서글퍼

눈에 보인 문상만이 조위弔慰인가
고인故人 명복 비는 바는
어느 때나
마음가짐 으뜸이지
요란법석 아닐지니

팔만대장경 줄이고 줄이면
'마음'이란 두 글자
그뿐이란 청담 스님 말씀
새삼스레 새겨본다

팽이야 볕에서 놀자

2009년   8월 20일   초판 1쇄 발행

지은이   오남식
펴낸이   윤형두
펴낸데   종합출판 범우(주)
등록   2004. 1. 6. 제406-2004-000012호
주소   (413-756) 경기도 파주시 교하읍 문발리 출판단지 525-2
전화   031-955-6900~4
팩스   031-955-6905
홈페이지 http://www.bumwoosa.co.kr
이메일   bumwoosa@chol.com
ISBN   978-89-6365-015-9 03810

* 값은 뒤표지에 있습니다.

현대사회를 보다 새로운 시각으로 종합진단하여

그 처방을 제시해주는

범우사상신서

범우고전선

시대를 초월해 인간성 구현의 모범으로 삼을 만한 책을 엄선